創造元年1968

押井守×笠井潔

作品社

まえがき

劇場アニメ『立喰師列伝』公開の少し前に、押井守と対談したことがある（『立喰師、かく語りき。』［徳間書店、二〇〇六年］に収録）。二人とも〈68年〉をめぐる話題に終始して、新作アニメ記念としては異例の対談だった。しかし、それでも語り残したことが多すぎる。今度は時間制限なしで〈68年〉論を徹底的に語ろうということになり、そして完成したのが本書『創造元年１９６８』だ。

一九六〇年代後半には西側諸国、東側諸国、第三世界のそれぞれでラディカルな反権力運動が広範に生じ、たがいに共振し加速しあうように同時進行した。その頂点は一九六八年で、春には南ヴェトナム解放民族戦線のテト（旧正月）攻勢、フランス五月革命、「プラハの春」、夏にはシカゴの民主党大会阻止闘争（ロック・バンド「シカゴ」は、この闘争を記念して命名された）、秋には10・21新宿などの歴史的闘争が国際的に連鎖した。そのため六〇年代後半の大衆ラディカリズム運動は、一般に〈68年〉と呼ばれている。

パリ二月革命に端を発した世界同時革命の一八四八年と、しばしば対比されるところの一九六八年に、押井さんは十七歳、わたしは二十歳だった。年齢は三歳違っても時代経験は共通するところが多い。わたしが左翼の党派活動をはじめたのは、一九六七年十月八日の羽田闘争を体験したからだし、この現地闘争に触れて地元の押井守少年は政治運動をはじめたという。

本書でも述べているように、日本の〈68年〉を支えた活動家には二つのタイプがある。戦後民主主義が倫理的に過激化したタイプと、はじめから戦後民主主義の糞真面目さに違和感を抱いていたタイプだ。

類型化すると、地方出身で日教組の社会科教師に将来を期待されていたような優等生タイプが前者、高度経済成長による新しい消費文化を体質化した都会出身が後者になる。世代的には一九六九年の時点で学生だった者に前者は多く、後者は高校生や予備校生だった者に多い。生真面目な理想主義や倫理主義的傾向が目立った前者にたいし、後者は大衆ニヒリズムを基底とする過激化した消費社会的感性が特徴的だった。後者の急進的行動は倫理ではなく感性に、いわば美的なものによって駆動されていた。簡単にいえば、前者は「正しい」から、後者は「カッコいい」から闘争に向かった。

戦後民主主義の価値観を内面化した優等生の多くは、SFなど不真面目な娯楽小説だと思っていたろう。このタイプが愛好したのは吉本隆明や埴谷雄高に代表される異端的な戦後思想や戦後文学である。埴谷の後継者と目された高橋和巳も学生に支持されていた。時代的な影響で吉本や高橋を読むだけでなく、同時にSFの熱心な読者だった押井守は、いうまでもなく後者のタイプに属していた。

『1968』（二〇〇九年）で小熊英二は、戦後日本で育った青年が急激に近代化する社会環境に適応不全をきたし「集団摩擦反応」を起こした、それが日本の〈68年〉だったと主張している。しかし、小熊の論が多少とも該当するのは、前者のタイプにすぎない。日本の〈68年〉の思想的独自性や創造性は後者のサイドに存在した。押井守をはじめ村上龍、高橋源一郎、坂本龍一など成功した〈68年〉世代のクリエイターのほとんどが後者に属する事実からも、それは明らかだろう。桐山襲（きりやまかさね）のデビュー作『パルチザン伝説』（一九八四年）には、次のような箇所がある。

自分たちの国に解放をもたらすためには、まず自分たちの国に戦争の敗北をもたらさなければならない。そして、日本に敗戦をもたらすためには、間もなく開始されようとしている米軍の焼土作戦に呼応して、日本国内から武装闘争が始められなければいけない（略）なるほど、我々三人は、日本の一日も早い敗戦のために闘った。しかしそれは、日本の上から下までの支配秩序を倒すためであって、その支配秩序を残したまま単に戦争を終わらせるためではないはずじゃないか。

しかし、戦争は「上から下までの支配秩序」を残したまま終結する。到来したのは「パルチザン」たちが求めた徹底的な敗戦ではなく、微温的な終戦だった。他方、村上龍は『愛と幻想のファシズム』（一九八七年）で、不徹底な終戦を出発点とする戦後日本の「平和と繁栄」を弾劾している。

考えるのは金のことだけだ、価値観の違いなど気にとめない、そもそも価値観などないのかもしれない、そういう意味で言えば守るべきものを何一つ持たない国なのかもしれない。どうしてそんなことになったのだろう、やはり占領、侵略の経験がないからかな、目の前で親兄弟を殺されたことがないんだ、オレはいつも不思議だったよ、大東亜戦争で無条件降伏をしたのが今でも不思議でしょうがない、（略）そういう価値観に基づく戦争をやっておきながら、つまり宗教戦争と同じなくせに、無条件降伏とは何だ？　それも本土決戦もせずに。

『機動警察パトレイバー2 the Movie』をはじめとする押井作品が、戦後社会への違和と拒絶を『パルチザン伝説』や『愛と幻想のファシズム』と共有している事実は疑いがたい。これは日本の〈68年〉世代の、とりわけ後者のタイプに特徴的な思想だ。

8・15を肯定的な原点とする戦後民主主義は、いかに過激化しようとも「無条件降伏とは何だ？　それも本土決戦もせずに」という破壊的にラディカルな発想には到達しえない。前者のタイプは一九七〇年代以降、持ち前の倫理主義を倒錯的に極端化し、日本帝国主義の侵略責任を非難し弾劾する方向に進んだ。いわゆる「血債主義」である。〈68年〉に過激化した戦後民主主義派は、一九八〇年代に繁栄をきわめた日本資本主義のリアリティに圧倒され、思想的には急速に化石化していく。

八〇年代になると高橋源一郎や坂本龍一など後者のタイプの大半は、高度消費社会のイデオロギーとしての日本型ポストモダニズムに同調しはじめた。〈68年〉の時期に過激化した消費社会的感性は、十年を経過してラディカルな要素が綺麗に脱色されたともいえる。

一九八九年に社会主義の歴史的崩壊がもたらされ、九一年にはポスト冷戦期の最初の戦争が行われる。このとき〈68年〉世代を含むポストモダン派の多くが、憲法九条を根拠として湾岸戦争に反対する「文学者の反戦署名」運動に参加した。後者のタイプとして〈68年〉を通過した者のほとんども、かつて拒絶した戦後民主主義や九条平和主義に回帰し終えたことになる。

『機動警察パトレイバー2』では、海外派遣地で見殺し同然の扱いを受けた自衛隊員による戦後国家の転覆計画が描かれる。この作品が一九九三年に公開された点に注意しよう。初期押井の代表作『うる星やつら2　ビューティフル・ドリーマー』の終わらない学園祭は、バリケードの祝祭を寓意していた。廃墟の街というモチーフを含め、押井守の〈68年〉体験が濃密に込められた作品にもかかわらず、『ビューティフル・ドリーマー』はポストモダンな八〇年代消費文化に棹さしたアニメとして評価されていく。

しかし押井守の場合、同世代の表現者とは異なって、その消費社会的感性は戦後社会の「平和と繁栄」を拒絶するラディカリズムと不可分だった。九三年の『機動警察パトレイバー2』が、この事実を明確に示している。

そして湾岸戦争から四半世紀が経過し、「失われた二十年」は戦後社会の経済的繁栄を過去のものとした。非正規・不安定労働者は四割を超え、子供の六人に一人は貧困に苦しんでいるのが今日の日本だ。外から打倒されるまでもなく、かつて安定を誇った戦後社会は急速に空洞化し、白蟻に喰われた家さながら倒壊の危機にある。「廃墟」はすでに現前している。

戦後社会から「繁栄」が奪われたように、戦後国家の「平和」も失われようとしている。到来した戦後憲法体制の危機に、〈68年〉世代の転向組を含む新旧の戦後民主主義派やリベラル左派が異を唱えている。しかし護憲や九条平和主義で、戦時天皇制の統制国家を理想とする政治勢力の国家再編を実効的に阻止しうるのだろうか。

〈68年〉のラディカリズムを創作の動機としてきた点で、押井守とわたしは共通するところが多い。しかし本書は、〈68年〉世代による半世紀後の回顧談ではない。

かつて廃墟の東京を欲望した想像力は、戦後社会がカタルシスなき廃墟と化した時代にもリアリティを保持しうるのか。かつての革新官僚の孫が再建しつつある権威主義的統制権力に、廃墟の想像力は根底から対抗しうるのか。こうした自問が、本書の底部では木霊(こだま)しているはずだ。

笠井 潔

創造元年１９６８　目次

まえがき——笠井潔 001

第一部 ルーツ——68年世代の僕らをつくったもの 011

今、68年を語る——もしかしたら、僕らは、「粛清」されたかもしれない 014
68年の「二つの魂」 014
「日常」から遠くへ——戦争と廃墟の「原風景」を求めて 022
バリケードの思い出——「祝祭のなかの孤独」 030
僕と赤軍と大菩薩峠——闘争の終焉 042
闘争の残像——68年のかなたへ 046
「国内亡命者」と「在日日本人」 050
両親——前世代への反動、受け継いだ記憶 055
反動としての「自分」 055
戦前回帰?——受け継いだ〝戦争〟という記憶 062
生き延びるための書物という〝糧〟 069
——
——
〈1968年〉関連年表 078

第二部　リアルと表現をめぐる対話　079

衝動――表現に駆られる痛切な動機　082

観念の絶対性――『テロルの現象学』について　082

「観念」的なものを表現することの難しさ　088

本物、なにより〝リアル〟を求めて　094

身体性をめぐって――「危険の感覚を忘れてはならない」　099

身体そのものが、蕩尽する　099

圧倒的な暴力装置――68年の身体的記憶　105

絶対者としてのテロリストと「正義なき集団」　108

暴力・エロ・感情　111

「神」、「天使」、「吸血鬼」――「主体化できない、超越的なものを持てない」ものの意匠について　116

天使は、テロリスト　116

吸血鬼という「体現」　118

タブー――差別とイジメ　122

作家と作品――最終戦争からゼロ年代総括まで　126

最終戦争とゴジラ　126

焼け跡派のSF巨匠・小松左京　128

マルキスト、戦争の世代、ガンダム　133

ゼロ年代の表現とセカイ系の限界 139
究極の問い――芸術か、エンタメか 146

第三部 ルーツと生きること、創造すること 155

日本という国の正体――戦後民主主義・システム・物語 158
自分たちにとっての「戦争」 158
神と普遍思想 160
「敗北」とは何か？――日本人の精神性 168
日本の王は海の向こう――アメリカと日本 175
永遠のルーザー――「負け犬」の文化と『大和』の御都合主義 180
「システム」との戦い 186
「境界線」上を生きる――この国で、創造していくこと 189
境界線上での表現 189
「受け手」そのものの変容 192
それでも、「境界線」を辿っていく 200
単独者と例外者 203
あとがき――押井守 211
註釈 254

＊読者の便宜を図るため、必要に応じて註釈を付した。短めの註釈は本文中の［ ］内に割註として挿入し、長めの註釈は巻末に登場順でまとめた。

押井　渋谷や新宿に着くと、普段の駅と違う。ホームにヘルメットがダーッと並んでる。ホームを占拠していて反対側から眺めるとヘルメット一色。「これだ！　俺たちがやっていたぬるい世界からぜんぜん違う世界に入ったんだ」ともの凄く高揚した。すぐ向こうに戦争とか火の海の世界が一瞬見えた気がした。その時どういう言葉を交わしていたかはあまり覚えていない。やっぱり情景なんです。ある意味の自分にとっての原風景とも言える。そういう戦争の匂いのする情景を、自分の鼻を利かせて探し回っていた気がする。

第一部　ルーツ——68年世代の僕らをつくったもの

笠井　機動隊と衝突するとき、なんだか異次元に入りこんでいくような浮遊感があった。警備車のギラギラするライトの光、機動隊のジュラルミン盾の響き、デモ隊の歌声やどよめき、火炎瓶の爆発音と燃え上がる焔、その他もろもろ。非日常的な光と音の交錯が脳に作用するんでしょうね。

PACHINKO

「首相訪米阻止の全学連荒れる」
白煙の出る花火らしきものを投げつける学生、道路を占拠して投石する学生（1967［昭和 42］年 11 月 12 日、京浜急行大鳥居駅付近）。

今、68年を語る――もしかしたら、僕らは、「粛清」されたかもしれない

68年の「二つの魂」

――一九四八年生まれの笠井さんは二十歳の頃、五一年生まれの押井さんは高校時代、七〇年安保に積極的に参加し、その終焉を見届けました。その体験はその後のそれぞれの表現のなかに持続低音のように響いています。まずは、二人の深部に根ざすことになったその体験から語っていただきます。
二〇一一年3・11（東日本大震災）以降、反原発運動などをはじめ、「デモ」が盛り上がっている今日、「68年」と比較する言説が多いです、まさに当時を生きていらしたお二人は、どう思われますか？

笠井　3・11以降の反原発・脱原発運動で新しい世代が数多くデモに参加し、マスコミでも紹介されていましたが、**一九六七年10・8**や**一九六八年10・21**、**一九六九年4・28**など六〇年代後半の大規模デモとは印象が違いますね。乳母車を押した母親も参加しているし。

押井　僕は今、熱海に住んでいるけど、原発事故から二ヶ月が経った頃、静岡の浜岡原発でも反原発デモがあったんです。隣の家の奥さんがそのデモに参加するというから、様子を訊いたんだけど、なんだか

ピクニックみたいだったらしい。**べ平連**のデモをもっと楽しくした感じ。老若男女みんなが参加する「新しいデモの形態だ」ということだけど。笠井さんや僕が経験してきたものとは明らかに違う。何かしら突き上げる衝動としか言いようのない、そういうものが感じられない。当時とは違いますね。

笠井　どんなデモにもそういうところはあるんですが、あの時代のデモには「社会をよくする」と「社会をくつがえす」という完全には重ならない、むしろ大きくズレてしまうような二重性が明確だった。当時は「社会をくつがえしたい」という大衆的欲望が膨大に蓄積されていて、青年たちは腐った社会が火の海に沈むことを望んだ。しかし二十一世紀の今は、「社会をくつがえしたい」という欲望が希薄化しているようですね。われわれを捉えた革命の欲望、革命の観念は二十世紀の産物だったのかもしれない。

押井　ジブリの鈴木敏夫は「二十世紀は、世の中はくつがえせるという幻想に支配された青年と革命の時代だった。結果的に青年たちがしたことといえば虐殺と収容所だけだ」と言っていたけど基本的にそれは正しい。ただし、その青年には敏ちゃん自身も含まれるけど。その青年たちって誰のことか言わないかぎり、語ったことにはならない。

笠井　「社会をくつがえす」というのは、要するに「社会をめちゃくちゃにする」ことで、期待したほど「めちゃくちゃにできなかった」不全感、不達成感のほうが僕には大きい。**サルトル**の『汚れた手』（一九四八年）という戯曲では、労働者革命家のエドレルがブルジョワ出身の過激派青年ユゴーに、「君たちは社会を変える気などない、たんに爆破したいだけだ」という批判の言葉を投げるんだけど、これを高校生のときに読んで、ユゴーのほうに共感しましたね。**小ブル急進主義**（プチ）でなにが悪いと。マルクス主義党派の一員でマルクス主義者だった一時期も、労働者階級の組織性と規律性とかその歴史的使命とか、本音ではどうでもいいと思っていた。
ただし僕は、全共闘世代のオヤジたちが機動隊とやり合った大昔の武勇伝を得々として語り、今の若者たちの平和的なデモを小馬鹿にしたりするのが、とても不愉快なんだ。この種の連中が最初に目に付きはじめたのは、一九七〇年代の半ば頃ですね。ゴールデン街で飲んでると、賤ヶ岳七本槍みたいな威勢のいい武勇伝があちこちから聞こえてきて、「お前ら、連合赤軍事件をどう総括したんだ！」と襟首摑んで詰めよりたくなった。それで、ゴールデン街からは足が遠のいたね。連中は四十年も武勇伝を垂れ流し、その時代その時代の若者から鬱陶しがられてきたことになる。革命と真剣に向き合った当事者じゃないから、昔話を楽しく語れるんだと思う。状況が不利になって逃げ場がない場所に追い詰められると、革命は必然的に絶対観念を呼びよせてしまう。だから僕は、連合赤軍事件という鏡には自分の顔が映っていると感じ、**『テロルの現象学』**（初版一九八四年）を書き続けました。連合赤軍事件に体現された革命とテロリズムの問題に自分なりの決着を付けないと、これから先の人生に一歩も踏みだせないと思って。それに十年もかかってしまったのは、計算違いでしたが（笑）。

押井　あの当時を語る人のほとんどが当時の自分を美化していると思う。
実際はそんなに格好いいもんじゃない。七〇年代の話は、実を言うと僕もいまだにうまく語れる自信がないんです。**『獣たちの夜――BLOOD THE LAST VAMPIRE』**（二〇〇〇年）という僕の二冊目の小説でその当時のことを書いたんです。一冊目は自分の映画のノヴェライズ（『機動警察パトレイバー　TOKYO WAR』、一九九四年）だったし、虚構のクーデターの物語だったので、わりとすんなり書けた。それで「書けるかな」と思ってもう一冊引き受けたんですが、これがぜんぜん書けない。自分のことなら書けるだろうと思って、自分のなかにある書くべきことを探っていったら、やっぱり高校時代のことしかなかった。ずっと「書くまい」と思っていたんですが、一介の高校生活動家の視点で僕が当時感じていた生の感情を書きはじめた。実際の歴史過程を正確に把握しているわけじゃないけど、自分がかかわった部分に関しては驚くほどディテールをよく覚えてるんですよね（笑）。当時、何を考えていたかまで細かく覚えてた。本になったとき、高校時代に一緒に活動やっていた仲間から、「よく覚えているな。その執念深さには恐れ入った」と手紙をもらったりしました（笑）。

本に書いてしまったことのよさもあれば、後悔もある。

笠井さんと違って僕は論理的な人間ではないから、創作という形で書くと、ある種の美化が入ってしまう。でも、できるだけ格好よくならないように、わりとつまらないこともたくさん書いたつもり。闘争のなかの消耗する側面、家族との軋轢とか、たとえば同じ都立高校の運動でも格差があってとか。僕は東京の小山台高校という工場地帯の非常に下世話な土地にいたんだけれど、田園調布とか青山の高校生はやっていることが違った。僕らはぜんぜんスマートじゃなかった。そういうことも書いておいたほうがいいと思って書き込んだけど、当時の自分としては何が愚かしかったのか、というところまでうまく踏み込めなかったと思う。どこかしら当時の自分を美化する部分があって、バカだったけど結構頑張ってた、という話にどうしてもなってしまう。だから自分としては、ある種の思いは半ば果たしたけれど、どこかしら、まだ書けなかった部分がある。あの時代を語ることにはそういう難しさがまだある。ただ、あれからずいぶん経っているし、自分も当然高校生ではない。六十代になる堂々たるオヤジのはずだけれど、まるっきり変わってない部分があります。

当時、語ったこと、言ったこと、スローガン的に掲げたことは、もちろん当時でもすべてを信じたわけではないけれど、ほとんど歴史のなかで意味はないと思う。歴史過程では完全に無効化された。飲み屋で武勇伝を語る全共闘オヤジは僕も大嫌いです。たとえばミリタリーオタクの連中が、レイテ島海戦について「あのとき、栗田艦隊が反転していなければ……」とかミッドウェー海戦について歴史のifを語るのとは訳が違う。僕も「あの当時、本当に革命が成功していたらどうなっていたんだろう？」と思って、**漫画の原作で一部書いた**ことはあるけど。ロクでもないことになったに違いない。それは当時も半ば予想していた。高校生の立場から「あの大学生たちが天下をとったらどうなるんだろう？」と。

笠井　**赤軍派**が権力奪取して、**塩見孝也**議長が臨時革命政府首相とかになっていたら、もろ悲惨だったね。**中核派**の本多延嘉書記長の場合も同じこと。日本を含めて先進諸国の新左翼に権力獲得の可能性はなかったけど、クメール・ルージュ、カンプチア共産党は成功した。ヴェトナム労働党の前身はコミンテルン支部だったインドシナ共産党で、これは旧左翼。新左翼のポル・ポト派は、カンボジアの旧左翼であるヴェトナム派を密林で粛清しました。旧左翼のソ連共産党は収容所国家を造ったが、旧左翼の穏健化を堕落と批判した新左翼のクメール・ルージュがなにをもたらしたかというと、犠牲者が数十万とも百数十万ともいわれる虐殺と大量死です。もしも権力奪取に成功していれば、赤軍派でも中核派でも同じようなことをしたでしょう。

押井　そうですね。強制収容所が列島中につくられ、真っ先に僕らのような**ノンセクト**の高校生は粛清される。悪夢のような話だけど面白いから、いつかは書くか映画にしたいと思っています。ただ、事実過程として今の若い人たちにうまく伝わる形で語れるかどうかに関しては、かなり難しそうな気がする。

その難しさの由来って何だろう？　たとえば僕らより上の団塊の世代とか僕の父親もそうだけれど、結局、誰も戦争をうまく語れなかった。連合艦隊の参謀だったオヤジたちは回想録を書いたけれど、明らかに本当に書きたいことは書いていないだろうし、書けないこともたぶんたくさんあったはず。庶民は庶民のレベルでそれがある。結局、ウヤムヤになってしまった。そういうことだろうと思う。
ただ僕個人として考えると、創作で架空の話としてなら書きようがあると思う。僕はそのほうがうまく語れそうな気がする。〈**ケルベロス・サーガ**〉は、やっているうちにそうなったんです。最初は戦隊ものの悪質なパロディをやろうとしたんだけど、自分でも驚いたことに、やっているうちに意外にも大真面目になった。そういう架空の話としてなら可能なんだけど、いざ語るとなると難しい。でも、たぶん相手によるという気がします。僕は一九五一年生まれだから、笠井さんより三歳下。僕ら高校生のチンピラがガヤガヤやっているとき、笠井さんは堂々たるセクトで王道を行っていた。そういうちょっとした違いの部分がうまく語れる根拠になるのかな、という気がしないでもない。

笠井　僕が入っていた**共産主義労働者党**が「堂々たるセクト」というのはまったくの誤解で、全共闘八派でも下から算えたほうが早い弱小セクトでした。とりわけ学生組織のプロレタリア学生同盟は関西が中心で、東京では法政大学と中央大学に少しいただけ。僕がオルグして新しくつくったのは、高校生とか浪人生、大学生でも自分の大学では活動できないような少年たちのグループで、自分は二、三歳年上だったけど、一緒に活動していたのは押井さん的発想をする世代でした。
新左翼の活動家には二つの魂があって、第一は田舎の高校の優等生タイプ。日教組の社会科教師にかわいがられて生徒会活動をやっていたような高校生が、都会の大学に入って左傾化し角材を振り回すようになる。このタイプは中核派に多かった。

一九六〇年代の高度経済成長で、日本でも都会的なユースカルチャーが一気に普及したよね。ファッションでは石津謙介のVANが流行り、『平凡パンチ』が創刊される。アメリカン・ポップスのカバー曲とグループ・サウンズ、あるいは漫画と東映ヤクザ映画。少し角度を変えると、ATG（日本アート・シアター・ギルド）映画にテント芝居にロック・ムーヴメント。僕と押井さんに共通する趣味では、六〇年代にSFの台頭もありましたね。これら新しいユースカルチャーで育った都会派風俗少年が左傾化し、第二のタイプになる。第一タイプが中核派とすれば、第二タイプは**ブント**や**解放派**に紛れこんでいて、もちろん僕は後者のほうでした。

活動家世代で分けると、前者が主導的だったのは一九六九年まで。六九年秋期の佐藤訪米阻止決戦を高校生や浪人生で通過した世代から、後者が優勢になってくる。新左翼運動の指導部は六〇年安保世代や日韓闘争世代で戦後民主主義左派、あるいは第一タイプが中心でしたが、六〇年代ラディカリズムの思想的核心は後者のほうにあったと思う。第一タイプの戦後民主主義左派は「社会をよくする」派で、そのために必要なら暴力も辞さないという発想ですね。しかし第二タイプは、生まれ育った戦後民主主義社会そのものが不愉快だ、平和で豊かな高度成長社会を土台から破壊したい気分だった。

吉本隆明の『擬制の終焉』（一九六二年）には、六〇年安保は啓蒙的な戦後民主主義運動ではなく戦後社会が鬱積させた疎外感を大衆が流出させた運動だ、このことを評価しないで安保闘争のなにを評価できるのかと書かれていて、高校生の僕は説得されましたね。吉本さんが六〇年安保闘争で評価した新しい質が、さらに大規模に溢れだしたのが六〇年代後半の反戦運動や全共闘運動でした。

活動家になる前から、僕は戦後民主主義や戦後平和主義を欺瞞的に感じていた。なぜかというと、われわれの親たちは第二次大戦を最後まで戦わないことで生き延びたから。これは本土決戦をやったドイツとも、レジスタンスがムソリーニを吊るしたイタリアとも違います。加えて敗戦の意味をちゃんと総括していない。日本はアメリカの物量に負けたとよく言われたが、アメリカと日本の生産力の圧倒的な差など開戦前からわかっていることで、負ける以外ない対米戦争を始めたことが問題なのに、その総括はない。

敗北の意味を徹底的に考えることなく、戦後日本では「平和と繁栄」が国民的目標になっていく。平和は日米安保体制下の平和。その平和のもと、対米輸出で豊かな生活を実現しようというわけですね。一九六八年のＧＤＰ西側世界二位の達成によって、「平和と繁栄」路線は成功したように見えた。しかし一九六〇年代後半の平和な社会、繁栄する社会は当時の少年たちの精神に深い傷を与えていた。自分が何者なのかわからないというアイデンティティの不安や、倫理的なものが見失われているという不安。戦後社会の原点である敗戦の仕方、その総括の仕方が根本的に間違っていたから、こんな息苦しい社会ができたのではないか。第二次世界大戦後の廃墟からもう一度やり直さないと、この社会はまっとうにならないという気分が、年少世代の活動家には共有されていたように思います。戦後民主主義の優等生は「社会をよくしよう」という発想だったが、アナーキーで破壊的な気分の少年たちは、「この社会をぶっ壊したい」と思っていた。東京大空襲の翌日、錦糸町駅のホームから東京湾が見えたと、親から聞いたことがある。東京は一度焼け野原になってリセットされた。もう一度それをやりたいっていう願望ですね。

押井　僕は、中学生までは超がつく優等生で運動以外は一番だったんです。兄貴が高校に入ってから**社研**に入ったんだけど、当時の社研は左翼学生の巣窟。うちの親父は「うちの息子がアカになりやがった」って大激怒。兄貴はさんざん殴られてました。その反動か、親父がむちゃくちゃな教育パパになって、僕はひたすら勉強、勉強。一日十時間くらいやって、小学校五、六年までに中学の勉強を終わらせた。だから中学では勉強しなくても試験はすべてＯＫ。生徒会の役員もやってたし、親父と教師のペットだった時代で実にイヤな奴だったと思う。だから勉強しないで柔道やったり、ＳＦをひたすら読み続けてた。女の子にもすごくモテたから人生の黄金時代だった（笑）。自分の環境のなかでエリートだったから、世の中の動きとかには興味が行かなかったんです。ものを考える必要がなかった。でも、高校に入った途端にツケがまわって、いきなり赤点の塊の劣等生になった。教師も相手にしてくれないし、クラスメイトからも注目を浴びないし、ガールフレンドもいない。そんな頃、六七年に晴天の霹靂のように**羽田闘争**があったんです。僕は大森に住んでいたので、羽田は子供の頃にしょっちゅう遊びに行っていた場所で、独特の愛着もあった。そういう場所で、たいして歳の違わない山崎博昭という学生が殺された。あれがなかったら違っていたかもしれない、という思いがいまでもあります。

笠井　初めてデモに行ったのは、高校を中退した年（一九六五年）の日韓条約阻止の国会闘争。翌年の原子力潜水艦寄港阻止の横須賀現地闘争とか、六七年三月、五月、七月の砂川現地闘争にも参加して、10・8羽田闘争のときは穴守橋で坐りこんでいました。機動隊に蹴散らされたあと、「弁天橋で仲間が殺されたんだ、みんな戻ろう」と泣きながら叫んでいる学生がいて、それでもばらばらになったデモ隊は無力に後退しつづける。『パルムの僧院』で主人公が出遭うワーテルローの敗残兵のようだと、僕も逃げながら思っていた。そのあと途中の公園で隊列を組み直して、また橋まで戻ったんですが。

押井　中学校まではエリートだったし、豊かになっていく日本に夢を見ていた。オリンピックが近づくにつれて、当時はなかった鉄筋のアパートが建ったり、ビルが増えたり、街がきれいになっていった。家にもカラーテレビが入り、夕飯も格段によくなった。「もはや戦後ではない」どころか、日本はどんどん豊かになっていくんだって、僕のなかでは夢いっぱいでした。

でも、高校で一気に落ちこぼれ少年に転落。勉強する習慣がなくなっていたから学校の授業にまったく付いていけない。要するにただの劣等生になった。すると、当然だけど今までちやほやしてくれていた教師は一斉に背を向ける。高校に入った当初は、中学の成績がよかったから学級委員なんかをやったりしたけど、そのあとは急降下。学校が嫌になってSFしか読まなくなった。完全に現実逃避少年。たまに学校に行っても保健室の常連。だんだん午後からとかしか学校に行かなくなって、街を徘徊しはじめた。すると景色がそれまでとは違って見えた。中学までは肯定していた豊かになっていく日本を否定する、「ぶっ壊したい」側に一気に回ってしまった。そこからですね、ものの見方が変わったというか、自分が自分になった。闘争がなかったら今でいう引きこもりか、ただの不登校生になっていたと思う。だから、先ほどの二つの魂で言うと、僕も完全に後者です。でも、高校の三年間は基本的には自分からアクションを起こした記憶はほとんどない。セクトのオルグが来て、たまたまそれがブントだったというだけの話で明治大学や中央大学の**バリケード**に通うようになったけど思想的に共感したわけでもない。ブントの高校生組織で高校生安保闘争委員会（高安闘委）というのがあって、ずいぶん誘われたけど結局、加盟しなかった。でも、仲間の一人がその高安闘委に加盟したんです。いまだに覚えているけれど、申請書みたいな書類を書かされ、それを渡した途端に、受け取った学生が目の前で火をつけて燃やした。証拠を残さないためだと言って。「これは秘密結社の儀式なんだ」と思った。それを見た途端に嫌になった。だから僕は組織、党派に入ったことは一度もない。

でも、高校にいるよりはバリケードのなかにいるほうが気分は高揚した。メシも喰えるし、なんとなく御茶ノ水をウロチョロしていれば本屋があって時間もつぶせる。でも同時に、あの空間に入ると高校生というだけで異分子だった。それがいたたまれなかった。高校生組織は党派にとっては下部組織で、兵隊の予備軍。階級とか差別とかの「解放闘争」をやっていながら、なぜ大学生と高校生を分けて、そういうピラミッドをつくるんだ、という不満があった。「機関紙売れ」とか「高校でオルグしろ、動員かけろ」ということばかりで、ヤクザの下部組織としての暴走族みたいに利用されるだけ。それで、年齢が上がれば自動的に採用するよ、と。高校生が抱えている問題を学内闘争に持ち込むなんて考えを持った党派はひとつもなかった。勉強会で幹部大学生の書いた文章を読んだりしたけど、ぜんぜんピンとこない。マルクスとかの思想もどうでもいい。僕らは「ただすべてをチャラにしたい」ということだけだった。**反帝学評**だろうが、中核だろうが、高校生同士で集まるとそういう話になった。七〇年には高校生みんなが身の置き所がなくなっていましたね。だから、ブントの高校生委員会の連中が「俺たちは文部省に突入するんだ」と言ったのには当時の高校生全員が共感したと思う。「国会とか霞ヶ関なんてどうでもいい。俺たちは文部省に突入して、そこにある書類を全部燃やし尽くしてやる」ということに燃えてました（笑）。

笠井　小学生の頃は『丸』［一九四八年創刊の軍事系の月刊雑誌］を購読していました。押井さんとは比較にならないが多少のミリオタ趣味はあって、それが『**ヴァンパイヤー戦争**』（一九八二年〜）を書くときに期せずして役に立った。親の世代は戦争の総括を回避してきたのに、当時の体験談を語るときは、どことなくうれしそうでしたね。生き延びた人間にとって戦争体験は、危険や苦労を含めて人生至上のときだったんでしょう。一方で戦争は厭だと言いながら、語る口調には昂ぶりのようなものが感じられた。話を聞いている小学生は、「戦争は厭だ」という主題面ではなく、語り口や表現面の高揚に感応して、戦争って面白そうだと思うわけ。主題面を意識、表現面を無意識とすれば、子供は親の無意識に反応したとも言えます。戦後社会の「平和と繁栄」に飽き飽きしていた僕は戦争礼讃派で、どちらかといえば右翼的でした。小学生が知っている左翼といえば日教組で、戦後民主主義や戦後平和主義の宣伝団体だったし。

一九六〇年の春休み頃、日比谷まで映画を観に行ったら、数寄屋橋で大日本愛国党の**赤尾敏**が宣伝カーの上で演説していた。しかも、日の丸に並べて星条旗を宣伝カーの上に掲げてね。もう一度アメリカと戦争しろと思っていた子供は、これはなんだ、右翼はダメだという怒りに燃えましたね。そのあと、テレビで警官隊と衝突している**全学連**の国会デモを見て、こちらのほうが対米従属政権と真剣に闘っていることを知った。それで左翼のほうがいいと、ごく単純に小学校六年生のときに思ったんですね。

僕は中央区の月島生まれなんですが、小学生の前半まで江東区の砂町で、そのあと横浜の新興住宅地に引っ越しました。引っ越したのは上昇志向の強い土地柄で、受験戦争が小学校から始まっているような環境。そんななかで「よくわからないけど、なんか不愉快だ」という感情が鬱積していった。

そのあと、横浜の公立受験校に進学しましたが、一年終了で中退。当時の中退者は一学年に一人か二人で、かなり突飛な行動でした。中学生まで「義務教育」という言葉を誤解して、子供が学校に行かなければいけない義務だと信じこんでいた。高校は義務教育ではないと思ったら、もう我慢できなくなったんですね。

高度経済成長の初期に当たる小学生の頃までは、テレビドラマで描かれるアメリカの豊かさに憧れていた。芝生のある広い家、大型冷蔵庫などの家電と車、などなど。しかし高度成長の成果で、わが家にもテレビや冷蔵庫が入ってひととおり豊かになると、「人生、こんなもんじゃないだろう」という不満が生じはじめる。それで結局、今で言う不登校、引きこもりに近い状態になって、最終的に高校をやめたんです。

十八歳の少年が渋谷の銃砲店に立てこもる事件、いわゆる**少年ライフル魔事件**が起きたのは、僕が高校を中退した年のことでした。一九五〇年代の小松川女高生事件の**李珍宇**(りちんう)はドストエフスキーを愛読していたような文学少年だけど、少年ライフル魔は大藪春彦ファンで、大藪の小説に出てくるような銃撃戦ができたら死んでもいいと念願していたとか。その話を知って、自分は李珍宇でなく少年ライフル魔のほうだと真剣に思ったね(笑)。

押井　なるほど(笑)。

笠井　学校をやめてから半年くらいは、自室に閉じこもって本を読んでいました。それまで読みたくても読む時間がなかった本、**エラリー・クイーンの国名シリーズ**とかサルトル全集とか。でもだんだん飽きてくるんだよね、本ばかり読んでいる生活に。

そんなとき、ヴェトナム反戦の市民集会とデモがあるという新聞記事を読んで、清水谷公園まで出かけてみることにした。愛読書だった『**何でも見てやろう**』（一九六一年）の小田実が代表を務める市民団体、ベ平連の月例デモでした。デモは東京駅八重洲口で解散したんですが、ベレー帽のおじさんが「事務所で懇談会をやりますから関心がある人は来てください」と言うので、面白そうだと思って付いていった。ベレーの中年はベ平連事務局長の吉川勇一〔一九三一〜二〇一五年。市民運動家。「ベ平連」の事務局長として活躍。いいだもも、武藤一羊らとともに共労党を結成した〕氏で、これが運動の世界に入るきっかけでした。この時代の学生運動は**大学生の自治会運動**で、高校生や予備校生がデモに行こうとしても、受け皿はベ平連しかなかったんです。

押井　僕も、最初はベ平連のデモから参加したんです。放課後、五、六人でヘルメットもかぶらずになんとなく行ってみて、「ここらへんだったらやれそうだ」と思った。次からヘルメットをかぶって行ったけど、最初はヘルメットを鞄の中に入れるだけでもドキドキしてました。でも、だんだんこれではぬるいんじゃないかと思いはじめた。でも、党派に入るのは違うような気がした。

笠井　僕もベ平連の事務所に顔を出しながら、沖縄デーの4・28とか国際反戦デーの10・21のような大きな闘争のときは、大学生のデモに紛れこむという感じだったな。本格的に党派活動を始めることにしたのは、10・8羽田闘争がきっかけ。

一九六六年にフジテレビが、僕を中心にしたドキュメンタリー番組「ある青春の模索」を制作したんです。ところが、横須賀現地闘争で学生デモに紛れこんでいるシーンがフジ社内で問題になって、結局、放映中止ということに。監督は岩波映画出身の岩佐寿弥氏で、「青の会」を小川紳介や土本典昭や黒木和雄と一緒にやっていた人。**六全協**世代の元活動家だからおとなしく引っこむわけもなく、誘われてというか命令されて（笑）、放映中止のフジテレビ抗議運動を始めることになりました。そんな縁であちこち連れ回され、ゴールデン街で最初に飲んだ酒も岩佐氏のボトルだった。

それで六七年の夏頃、長篇映画をつくるから第二助監をやらないかと誘われたんです。助監といっても、フラフラしているヤツをタダで使おうという魂胆に違いないんだけど、そこでコネをつくれば映画の世界に入れるかもしれない。中学生の頃から映画が大好きで、『映画芸術』と『シナリオ』を購読していたほど。もう大学には行く気がしないし、いつまでもブラブラしているわけにもいかない。半分その気になりかけていたとき、10・8羽田闘争を体験したんだよね。

僕だけじゃなく、同じように感じた二十歳前後の若者は多かったわけですが、これで時代は変わると思った。欺瞞的な「平和と繁栄」の戦後社会を、もう一度廃墟に変えて再生するためのチャンスが到来したんだと。こうなった以上、映画なんてやっている場合じゃない。ということで、岩佐氏の誘いは断ることにしました。ちなみに、僕が第二助監という雑用係を務めたかもしれない映画は、吉田日出子主演の『ねじ式映画　私は女優?』（一九六九年）。だから運命なんだよね、もともと映画少年だったし、10・8がなければ映画を仕事にしていたかもしれない。やると決めた以上、徹底的にやらなければならない。ボリシェヴィズムの党派に入るのには葛藤もあったんですが、無党派で徹底的に闘えるかというと難しそうだ。**革共同**でもブントでもなく、新出来の弱小党派を選んだというのは、それなりに考えた結果でした。

押井　僕は党派には入らなかったけど、日比谷などのでかいデモは無党派でも紛れ込む場所があったので、そっちに行くようになりました。ノンセクトの連中は、自然に集まってリーダー同士が協議して役割分担したり、連絡先を話し合ったり、パクられたときの**救対**を統一したり、とわりと自主的にやってましたね。内緒でアパートを借りてヘルメットとか旗竿を置いて、そこに集まってから出発した。面白いもので、集団じゃないと怖ろしいんです。十人くらいいればヘルメットかぶって電車に乗れたけど、二、三人では勇気がいるわけですよ。

笠井　電車の中で、わざわざヘルメットをかぶらなくても(笑)。

押井　それで渋谷や新宿に着くと、普段の駅と違う。

ホームにヘルメットがダーッと並んでる。ホームを占拠していて反対側から眺めるとヘルメット一色。「これだ！　俺たちがやっていたぬるい世界からぜんぜん違う世界に入ったんだ」とものすごく高揚した。すぐ向こうに戦争とか火の海の世界が一瞬見えた気がした。その時どういう言葉を交わしていたかはあまり覚えていない。やっぱり情景なんです。ある意味の自分にとっての原風景とも言える。そういう戦争の匂いのする情景を、自分の鼻を利かせて探し回っていた気がする。中央大学のバリケードで封鎖された校舎の屋上で、「来年、東京中が見渡すかぎり火の海になるんだ」と熱く語ってくれた学生がいて、短い期間だったけど本当にそれを信じた。その自分の妄想にクラクラした。受験勉強も将来の人生設計もすべて関係ない。

だって戦争なんだから。

だから**『うる星やつら2　ビューティフル・ドリーマー』**(一九八四年)は高校時代の願望そのもの

（笑）。ある日、目覚めたら街から人が消えている状態。高校時代は、繰り返し繰り返しその妄想にかられていた。電車に乗っていてもその妄想にふけって山手線を何周もしたりした。ある日突然誰もいなくなった東京で一人で暮らすことをディテールにいたるまで延々考えていた。『ゾンビ日記』（二〇一二年）という小説にも書きましたが、まず米軍基地へ行って突撃銃と銃弾を手に入れよう、食糧を調達して備蓄しようとか。『ビューティフル・ドリーマー』でも、面堂終太郎がレオパルド戦車でビルを片っ端から壊して回るシーンを描いたけど、当時の妄想のマンマですね。

笠井　機動隊と衝突するとき、なんだか異次元に入りこんでいくような浮遊感があった。警備車のギラギラするライトの光、機動隊のジュラルミン盾の響き、デモ隊の歌声やどよめき、火炎瓶の爆発音と燃え上がる焔、その他もろもろ。非日常的な光と音の交錯が脳に作用するんでしょうね。

同じことが仏教寺院の儀式にも、ボリューム全開の轟音とストロボやカクテル光線を使ったディスコティークの演出にも言える。焚かれる香の匂い、リズミカルな読経の声、ちらちら揺れる灯明の光。仏教寺院の儀式に参列した古代日本人は、生まれて初めて高度に完成されたスペクタクルを体験して陶然とした。日本の支配層が古い神々を捨てて新来の仏教に改宗したのは、なにも優れた教義に説得されたからではなく、仏教が持ち込んできたスペクタクルに心を奪われたからです。

夜のデモや機動隊との市街戦には、期せずしてディスコや仏教寺院の演出と似た感覚的刺激があって、脳内麻薬物質の過剰分泌が促されたのかもしれない。

バリケードの思い出――「祝祭のなかの孤独」

押井　高校時代は、「いかにして非日常を引き伸ばすか」をいつも考えていましたね。僕は、街頭闘争を除けば、本命としてやっていたのはむしろ学内闘争でした。「全学蜂起準備委員会」という架空の組織をつくったり、まあ半ばは妄想の延長でしたが。それでも高校で全学集会が開かれたときには、緊急動議に次ぐ緊急動議を出し、それにさらに修正動議を加える。「いかに全学集会を引き伸ばすか」という戦術で参加しました。全学集会のテーマ自体は、いかにも戦後民主主義的な「制服・制帽の廃止」とか「検閲の禁止」でしたが、それは、さっきの「二つの魂」の話で言うと優等生たちのテーマですね。あちらは、「受験もあるし、速やかにその要求を通して一刻も早く高校生活の日常に復帰したい」と思っていた。僕らは最大動員でも七、八人のグループでしたが、「この小さなグループでいかにして全学集会を無期限に引き伸ばすか」を考えて、修正動議を出しつづける戦術を繰り返して結局一週間くらいねばったんです。授業を全部つぶして朝から夕方まで延々と集会。喋るのをやめた途端に終わってしまうから、毎日演壇に立って喋りつづけないといけない。七、八人で交代しながら延々と喋ってました。制服・制帽廃止の獲得ではない、この非日常の状態を延々と続けることが獲得目標だった。家には全部バレていて、家に帰ると親父とケンカ。あの一週間の全学集会は今でも忘れられない。

バリケード封鎖も実際やりかけたことがありましたけど、惨めな失敗でした。決行までしかけたんですが。仲間が朝六時頃に針金とかペンチとかを持って正門に集合したら、警杖を抱えた警官が何人も門の前に立っていた。慌ててみんなで隣の駅まで走って逃げたそうです。あとでわかったけど、親がタレ込んだんです。

自分の家のゴミ箱に棄てたメモやら何やらを拾って親が読んでいて、計画がバレバレだった。あの頃、都立青山高校とかではバリケードをつくっていましたね。

笠井　日比谷高校や教育大学附属駒場高校（現・筑波大学附属駒場高校）でも。全国的には灘や掛川西の闘争が有名だった。掛西にはプロ学同も、静岡大学からオルグを出していたな。

押井　高校のバリケードがどれだけ増えるか、**『朝日ジャーナル』**をドキドキしながら読んでました。ほかに読んでいたというと、古典では**ブランキ**かな。石畳で舗装された道路でいかにバリケードを構築するか、両脇の建物の壁を破壊して迂回路を造るとか、具体的なディテールが豊富で、『資本論』とか読むよりも断然面白かった。

でも、そんなことやってる最中に、次々にバリケードは解体された。高校でバリケード封鎖をやることはすごく大変なことでしたね。

そのバリケードの失敗から全学集会になだれ込んだ。高校の日常生活を阻止するということをテーマにした。生徒集会という戦後民主主義の枠内でいかに狡猾に中から食いつぶしていくか。僕らにとってはそれこそが学内闘争の獲得目標になった。青山高校の連中がやったようにバリケード封鎖を何日続けられるかということよりも、そのほうが重要だと思った。それが僕らにとっての闘争の最大の山場でした。僕らはそのとき、「日常こそが打倒するべき対象だ」という明快なテーマをようやく摑んだ。

家庭内闘争でも同じで、いかにして非日常化するかがテーマだった。親父と殴り合って家出するのは最終手段で、そこで終わってしまう。あとは家出して先輩の下宿に転がり込むしかない。でも、そこからまた違う日常に入ってしまうわけです。いつも高校生の仲間うちで言っていたのは、「大学生はデモが終われば下宿に帰るだけだ」。学内で総括集会をやって、下宿に帰って寝る。酒も飲むかもしれないし、同棲しているネエちゃんと寝るかもしれない。でも、僕ら高校生は街頭デモが終わって家に帰れば、そこにはさらに修羅場が待っている。放水されてビショビショだったり、催涙弾の匂いが付いてたりしているから、当然親にバレるわけで。新左翼といえども日常がある。その日常とどうやって対峙するのか？「大学生はそれをネグレクトしている。あいつらはサボっているんだ」、「大学生は日常を生きている。同棲生活までしてるじゃないか」というのが僕らの主張だった。闘争をやっている同士の同棲カップルはやたら多くて、ほぼ全員がしていたと言ってもいい。お昼になると「これでなんとかしてね」と彼女からお昼代もらってメシ喰ってる先輩とかいましたから。そういうこともすべて気に食わなかった。僕らにとっては、恋愛というのはある意味、革命と二大テーマだったわけです。僕らの仲間には一人もガールフレンドがいなかった。

恋愛についても、「日常の打倒」ということから考える。恋愛はある意味、非日常かもしれないけど、恋愛の果てに待っているものは大学生たちのような同棲であり結婚でしかない。そうなった途端に恋愛もただの日常になる、それ以外に恋愛の落としどころはあるのか、というようにね。だから今から思えばバカみたいに禁欲的だった。でも、どこかで渇望していたと思う。女の子を優先的に一生懸命オルグしてたから（笑）。

笠井 そういえば、青山高校や新宿高校の活動家が「家族帝国主義粉砕」とか言ってた。押井さんの『獣たちの夜』によれば、大学生はデモが終われば一日終わりだが、俺たち高校生は家に帰ってからも親と闘わなければならない。高校生活動家は、そういうことを言いたかったんだろうね。

押井　それは結構深刻な話だったんです。反帝学評の高校生組織とかブントで言えば高安闘委とか、党派の高校生組織があったけど、ノンセクト、セクトの壁を越えて高校生活動家同士で共感できるのはそこしかない。家庭内闘争をいかに戦うか。

大学生は、家を飛び出しても経済的なものはある程度獲得できる。地方出身者はもちろん都内出身者も下宿していた。高校生って半端でどうしようもないんです。家出してバイトしていたヤツもいたけど、基本的には親がかりで、家を出るのは最終決断。その時期はたぶんパクられるのと同時だろう、と漠然と考えていた。踏ん切りがつくだろうから、どこかしらパクられることを望んでいたところもあった。そのきっかけなしには「家を出てもやっていける」という精神的な自信はない。だから家庭のなかでは永遠の厄介息子で、学校では悪の生徒、セクトにいても、どこか相手にされないところがあって、ただの数、動員する対象としてしか見られない存在。そういう恨みつらみみたいなことも『獣たちの夜』には書きました。

笠井　小学校二年のときに父親が勤め先の工場で事故死して、うちは母子家庭でした。高校中退の意志を貫けたのも、母親一人では家族帝国主義的な抑圧に限界があったから。もうとっくに諦めていて、十六、七の息子がデモでパクられたりしても、グダグダ文句を言うことはなかったな。高校生活動家が言う家族帝国主義に、あまり想像力が及ばなかったのはそのせいかもしれない。

押井　僕らがやっていたことはあまりにもチンピラ的というか、そういう部分があると思いますね。月に二回くらい代々木公園のデモに行ったりして一瞬だけ街頭に出るけど、あとはその辺の喫茶店でたむろして、ずっとそこに巣食っている。世の中の動きにかかわろうとするんだけど、それ以前に排除されてましたから、僕らは。

結局、何もできないんだ。

そういう思いがあった。だから高校卒業寸前に赤軍派のオルグが来たとき、みんな結構真剣に考えた。自分たちのやっていることが国家権力と直接対峙するようなルートが本当にあるんだろうか、と。それで、しばらく学内に学習会を組織しました。そのオルグに来た人は党派の人間にしては珍しくいい人柄で、高校生相手でもちゃんと話をしてくれましたね。「革命が実現して社会主義が成就したら恋愛する必要はなくなるのか?」とか、くだらない質問にもちゃんと答えてくれた(笑)。実際は、その頃は赤軍派自体が危なくなっていましたけど。


笠井 六九年の夏ですね。あのとき、赤軍派はすごい勢いで「募兵」活動をやっていた。本人から聞いた話だけど、中上健次までオルグされたとか。あの人は文学青年時代、早大社学同の周辺にいたようです。

僕が党派に入ったのは、もっとも濃密な中心地帯で時代を体験したいと思ったから。無党派では前線まで行けない、もっともやばい最前線に立つには党派でなければ、と。しかし、どうなんだろう。日大全共闘や東アジア反日武装戦線のことを考えると、必ずしもそうは言えないようだし。

党派に加入したのは六八年の三月で、七一年の分裂を経て、事実上解党した七三年の最後まで居残っていた。貴重な青春を、過労死寸前の猛烈サラリーマンみたいな党派活動で消尽したわけだね(笑)。結局、いちばんやばいところまでは行けませんでした。もしも行っていたら、死んでいるか、長期刑か死刑判決で獄中か、でなければ北朝鮮かアラブだよね。その一歩手前まで行ったけれど。

押井 人生では、ほんのちょっとしたボタンの掛け違い、運命の一瞬というのはありますね。**よど号事件**

があったのは、僕の高校に赤軍派のオルグが来たその数箇月後だった。そのあと、さらに連合赤軍事件もあった。SF的に言えば、かすかな分岐の違いで生き残ったということかもしれませんね。

僕らが当時考えていたのは、ある種の永久革命みたいなもの。

非日常は原理的にありえないから限界状況みたいなものかもしれないけれど、それに対峙しようという意識が僕らのなかにつねにあった。だけど、法を犯すことはついぞできなかった。喋りつづけるとかアジりつづけること自体は、いつかは終わる。全学集会が収斂したように。結局は優等生たちのペースで収斂して、学校と取り引きをして手打ち。それでまた日常的な授業が始まった。だから、そういう日常的なものを壊すこと、極大化して言えば「戦争」が僕らにとっての最終的テーマだった。セクトに入っている高校生の連中にしても、僕らみたいなノンセクトのチンピラにしても、戦争が始まったら俺たちは先頭に立って突撃するんだ、という話で盛り上がった。そこだけは共通して語り合えた。それで死んでしまいたい。だって、もしも革命が成功したとしても、そのあとはロクでもない収容所的な世界が待っているだけだから。

笠井　盛り上がるとみさかいなく過激な方向へ、過激な方向へと突っ込んでいくタイプがいましたね。叛乱の陶酔に感応しやすい「ブランキスト」タイプというか。他方には計画的にやらなければ気がすまないという管理職タイプがいた。過激化した大衆と、それをコントロールしようとする党派に、両者を重ねることもできます。しかし僕は、どちらとも違っていた。気分はブランキストでも、どこか冷めていて、しかし管理するのは嫌い。だから活動家のなかにいても、ズレている感覚があった。当時は「祝祭のなかの孤独」とか言っていましたが。叛乱状態や祝祭状態に突入していくときの高揚感は圧倒的だとしても、完全に魂を奪われ切ったわけではない。どこかに理性的な判断力が残っていて、お祭り騒ぎに疲れ果て眠りこけている「ブランキスト」諸君を横目で見ながら、敵の夜襲を一人で警戒しているとか。『獣たちの夜』を読んで思いだしたことがあるんです。**山田正紀**さんの解説に出てくる言葉だけど、「われわれはそもそも経験ができない」ということ。リアルなものから遮断されているというスカスカした感覚。だからリアルなものに向けて追い立てられる気分で懸命に走り回っていた。餓えた獣のような目で街を歩いていたようで、公安に「お前、目つき悪いな」とか言われたことがあります。横目を使いすぎて、職業的に目つきが悪くなる公安には言われたくない（笑）。どこかにあるリアルなものに、どうしても触れることができない。それが飢餓感になり、ボルテージが上がっていった。

都会の光景が芝居の書割のように見えるんだよね。書割を叩き壊したら、裏側に隠されているリアルと出遭えるんじゃないか。バリケードをつくったのも、見慣れた大学キャンパスの光景を魔術的に変容させたいという思いからだった。国大協路線粉砕とか安保自動延長阻止というようなスローガンにたいして興味はなく、本音は「ぶっ壊せ」だった。党派活動家として情勢分析らしきものは書いていましたが。

押井　いちおう、情勢論とか組織論を語るから地に足がついているように見えるけど、それは、ただの共通言語であり、日常会話であって、本音の部分では「ぶっ壊せ」ということでしたね。

僕はよく先輩の大学生たちに、「お前らのやっているのは文化闘争だ。マルキストでもなければ共産主義者でもない、ただの実存主義者だ」と批判された。〝かなり高級〟な言い方では、「お前がやっているのは政治ではなくて文学だ」と。僕らに言わせれば文学も芸術も政治もヘチマもあるか、もっともっと根源的なものだ、と漠然と考えていたんでしょう。今だったら明快にそう言えますが、当時はよくわからなかったですね。

笠井　六〇年安保世代の活動家に、お前ら人生論で闘争をやろうとしているとか呆れられていたね。マルクス主義を掲げる党派の一員でも、「プチブル急進主義で何が悪い」と思っていた。革命のリアリティは「プチブル急進主義」にしかないという主張を、マルクス主義的に粉飾すると**ルカーチ**主義になるので、僕はルカーチ主義者を自称していました。

押井　僕は、はっきりプチブル急進主義者と言われつづけていましたね。ずっとノンセクトだったから、党派の大学生連中に徹底的に批判されて。さっきの「二つの魂」でいう学級委員長タイプ、主に中核派とか**ML**とかの連中に。無党派の連中はみんなそういう批判をされるんだけど。党派の連中からすると、**黒ヘル**かぶってる無党派のヤツはクズ扱いでしたからね。もっとひどいことも言われた。「プチブルの生み出した腐敗分子だ」とか。「それのどこが悪いんだ」と開き直っていた。僕たちはたしかにプロレタリアートじゃない。当たり前じゃないか。プチブルが生み出した腐敗物の泡みたいなもので、ボコボコ言っているだけ。でも、それはそれで家庭でも学校でも自己主張して臭気を放つ。「そういう異物でいてやる」という覚悟しかなかった。だから批判されてもぜんぜん気にしなかった。でも、党派や組織内では自己批判とかリンチとかがそろそろ見えてきた時代だったから、「このまま行くと粛清される側にしかならない。だから一刻も早く戦争になってくれ」と思っていたんです。僕たち高校生のわずか七、八人のグループ内でも、「なぜ政治目標を掲げないのか」という対立があったりした。僕は学内で教師と喧嘩するほうが、闘いの本質に近いと思っていたけど、セクトの下部組織に入った連中は学校や家庭では平和を装い街頭で跳ねる。そういう対立みたいなものはありました。会議をやると、普段は仲間なのに、いきなりドスをきかせて「お前らみたいなヤツは、いずれは粛清してやる」と恫喝されたりした。

笠井　坂本龍一は新宿高校の活動家だった頃、仲間たちと「われわれは**ジェルジンスキー**になるしかない」と陰惨な顔で話しあっていたとか。そんなエッセイを読んだことがあるね。

押井　僕らのなかでは、政治目標を掲げて運動すること自体が日常で、現実原則に従うことになる。だから家庭だったり学校のクラスだったり、自分の身近な部分、自分が今生きている場所で揉め事を起こすことに賭けていた部分があったと思う。そういう意味で、**安田講堂**では全共闘自体が現実原則に行きはじめたと僕らの目には映った。「**首都制圧**」とか「**東京戦争**」という**言葉**自体が持っている衝迫力にはしびれる面があったけど、実際は街頭に出るということに関して言えば、どこかしら祝祭的だったし、義務でしかなかったときもあった。本質的なテーマがあったわけではない。そういう意味で言うと、たしかにまじめな政治運動なんてものではなかったのかもしれない。

高校時代、**光瀬龍**さんのところによく遊びに行っていたんですが、「もっとちゃんと生きろ」と言われましたね。高校時代、「寄生虫戦術」というのを実践して、一定の予算がついている図書委員会にもぐり込んだんです。図書委員会は新聞を発行したり図書館で購入する本の選択権を持っていて、委員たちのなかでも声がでかいヤツが勝つので、ゴリ押しして全共闘の本とSFを半々の割合で入れていた。その図書委員会がつくる新聞に「作家探訪」というコーナーがあったので、こういう大義名分があれば会ってくれるだろうと、当時いちばん好きだった光瀬龍さんに会いに行ったんです。当時、あの人は赤羽の団地に住んでいて、しょっちゅう遊びに行っては終電まで喋ってました。

笠井　**小松左京**でなく光瀬ファンだったのは、廃墟のイメージがより強烈だからでしょうか。

押井　そうです。日常からいちばん遠い匂いがした。会うと思ったとおりの人でしたが、何度も行っているうちに年長者として馬鹿な若者をたしなめるわけです。「君たちはたんなる欲求不満で暴れたいだけだ。具体的には女の子の問題だろう。性的な不満が根にあるんだ」、「日本や世界のことを考えるのであれば、地に足のついた運動をやるべきだ。ヘルメットかぶって突撃することとは関係ない」と。僕は「**改良主義者だ**」と思って猛烈に反発しました。最後にすごく分厚い原稿用紙に書かれた手紙を受け取って、今でも持っています。そこに連綿と書かれていたのは、「もっとちゃんと生きなさい」ということ。返信に激烈な言葉でアジを書いて以来、光瀬さんのところには行けなくなった。数年前に再会した未亡人にその手紙を見せられたときは、冷や汗が出ましたね（笑）。当時書いたものはみんな封印していたから。

笠井　光瀬さん、高校生にも真剣に対する人だったんですね。大人になった押井さんが書いているからかもしれませんが、『歔たちの夜』にはユーモアがある。あの頃の僕には、そういう精神的余裕はなかった。**党派のなかでマルクス主義者やレーニン主義者を擬態**している無理が、精神をこわばらせていたのかもしれない。

押井　あそこまで飄々（ひょうひょう）としていたかは別として、真剣は真剣だったけど、よく笑っていたことも確かです。やっぱり高校生だから、集まって**アジビラ**をつくるだけじゃなくて、横浜に無免許でドライブに行って相撲をとって帰ってきたりとか、バカなこともさんざんやったから楽しかったことは確かですね。毎日がピクニックみたいな感覚があった。一旦受験戦争みたいなレールから外れて「どうでもいいや、大学なんて行かないよ」と思った瞬間、気持ちが高揚してとにかく楽しかった。学校に行ったり家に戻ったりすると途端にプシューッとしぼむけど、仲間うちで集まっているときはどうにでも生きられるような気がした。メシもよく喰ったし、冗談もよく言ってつねに笑っていました。

同時に、やっぱり女の子への飢餓感が強烈にあった。この世界に来てまで彼女ができないのか、と(笑)。異物として警戒されてるから普段の高校生活でできないのは当たり前。でも、こっちの世界に来たら何かきっかけがあるだろうと、実はみんな思ってましたね。もっと自由奔放だろう、と。ぜんぜんそんなことはなくて、たまに素敵なお姉さんがいてもゴリゴリの党派だったり(笑)。

笠井　六九年はプロ学同の都委員として、複数の大学支部の指導をしていました。僕が担当校として選んだのは青山学院や成蹊大学で、法政や中大と違って美少女が山ほどいそうだったから。美少女はともかく青学の学食はハイレベルで感激したね。性欲より食欲だったんだろうか(笑)。

不思議なのは、闘争による世界の変容感を体験した若者が数千や万という単位でいたのに、ほとんどが戦後社会のただの日常に戻っていったこと。

押井さんや僕はあの時代の体験によって以後の人生を規定され、不完全燃焼感のようなものを抱えて不機嫌に生きてきたわけだけれど、「平和と繁栄」の戦後社会に着地できた連中は何を考えてたんだろうと思う。

押井　結局、当時「政治的意識」などと吼(ほ)えていたことは、言ってみれば大義名分だった。本音は、全部壊したかった。ひたすら街を廃墟にすること自体が自己目的に近かったんだと思う。

笠井　そんなふうに思う高校生とか大学進学を放棄した浪人生とか、人生の見通しのつかない若者が大量に登場してきたのが六八年、六九年だったね。

押井　むしろ見通しが立たない状況を望んでいた。「どうせ来年か再来年は戦争になるんだから、大学も就職も親のことも考えなくていい」。その時が来たら自分は兵士になる」と。それが高校二年生のとき、六八年の10・21で負け、さらに翌六九年の4・28沖縄反戦デーでコテンパンに負けて「ダメだ、これは」と思った。その10・21から4・28までの半年間がいちばん走り回っていた気がする。体もそうだけど、頭のなかが走っていた。ただいろいろな高校の連中に会いに行っただけで、たいしたことはしてないんだけど。4・28も夜中じゅう走り回ってた、というか逃げ回っていた。自分がどこにいるのかもわからなくなるくらいに。それで、三々五々仲間で集まったら「どうもダメみたいだ」と。最後はドロドロになって家に帰った。地下鉄も止まっていたから、どうやって帰り着いたのか覚えていないけど。それで最後のダンスも終わり。その時までは「もしかしたら」って期待があったんですけど……。

高校三年のときに赤軍派がオルグに来た頃は、もう結構危なくなっていた時期だった。集会でも中学生を集めて兵隊ごっこをやってましたから。かなりヤクザ化していて、娑婆っ気を捨てさせるために万引きとかやらせてましたね。

そうこうしているうちに、公安の刑事が家に訪ねてきて、親に政治集会に参加してる僕の写真を見せたんですよ。それから親の監視がますます厳しくなって、とうとう高校三年の夏に突然親父に連れだされて**大菩薩峠**に軟禁。

笠井　なんと、赤軍が軍事訓練をやろうとしていた大菩薩に閉じこめられるとは（笑）。

押井　親父は山小屋の主人に金を渡して、僕に「しっかり勉強しろ」と言い残して下山してしまった。こっちは金もないから逃げ出すこともできない。でも、そもそも受験なんてする気がないから、毎日山登りして、夜は主人がつくった自家製ワインで酒盛りしてました。妙な偶然で山ひとつ向こうでは赤軍派が軍事訓練をしていたんですね。それで夏休みが終わって山から下りたら、仲間との活動にもどこか冷めている自分がいた。親の思惑どおりでした。それで僕らの闘争も終わり。結局、僕は「反戦高校生」も気取れず、まただの落ちこぼれに戻った。

笠井　ここが勝負だと思ったのは、**六八年の11・22**です。**民青**の教育学部バリケードを攻め落とすため、日大東大全共闘を支援する全国学生総決起集会に、全国から一万人の学生が集まった。安田講堂前から正門までゲバ棒が林立している光景は壮観で、密集した槍兵隊を形容する「芒（すすき）の穂のような」という言い回しを思いだしたね。それ以前、大田区辺りの青年労働者を中心とする民青の**あかつき行動隊**に、東大全共闘はゲバルト（暴力）で敗北していた。今夜こそ東大から民青を叩きだすんだということで全国から集まったのに、なにごとも起こらないまま解散。東大全共闘が党派の圧力に負けて日和ったんですね。ここで民青と大規模なゲバルトをやると、機動隊が突入してきて大量逮捕になるだろう。翌年の安保決戦のために戦力を温存しようとする、党派の「計画としての戦術」です。あそこで日和ったのが、後退の始まりだったと思う。

その前の10・21新宿闘争までは登り坂でした。一ヶ月後の11・22で、六〇年代後半の大衆ラディカリズムは坂を下りはじめる。騒乱罪を引きだして勝利した新宿闘争でも、みんな家に帰っていくんだよ。フランスでは一八四八年の六月蜂起でもパリ・コミューンでも、蜂起した群衆は自分の家のあるところにバリケードを築いた。食事したり寝たりする場所が、そのまま闘争の場所だった。しかし、われわれは占拠した新宿を離れて家に帰っていく。これでは勝てないと思いました。ただし前衛派の**岩田弘**は、デパ地下には大量に食糧がある、それを強制徴発して新宿占拠を続けろとアジっていた。伊勢丹や三越を襲って新宿一帯にバリケードを築き、銃砲店を襲って武装すれば、機動隊が簡単に制圧することは難しくなる。しかし、それができなかった。という点からして登り坂と下り坂の分水嶺は、六八年十月二十一日から二十二日に変わる瞬間にあったのかもしれない。

六八年10・21新宿闘争の総括をめぐって、僕が所属していた学生組織では対立が生じました。10・21、関西では御堂筋制圧闘争は、大衆を大量動員し一時的な街路占拠に成功したが、安保改定阻止という政治決戦には繋がらない「壮大なゼロ」だったというのが多数派の総括。僕がリーダーだった少数派は、なにしろレーニン主義的意識性なしの小ブル(プチ)急進主義だから、新宿闘争の路線で先に進めばいいという総括。次はデパ地下を襲って新宿をバリケードで封鎖し、一週間でも二週間でも街路を占拠すればいい。

この対立を抱えたまま年を越し、六九年一月の東大安田闘争になる。僕に言わせれば前年の11・22で、東大闘争の外堀は埋められていた。全員逮捕を覚悟して安田講堂に閉じこもるのは、いわば大坂夏の陣で、敗北を美化するためのセレモニーとしか思えませんでした。

押井さんが小説化した4・28闘争の当日、僕はパクられて築地署の留置場でした。前段の晴海現地闘争で逮捕されたんですね。新橋、有楽町、銀座辺りが主戦場で築地署の留置場は催涙ガスの臭いが染みついた逮捕者で、たちまち満員になった。

「壮大なゼロ」論はブント内でも語られていたわけで、そこから赤軍派の結成にいたる。ゲバ棒や火炎瓶で武装しようとも、しょせん大衆デモは大衆デモにすぎない。その無力を超えるには、中央権力の奪取をめざして武装蜂起しなければならないという、赤軍派の前段階武装蜂起論［詳しくはP252「赤軍派」の註釈を参照のこと］ですね。僕がいたプロ学同の委員長は京大生で、赤軍派に煽られて六九年10・21に「政府中枢制圧」という方針を出します。権力奪取の意識性を例示するためには、霞ヶ関に進撃しなければならないというわけ。しかし僕には、国会や首相官邸を攻撃する闘争のほうが質が高いという理屈など俗流レーニン主義で、くだらない自己満足にすぎないと思えた。新宿だろうと御堂筋だろうと、闘いやすいところ勝てるところで闘うのが正しいに決まっている。六九年10・21方針をめぐって対立が爆発し、僕は無期限権利停止処分になりました。

しばらくふて腐れていたんですが、党の学対責任者が交替し、僕にプロ学同の委員長ポストを提供するので組織に戻らないかといってきた。党内闘争に負けっ放しというのも癪だし、今度こそ理想とするルカーチ党を建設するんだという決意で組織活動を再開することにしました。次の焦点は一九七一年の**三里塚闘争**で、闘いやすいところで闘って確実に勝利するという路線にふさわしい現場だった。しかし党は、七一年十一月の沖縄闘争の方針をめぐって左派、中間派、右派に三分裂します。沖縄闘争は不発に終わり、これで六七年以来の激動の時代、大衆蜂起の時代も終わったと思いましたね。翌年の春には連合赤軍事件が起こり、思想的な衝撃に圧倒された。七三年には僕も指導部だった左派の赤色戦線派が解党状態になり、六年にわたる党派活動家生活は終わりました。

闘争の残像――68年のかなたへ

押井　「反戦高校生」の夢破れて、僕は大学に入っても惰性で二年間くらい活動していたんですが、学芸大は珍しく**四トロ**が最大党派だった。他に四トロがいたのは水産大とか東洋大くらいでしょう。中核派が少数派。それからMLがちょろちょろいて、**革マル**はいちばん少なくて、地下に潜行していた。超党派で最大動員しても、たしか百人~八十人くらい。一度、小金井市内でデモをしたけど、恐ろしい体験だった。

日比谷公園のデモに行くよりも怖かった。いつもメシを喰いに行っている食堂とか商店街のオヤジたちが全員、梶棒とかバットなんか持って店先で睨んでる。一触即発で、こんなに怖いデモはやったことがないと思った。

活動自体が下り坂に入っていたから、僕は大学では後始末に付き合ったという感じでした。そのうちにデモにもあまり真面目に行かなくなって、むしろ救対をやってました。下宿に行ってガサ入れされても大丈夫なように掃除したり、東京地裁に通って裁判記録を書き写したり、公判にヤジ係として出向く。あとは何をしてたんだろう? 授業にまた復帰するのがイヤだったから、惰性でやっていたようなものでした。義務感だけでぜんぜん情熱なんてない。だから付き合ったのは一年くらいかな。

でも、民青とかはまだまだやる気だった。あかつき行動隊とかが恫喝して回っていて、要するにあとはもう**内ゲバ**しかなかった。

笠井 〈68年〉は世界的な出来事で、新左翼の極左部分が軍事闘争を目指したのもイタリア、ドイツ、フランス、アメリカ、日本などで共通していたが、内ゲバは日本に特有の現象ですね。イタリアの**赤い旅団**や**西ドイツ赤軍**（バーダー・マインホフ・グルッペ）の軍事闘争は苛酷性と徹底性で日本の例とは比較にならないけど、警官や保守政治家や企業経営者などの「階級敵」は容赦なく殺害しても、仲間は殺していない。自派だけでなく他派も含めて。**連合赤軍**のように自派内で、あるいは革マルと中核や革労協のように党派同士で殺し合い、百人を超える犠牲者を出した例は日本以外に存在しません。

内ゲバがその後のアメリカ、ヨーロッパと日本の差を生んだ一因になっている。ヨーロッパで街頭政治の伝統は、日本のように消えていません。フランスやイギリスでは大規模な移民暴動、下層の若者暴動が起きているし、ギリシャやイタリアやスペインでは反貧困の街頭占拠が生じている。ヨーロッパではグ**リーン・パーティー**など〈68年〉を源流とする新政党が議席を獲得し、保守党と社会民主党のあいだでキャスティングボードを握る場合もある。アメリカでも、たとえばヒラリー・クリントンは**SDS**の全国委員だった。旦那のほうはデモの尻尾にくっついていた程度らしいけど。その評価はともかく、こうした流れがアメリカ、ヨーロッパには見られるけど、日本では皆無ですね。新左翼は内ゲバで社会的共感を一挙に失いました。

押井 繰り返しになるけど、現実政治のなかでどうにかしよう、国会の議席を獲得して何かしようという発想は、僕自身は当時は最初からなかった。むしろ、なかったからこそ参加した。高校生の感覚だと

「選挙なんてかったるい」。いきなり**チェ・ゲバラ**とかに行っちゃうんです。日本社会と対峙しようなんて意識なんかぜんぜんなかった。だってそこからこぼれ落ちているわけだから。

笠井　われわれはやらなくてもいいけど、真面目な学級委員タイプや過激化した戦後民主主義者は、そのくらいやらないと（笑）。過激化した戦後民主主義の典型が中核派だけど、中核は現実政治と反対方向の内ゲバに突き進んで組織力を消耗しました。実際のところ内ゲバ要員は、やたらと暴れたがる単純な暴力タイプでなく、学級委員タイプが倫理主義的に自分を追いつめて、という例が多かったように感じます。

押井　学級委員長タイプは生協とか地域活動とかで基盤をつくってやろうとしてた人たちもいましたね。まだそういうことしてるんだ、とかしか思わなかったけど。

僕は大学時代に一年くらい付き合ってから、闘争からなだらかにフェードアウトして、そのうち映画一本になった。先輩たちからは「押井は何を考えているかわからない。いつも上の空だし。いないと思うと映画館に入ってる」と言われていた。その頃、いつも16ミリカメラを持って歩いていたんです。金がなかったからフィルムは入ってなかったけど、それでもカメラを担いで歩いていると映画につながっている気がした。大学も何となく自分がいる場所じゃないという気がしていたから、授業には出ないで部室に行ったり、党派やノンセクトの先輩たちと話したりしていたけど、それよりも映画館が自分本来の場所だという意識を強烈に感じた。

でも、やはり闘争のイメージだけは頭に鮮明に残ってしまった。

現実過程としてはどんどん離れていくんだけれど、日常を食い破って非日常があふれだしてくる高揚感がどうしても忘れがたかった。映画にかかわるようになったら、いつかそのことを表現するかもしれないとは漠然とは思ってました。

ただ、世の中に出ると、結婚して稼がないとならない事情もあったけど、自分が何者かになることに夢中になった。高校大学はまったく評価されず、みそっかすだった僕が、**タツノコプロ**に入って初めて人に評価される味を覚えた。「絵コンテを切れ」と言われて切ったら、「お前書けるじゃないか」とすぐに本番をやらされた。人手不足が最大の理由でしたが、三ヶ月で演出家になってしまったんです。これはスタジオ内でも異例。あとは夢中だった。自分がつくるものをみんなが評価してくれる。気がついたら監督になっていた。そこでハタと止まった。七〇年代後半です。僕の七〇年代はそこでひとつのピリオドがあった。

監督になってしばらくテレビの仕事をして、二年目くらいに映画の仕事が来たんです。そのとき、止まっていた時計がまた動きだした。二本目に自分の勝負だと思ってつくった『ビューティフル・ドリーマー』は、廃墟から出発する話。やっぱりどうしてもそっちに行ってしまう。都市を離れて映画をつくることは頭になかった。いかにして都市を廃墟にするか。それはネガティヴなものではなくて、自分にとっては生産的で素晴らしいものだから。それから再び、永遠の非日常の追求、それをつい最近まで二十年くらいやってきました。

笠井　入っていた党派が潰れたあと、しばらくビルの管理人をやっていました。勤めるときに、「管理人を置いていないと保険に入れないから、いてもらうだけ。もしも強盗が入ったら抵抗しないで逃げてください」と申し渡された。朝九時にビルを出て、昼間ぶらぶらして夕方五時に出勤という仕事で、夜は蒲団を敷いて寝てもいい。拘束時間は長くても、いるだけでいい仕事だから暇はいくらでもある。昼間は図書館で本を読んで、夜は管理人室でノートを書くという生活を続けていました。

これからどう生きればいいのかわからない、何もかも宙ぶらりんだと感じていた。連合赤軍事件に行き着いた時代経験を自分で納得できるまで徹底的に考え尽くさないと、先に進めないと。『テロルの現象学』を書くことを人生の目的にして、そのために必要な最小限の生活費だけ稼ぐという生活をしていたわけです。ほとんど金を使わないので、少し貯まったところで管理人の仕事をやめ、四畳半の部屋でも借りて総括の書の完成に専念しようとしたら、たまたま新宿で再会した国際ヒッピーの古い友人から「パリのほうが東京より圧倒的に生活費は安い。貯金を食い潰すのならパリのほうが長持ちする」と言われた。友人に背中を押されてフランスに行き、屋根裏部屋で『テロルの現象学』と『**バイバイ、エンジェル**』(一九七九年)を書いて帰ってきたというのが、僕の七〇年代後半でした。

「国内亡命者」と「在日日本人」

——闘争が敗北し、否定したかった「平和と繁栄」の戦後民主主義的な日常に周囲が次々に戻っていった。そういう日本を見限るという選択肢はありませんでしたか?

押井　僕らの世代は、海外に行くことはひとつの選択肢としてあった。僕が海外に行かなかった理由は、たんに億劫だったからと語学がぜんぜんダメだったから(笑)。当時、海外に出る人の向かう先はほとんどアジアか、インドか、ヨーロッパで、アメリカというのは少なかった。当時の風俗としてインド願望みたいなものがありましたから。ビートルズだってインドに行ったしね。ある意味で言えばアジアに回帰していたのかも。そこまで考えていたかどうかは別にして、たしかに海外のほうが安く暮らせるし、日本にいる必然性はないし、日本にいると迫られる決断を海外ではとりあえず回避できるとか、いろいろな動機で海外に行った人間は結構いると思う。笠井さんも仲のいい、僕の大好きなＳＦ作家の山田正紀さんもよく海外に行っていたけど、彼は「結局、海外に行く意味がまったくない人間であることが判明した」と言ってました（笑）。

『立喰師列伝』という作品のなかで、海外から帰ってきた人間の典型としてインド帰りの「中辛のサブ」というキャラクターをつくったんです。本当にインドに行ったかどうか不明だけれど、インド人の格好をしてスタンドカレー屋で食い逃げを繰り返す人物。あの作品は、それぞれの時代の典型的人物を描いていくという意図で、実は大真面目につくった戦後史の総括映画なんです。テロリストもいれば海外から帰ってきた人間もいて、七〇年代の人間もいれば六〇年代の人間もいるという、一種の戦後史の総括を意図した。バカバカしい話だけれどもテーマとしてはわりと真面目だった。どうしても典型として出したいと思ったのが、海外に行って日本に再び帰ってきた人間。帰りたいからから帰ってくるのか？　海外から日本を眺め、ある意味では外国人としての意識を持って帰ってくるのか？　亡命者が帰ってくるのか？　どれなんだろう。たとえばインドを漂流したカメラマンの**藤原新也**にしても、海外に行くことで日本を相対化するということは僕らの世代にとってはある種の知的営為だったと思う。

笠井さんはフランスでずっと小説を書いていたわけですが、日本を遠くから眺めようという意識はあったんですか？

笠井　なかったな。連合赤軍事件のあと外国に行った連中は多かったけど、その頃は吉本主義的な発想で、「日本から外に出れば展望が開けるなんてはずがない、今いる場所で徹底的に考えるべきだ」と頑固に思いこんでいました。なんらかの展望を求めて海外に行くというヤツを、避けられない思想的課題からの逃亡者だと軽蔑していたところも。僕はたんに物価が安いからという理由で飛行機に乗っただけ。行ってみたら発見がいろいろあって、よかったとは思うけれど。

フランスにも町や村ごとに戦死者の慰霊碑があるんですね。その町や村から出征して戦死した人の名前が、一面に刻まれている。第一次大戦後に立てられたものがほとんどだから、普仏戦争の死者の名前はありません。パリ郊外の町で初めて慰霊碑を見て驚いたのは、第一次大戦の戦死者が全体の三分の二以上、四分の三くらいあること。第二次大戦は四行ほど、アルジェリア戦争が一行。もちろん知識としては知っていたけれど、ヨーロッパにとって第一次大戦というのは、これほどまでに凄まじい戦争だったのかと思い、あらためて圧倒されました。また、フランスで「戦後」とは、終戦が一九六二年のアルジェリア戦争後で、僕が中学二年のときです。われわれは「第二次大戦後が戦後である」、あるいは「最後の戦争は第二次大戦である」と思いんでいるけれど、日本人の常識はフランスでは通用しない。これは一例ですが、行ってみなければ体感できないことはたしかにあると思うね。

押井　僕も映画を撮るために初めてヨーロッパ——具体的にはポーランド——に四ヶ月くらい行ったときに同じようなことを感じた。ポーランドはかなり特殊な国なんです。かつて一瞬だけ帝国だった時期があるけれど、あとはソ連やドイツといった周辺の国に占領され統治されつづけた。いまだにドイツ人は、ポーランドはドイツ領だと思っているわけだし。言葉も違っていた時期もある。文化的にも西のほうはドイツ的で、東のほうはロシアっぽい。餃子みたいな料理があるところを見ると、韃靼(タタール)人に占領された時代の名残でしょう。もしかしたら占領されていた時期のほうが長いくらいの国です。その一方で、ユダヤというまったく別の民族を抱えて生きていた。いろいろなものがあるから、この人たちのアイデンティティって何なんだろう、と考えた。最終的にポーランド語だとわかった。言葉に異様な執念を持っている。そして、それを具体化するという意味で映画であったり演劇であったり、文化というものに対する執着の仕方が尋常じゃない。それは衝撃的だった。

たしかに海外に出るという行為は、結果としてだけれど、日本がいかに特殊であるかを知る意味はあると思う。僕の高校時代は吉本隆明を愛読して、闘争があって、SFがあって、〝偽〟の現代史があって、そういう中をグルグル回っていたわけです。当時の高校生はだいたいそうだったけれど。どこかへ出ていくということに関しては、「逃亡するだけだ」と否定的な思いがあった。赤軍派に対しても、「なぜ北朝鮮に行くんだ? なぜ日本ではないんだ?」というのが最初の感想だった。僕が当時考えていたのは国内に亡命すること。日本にいるんだけれど、日本にいないフリをして生きる。それはどういうことかというと、税金は払うんだけれど――税金を払わないと刑務所に行くしかないから税金は払うけれど、選挙に参加しないとか、国のために積極的なことは何もしない。僕はいまだに選挙に行ったことがないんですよ。今でも議会制民主主義自体を否定しているし、そもそも国にお世話になっていないという思いもあるから。

笠井 僕もそうです。押井さんの言葉では国内亡命者ですが、僕はその頃「在日日本人」と称していました。在日中国人や在日韓国人のように、たまたま在日である日本人。

押井　感覚は同じですね。そして僕にとっては亡命先が映画館だった。映画館を自分のメインステージに決めた。大学へも映画が観たくて行ったようなもので、大学時代はほとんど授業に出ずに映画館にいました。国立だから六年しかいられないんだけど、そのあいだは亡命していられるだろう、と。でも同時に、落としどころを無意識に探してたんです。それは映画監督になること。順番としては逆なんだけれども、結果的に映画監督になったときに初めて、高校時代に妄想していた永遠の非日常とか、「廃墟からもう一度やり直すんだ」という、ある種の虚構を実現できる立場に立ったんだという自負が生まれた。それで『**機動警察パトレイバー**』や『**人狼 JIN-ROH**』、『**スカイ・クロラ The Sky Crawlers**』をつくったわけです。みんな忘れて生きていたけれど、実は続いていた戦争をあぶりだしたり、なんとか今の日本を違う場所で覆したいという衝動でつくった。それを政治的手段や経済活動ではなくて、根も葉もないつくり話でやってきた。

でも順番としては逆で、それがやりたくて監督を選んだわけじゃない。無我夢中でやっていて、気がついたら監督になっていた。いざ「何をやろうか」というとき、実はそれしかテーマがなかったわけです。映画自体が非日常なんだけれど、その映画のなかでさらに非日常をどうやったら追求できるか。それはたまたま好きなSFとも一致した。また都合のいいことに、僕も子供の頃、どちらかというとミリオタに近くて軍艦とか飛行機の絵ばかり描いていたんです。そういうことが全部、監督という仕事に流れ込んだ。そういう意味では、国内亡命するはずが、どこかしら自分の仕事自体が拠点になってしまった。そこからの尺度ですべて眺めている。もう一度だけ東京から亡命しようとして、熱海に居を構えたわけですが、実態として言えば永遠の単身赴任者になった。

笠井　小説家は小淵沢に住んでいても一人で仕事ができますが、映画監督の場合はそうもいかないね。

押井　それは羨ましくもあります。僕は家庭からも亡命している状態なわけです。熱海の家は奥さんが犬や猫と暮らしている家で、そこにたまにお邪魔するという関係になった。考えてみれば、亡命に次ぐ亡命でいまだに逃げ回っている状態だから、とくに海外に行くという発想は僕のなかにはなかった。あの山田正紀さんですら（笑）、インドやパキスタンに行くというエネルギーがあって、現地で拘置所にも入ったりしている。僕の場合、現実過程での冒険はゼロです。高校を卒業したときに「亡命者になる」と決心した瞬間から、ずっとそういう冒険を避けてきた。その分、妄想の部分が極大化してしまった。第二次東京大空襲のようにB－29が来るわけじゃないけど、違う何かが東京を壊滅させるという企画をつねに温めてる。まあ『**ゴジラ**』みたいなものです。そういうシミュレーションを繰り返すことで、どこかしら無意識にかつて高校生だった自分と、かろうじてつながろうとしているのかもしれない。

両親——前世代への反動、受け継いだ記憶

反動としての「自分」

——父親が戦争に行った世代がミリオタになるとか、SF的想像力を入れて別の物語を展開するということは結構見受けられるようです。そのような親的なものについてお話ください。

押井　うちの親父は明治男で、僕は四十歳過ぎに生まれた子供だから、僕にとっては半分爺さんのようなもの。先妻がいて、僕は後添えだったお袋の末っ子だった。だから父親体験はあんまりないんです。明治生まれの男だから、太平洋戦争のときは外地に行く年齢じゃなかったんだけど、すごいホラ吹きで、帝国海軍中尉だったと詐称していた。葬式のときに町内会会長が「元海軍中尉の……」と挨拶していたけど、それが真っ赤な嘘だというのは子供の頃にお袋が教えてくれて知っていた。親父が大事にしていた軍靴があったんだけど、「なんで海軍中尉が軍靴持ってるの?」という話になって（笑）。お袋の話で判明したのは、軍属だったけど一度も外地には行ってない、ということだった。親父は謎の多さが半端じゃないんです。母親も終戦のどさくさで一緒になったから親父が結婚前に何をしていたか知らない。そういう母親も母親だと思うけど。だからうちの親父は戦中派の感覚はまったくなかった。右翼ではないがアカ嫌いではるかに好戦的だった。「俺の息子がアカになりやがった」という名台詞を吐いた人ですから。その台詞とともに兄貴は殴られたけど、僕の場合は親父がもう歳をとっていたから殴られずに済んだ（笑）。

最近、うちの墓について家族で話し合ったんです。兄貴が家族とフィリピンで暮らしているので、母親もフィリピンに行くという話になり、うちの墓を継ぐ人間が一人もいなくなったので兄弟で集まって話した。母親は「自分はフィリピンに行くし親父の墓には絶対入りたくない」と言う。親父の骨をどうにかしてくれと言うから、末っ子の僕が引き受けて、新しい墓を立ててそこで土に返すということに決めた。ところが動きはじめた途端に、母親が「そんな話は聞いてない」。要は押井家の墓は親父がつくったんだけど、そのなかに先妻の骨が入っていた。母親が嫌がったのは、先妻と同じ墓に入ることだと判明した。しかも、先妻とのあいだにできた腹違いのいちばん上の兄貴の骨も入っている。さらに驚くべきことに、その兄貴の前に生まれた子供の骨もあるらしい。さらにさらに驚くべきことに、先妻の骨というけど、骨壺の中には土があるだけで骨は入っていないらしい。土葬だから「この辺に埋めたはずだ」とそこら辺の土を壺に詰め込んであっただけ、という訳のわからない話になった。墓をめぐってうちの家族の秘密が次々に出てくる。腹が立つやら面白いやら。そういうように親父は謎が多くてよくわからない人だった。

笠井　正体がよくわからない。大江健三郎の小説に出てくる親父みたいだね。

僕が小学校二年のとき、父親は勤めていた工場の事故で死んでいるので、じかに大きな影響を受けた覚えはありません。蔵前工業学校の出身で、学生の頃から浅草が縄張りだったようです。連れられて、僕も『赤い風船』や『沈黙の世界』を国際劇場で観た記憶がある。浅草の灯が消える直前の最後の昭和モダニズム世代ということなのか、大学時代はスキーと登山に凝っていた。昭和十八年秋の学徒出陣で、神宮外苑を行進したときの写真がうちにありました。理系だからか無知蒙昧な精神主義に反撥があって、自由がない軍隊には二度と入りたくないといっていたようです。江田島で速成士官のインスタント教育を受けたとき、カッターボートの訓練で尻の皮が擦りむけ、パンツが血まみれになったという苦労話をしていたようだけど、同じ体験談は海軍兵学校出身の木田元［一九二九～二〇一四年。哲学者］さんからも聞いたことがある。もしかして江田島の訓練用カッターは、坐る板が下ろし金状にできていたんじゃないか（笑）。横須賀航空隊で軍用機の整備をやっていたところで敗戦、**ポツダム中尉**。

昭和モダニズムが戦後アメリカニズムに「進化」したということなのか、うちでは家電や車が入った時期が平均より少し早かった。事故で死ぬ前の年——一九五五年に中古のポンコツ車を手に入れて、自分で整備して乗り回していました。箱根に家族ドライブをしたときのことはよく覚えている。軍隊嫌い、戦争嫌いの戦中派の常で支持政党は社会党、購読紙は朝日という戦後民主主義者でしたね。もしも僕が学生になる年頃まで生きていたら、思想的な父子対立が生じた可能性はある。新左翼は戦後民主主義を敵としていたから。

押井　僕の場合、親父からは戦争体験とか、戦後体験は見えないんです。私立探偵でしたから、そちらのほうが気になる。

笠井　大江作品の父親で、同時に軽ハードボイルドの主人公（笑）。

押井　でも、実際の探偵なんて**明智小五郎**みたいにカッコいいものじゃありません。拳銃は持っていないし。要するに興信所だから、実際やっていることは浮気調査、信用調査がほとんど。犯罪を暴くわけでもなければ、失踪人を追いかけるわけでもない。要するに岡っ引きみたいな感じ。お袋が美容院を経営していたから、ほんとに絵に描いたような「髪結いの亭主」の岡っ引きだった。

笠井　ニセ海軍中尉の私立探偵で髪結いの亭主って、キャラとして面白いね。

押井　まんまですよ。だいたい酒飲んでいるか、相撲見ているか、植木に水をやっているか。とにかく僕の記憶では親父が働いている姿はほとんど覚えてない。

笠井　母親が自営業で父親が髪結いの亭主なら、立身出世イデオロギーは稀薄だったんじゃないですか。

押井　ところが、親父はいちおう法科出身で、法律家を目指していたわけです。だから「医者か弁護士になれ」と子供の頃から言われつづけていた。順番に上から期待するわけだけど、ことごとくみんな優等生コースから逸れていくから、僕は最後の期待を背負わされていた。毎朝、新聞を読んで、わからない字に赤鉛筆で線を引いて辞書で調べ、それから学校に通っていた。だから体育はからきしだったけど、中学までは勉強しなくてもほとんどトップだった。でも、高校に入った途端にまったく通用しなくなった。とくに英語の勉強はしてなかったから一気に劣等生。親父は法律家になりたかったらしいけど、学費が続かなかったのか、女ができたのか、大学を中退したらしい。だから僕は親父が果たせなかった立身出世を期待されていたわけです。

笠井　若くして死んだのですが、母方の祖父は松山出身の小玉新太郎という化学者で、イノシン酸の発見者だとか。鰹節の旨味成分を抽出したイノシン酸ですね。司馬遼太郎の『坂の上の雲』に描かれているような、明治維新に乗り遅れた田舎の失業武士の息子が、刻苦奮励、帝大からドイツ留学を経て学者として成功したというわけ。子供が小さなうちに病死したのですが、こうした「末は博士か大臣か」という立身出世物語は、当人の死後も家庭内の伝説として生き延びた。「偉大な父」が夭逝し、残された家族が生活に苦労した分、伝説は際限なく肥大化したのかもしれない。それを刷りこまれた僕の母親は、一方では明治以来の立身出世主義を無意識的に内面化していた。ところが他方では、戦中派としての被害者意識を土台にした戦後民主主義、戦後平和主義、戦後教養主義もある。要するに、成績至上主義で子供を追いたてる教育ママはよくないという意識。そうなると子供は親から、成績にこだわってはいけない、しかし成績はよくなければいけないという、矛盾した二つの命令を同時に与えられることになる。**ダブル・バインド**ですね。自分が複雑な仕方で抑圧されていることに、中学生までは無自覚でした。しかし高校生になって、矛盾は必然的に爆発したわけです。こんな具合で、母親との関係はかなり複雑でしたね。自分のどのようなところが、息子の人生を出世主義や戦後民主主義とは反対の方向に向かわせたのか、理解できないまま死んだのだと思う。

押井　うちの親父はもともと山形の農村の出で、村始まって以来初めて大学に入った男だったらしい。小学生のときに一度親父の出身の村に行ったことがあるけど、鶴岡からさらに山奥に車で一時間以上入ったところで、二十数戸しかない本当のど田舎だった。

笠井　北海道出身の西部邁が東大に合格したとき、提灯行列で村を送りだされたとか。

押井　それに近いと思います。親父は自分の母親のへそくりをもらって上京したらしい。本当かどうかわからないけど、親父の話によれば、「納豆を売って学費を稼ぎ、金がないときはその納豆を喰って頑張った」。親父の田舎の村は、面白いことに村全体が押井姓なんですよ。神社に奉納の札とかが貼ってあるけど、全員が押井。すごい世界だと思った。そういう世界から東京に出てきた男だから、いろいろあったことは間違いない。炭鉱で働いていたという説もあるし、大工をやっていたという説もある。たしかに大工のスキルはあったけど。

でも僕にとっての親父は、働かないで酒飲んで暴れる、飲む打つ買うの三拍子。羽振りがいい頃は妾(めかけ)もいたらしく、家に帰ってこないときもあった。ほんとに『**自転車泥棒**』の世界です。小学生のとき、小遣いをもらって飲み屋に親父を迎えに走っていくと、だいたい飲み屋で大暴れしてる。しかもその飲み屋の娘が学校で同級生だったりするから、「あんたのお父さん、うちで昨日も暴れてたわよ」って言われる。はっきり言ってイヤでしかたなかった。親父は暴力の権化、バーバリズムの塊。「あんなものは全部ムダだ!」と、生涯で小説なんて一冊も読んだことがないのが自慢だった。文士とか作家、芸術家なんて大嫌いで、認めているのは医者と法律家、政治家。でも自分は私立探偵でしょ。それこそダブル・バインド。訳がわからない。母親は「こんな人と結婚したから私は苦労しっぱなしだ」と親父の悪口しか言わないし。それも半分虚構だと思うんだけど。

母親については、高校時代、ブント系の集会に参加している証拠写真を持って公安が家にやって来て、それで全部バレたんだけど、『獣たちの夜』に書いたとおりで、泣かれるわ軟禁されるわ。そのとき、「とにかく大学だけは出ておくれ。それで高校の教師たちを見返しておくれ」と泣いて頼むわけです。それもダメかもしれないとなると、レベルを下げて、「何でもいいから一流の人間になって世間を見返しておくれ」。あ、それならできそうかな、虚構の世界でそれなりの人間になればいいんだ、と思った。作家なり映画監督なり、言ってみればアウトサイダーでなら自分の未来がありそうだ、という意識を持った。立身出世とは違うかもしれないけど、家庭環境としてはそういうところがあったかもしれない。姉や兄貴が何を考えていたかわからないけど。

兄貴もヘンな人で、祖母が「宮様の学校に行くのかい」と大喜びしていたけど、学習院大学の英文科でシェイクスピアを専攻していたらしい。卒業して母親の店を継いで美容師になった。ところが、十数年で辞めて警備会社に入ってガードマンになった。それからその警備会社も辞めてフィリピンに行ってパン屋になった。それで気がついたらクリスチャンになっていたという、よくわからない不思議な人物。犬猿の仲ではないけど、精神的にはまったく別系統だったから、あまり口をきいたこともなかった。向こうは中国拳法をやっていて、僕は沖縄空手をやっているから、会っても共通の話題はそれだけ。姉も不思議な人で、転職を二十、三十回も繰り返して四十歳過ぎて舞踏を始めた。今は舞踏家としてやっていて弟子もいる。みんなバラバラ。共通性があるとすれば、親父の暴力性に耐えかねていたはずなのに、結局、身体のほうに関心が行ったということ。

親父の世代が持っていたある種の立身出世主義、母親が体現しているような実利主義、つまり金を稼いで大きい家をという意識とは、僕は結構早い時期にオサラバした。だから、学生運動にはものすごく馴染みやすかったんです。

笠井 活動していても、母親からは「怪我だけはしないように」と言われるだけでしたね。最初にパクられたときは弁当をつくって差し入れに来たみたいだけど、接見禁止で入らなかった。

押井 それはうちの母親も言ってました。小説に書いたとおりで、「お前が機動隊に殴り殺されたら、私は全学連の飯炊きババアになる」と。そうは言いながら、「高校だけは卒業しておくれ」、大学に入ったら「大学だけは出ておくれ」。そういう世代の女なんですよ。要は市民生活のなかで、まっとうにそれなりの地位についてくれ、という願望。

笠井 その世代の普通の日本人女性だよね。その曖昧性がイヤで、曖昧なものを許容しない絶対性や構築性に執着したのかもしれない。要するに**反動形成**ですね。

押井 僕も反動形成がすべてかもしれない。

戦前回帰?——受け継いだ〝戦争〟という記憶

笠井 第一が山の手階級的な立身出世主義、第二が戦後民主主義や戦後教養主義だとすると、母親の精神を規定していた第三のファクターが「戦争」でした。女学校を卒業して海軍鎮守府の経理部に勤めていた母親の仕事は、戦死者に対する退職金というか慰労金の計算が主だったらしい。だから船が沈むと「赤城、三千人」とか、すぐに情報が入ってきて、国民には厳重に秘匿されていたミッドウェー海戦の真相も想像できたとか。赤城や加賀に搭乗していた軍人の戦死退職金伝票が何千枚も回ってくるわけだから、これは沈んだに違いないと。もう連合艦隊なんて残っていない状態だとわかったけれど、それをひと言でも漏らしたら大変なことになると軍人の上司に脅されて、怖かったと話していました。

追浜の航空隊基地に配属の学徒出身士官と見合い結婚した母親は、そんな過去に規定されてか、軍隊や戦争に関して矛盾した複雑な感情を持っていたようです。一緒に育った従兄弟や親類が幾人も戦死したこともあって、被害者意識は強かった。自分も海軍に勤めていたくせに「軍に騙された。ひどい目に遭った。戦争は二度とイヤだ」という戦後日本人の発想が抜きがたく、かなり長いこと社会党系の婦人団体で活動していたほどです。しかし他方では、青春の記憶として戦争を懐かしむところもあった。「あの頃の日本は必死だった、美しかった」という整理されない思い。僕は子供のときに母親から教えられて、有名な軍歌ならほとんど歌えます。そうした影響もあって、「今のこの日本は緩んでいる。本気で戦っていたときは素晴らしい何かがあったのではないか」と、子供だから単純に憧れるようになった。

前にも言いましたが、赤尾敏のような親米右翼にがっかりして、小学校六年で右翼はやめました。もしも「戦後日本はアメリカの属国だ、民族解放のパルチザン戦争を開始しなければならない」という右翼がいたら、そちらに行った可能性は充分にある。しかし朝鮮戦争下の火炎瓶闘争からヴェトナム反戦や反安保まで、戦後日本で反米闘争を闘ってきたのは左翼のほうだった。もう一点、男の子は機械好きだからということも。小学校六年の夏休みは、信濃の木製模型を組み立てるのに潰しました。大和や武蔵でなく、信濃というのが渋いだろうと(笑)。そのあと、押井さんと違ってミリオタは卒業しましたが。

押井　僕は卒業しなかった人間の典型。戦車だ戦闘機だ戦艦だの世界にいまだに生きてますから。僕も戦後の小学生のある種の典型で、遅れてきた軍国少年だったんです。あの当時の少年たちは、それが普通でしたね。当時の少年雑誌は戦争記事ばっかりで、ゼロ戦に関する記事だとか、超大和級があと何隻あれば勝てたとか、幻の秘密兵器の特集とか毎週やってましたから。僕も軍艦やハリネズミのような戦車の絵を描きまくってた。親父に言われていた医者にも弁護士にもまったく興味なくて、軍艦や戦闘機に夢中になっていた。

笠井　でも、自衛隊に入ろうという発想はなかった。制服があまりにもダサイから。それに基本的にはアメリカの子分だし。

押井　戦闘機F-86Fにしたって F-104にしたって米軍の機体でしたからね。そういうこともあったし、単純に体力がまったくなかったから。体育の成績だけいつも1とか2で、パイロットになれないというのは中学校の時点ではっきりわかった。だから結構早い時期に虚構のほうに埋没した。いきなりSF作家志望になるんです。SFマニアでなおかつ軍事少年、今風に言えばSFオタでミリオタです。三式戦が大好きで、戦艦大和が大好きで、アメリカに負けたことがものすごく悔しくて、「なぜ負けたのだろう」という思いをいまだに引きずっている。だから軍事関連ものやSFに深入りしていったわけです。

アニメーションの監督だから、それを職業的に許す環境があった。仕事机の傍らにアサルトライフルを立てかけていても何も言われない世界ですから。部屋が拳銃だらけの人間もたくさんいますよ。その辺が淘汰されないまま今日まで来ちゃった。だからいまだに地続きで変わっていない部分があるんです。変わったことがあるとすれば、日本というものに対する見方。

僕はいわば〝ミリオタ〟だったけれど、日本軍が好きだと思ったことは一度もないんです。ダサイから。ただ兵器を好む、軍事を好む、戦争に興味があるというのは男の子的には普通だけど、それと軍国主義とは僕の場合は一致したことがないですね。

笠井 「最後まで戦う！」というのは口先だけで、本土決戦に日和見を決めこんだ日本軍の実態がだんだんわかってきた。勝てなくても徹底的に負けることはできる。もしも徹底的に負けるまで戦い抜いたなら、日本人は敗者としての誇りを持って「戦後」を生きることができたはずです。高校を中退する頃には、こんなふうに考えはじめていた。

押井 子供の頃は日常的に、近所にあった空襲でやられた大きな工場が出入り禁止になっていたり、防空壕があったり、渋谷に行けば交差点で白衣を着た**傷痍軍人**がアコーディオンを弾いたりしていた。近所には片腕の人や戦争未亡人の飲み屋のおばちゃんとかがいた。友達の家に遊びに行っても片親の家庭は珍しくなかったし、そこに義手を着けたおじさんが突然やって来たりというのが日常的な風景だった。戦争の匂いはたしかにあった。でもそれを悲惨とは思っていなかった。片方でテレビっ子だったから、アメリカのテレビドラマを見ながら、「なんで日本はこんなに貧しいんだ」とイヤでしかたなかった。たとえば、でっかい冷蔵庫からでっかい牛乳瓶を出して飲む。そういうことを子供の頃夢見てた。アメリカに負けて悔しいということと、アメリカ式の生活に憧れるということは、子供だから矛盾しないんです。ただ貧しかったとか、戦争の匂いがたくさん残っていたというのは確か。大森という土地柄もあったかもしれませんが。

笠井　同じような生活でしたが、僕は物質的な貧しさを感じたことがない。一九五〇年代後半の東京では、小学校のクラスで何人か給食費が払えない子がいて、担任が立て替えたりしていた。たしかに貧困家庭の子はいたけれど、それ以外はみんな似たようなものだったね。五〇年代の生活に戻っても、水洗トイレはあったほうがいいと思うくらいで、元に戻るだけだからかまわない気がする。むしろ精神的な貧困が嫌だった。没落山の手階級、元を辿ると没落士族ですが、そうした連中の意地汚さ、文化性の低さ、人間を評価するモノサシが学歴や地位しかない精神的貧困。絶対にそこから外れてやろうと思った。笠井の次男は出来損ないだ、というのが母方の親戚では一致した評価でしたね（笑）。父方の親類はみんな下町の庶民なので、こちらのほうが居心地はよかった。

押井　子供時代の街の風景の貧しさとか、家庭生活の貧乏たらしさは、東京オリンピックを境にみるみる変わっていきましたね。中学時代は、洗濯機が来る、テレビが来る、冷蔵庫が来るという時代だった。これから素晴らしい未来が来るんだと信じて高揚したけど、一方で、子供のときに見ていた、それこそ土方のおじさんが道端でメシを喰っている日常も好きだった。『立喰師』で描いたような焼け跡的なさくさのアナーキズムに対する憧れは一貫してあるんです。

笠井　僕は六〇年安保の年に小学校六年、東京オリンピックの一九六四年に高校一年でした。この二大事件に挟まれた中学三年間で、日本は大きく変貌したという印象がある。街が隅々まで明るくなり、清潔になり、小綺麗になった。どの家にも三種の神器が入るようになり、人々は経済成長に浮き足立っていた。しかし街が明るくなればなるほど、どうしてか息苦しくなる。国中が平和と繁栄を謳歌すればするほど、僕は不機嫌になった。そういう気質なのか、八〇年代後半のバブル時代も同じような嫌悪感があったね。山奥に引っこんだのは、バブルに浮かれる東京にうんざりしたから。

押井 今の日本は、誰もが漠然と感じていると思うけど、どんどん国中が貧乏になっていますね。それもいいじゃん、と僕は思ってますけど。

みんなが恐れているのは、社会は消費と繁栄で浮かれているけど、自分だけが落ちこぼれて貧乏になることだと思う。国中が貧乏になれば、いいこともあるよ、きっと。僕らは、日本中が貧乏だった時代をかすかに知ってる。子供の頃、三階建てなんてなかったし、冷蔵庫もなかった。保存できないから、その日食べるものはその日に買いに行く。そういう感覚だった。日々に生きるということを生活のなかで実現していた気がする。今は一週間に一度しか買い物に行かない、家に食料がたくさんあるのが当たり前。でも、僕のなかには昔のそういう感覚が今でもある。

今でも立ち喰いが大好きで、周囲から「いい加減やめれば」と言われている。でも、道端でメシを喰うという感覚を忘れたくない。ある種の幸福感を感じるんです。家にいるときは奥さんとちゃぶ台でご飯を食べるけれど、東京にいるときはいつもうろつきながら食べてる。そのほうが落ち着く。部屋にはテーブルもなければお皿もないし、包丁すらない。「貧乏は意外といいんだぜ」というイメージを持ってるんです。そこまで貧乏になれば結構言いたいこと言えるぞ、と。国のレベルでも、韓国や中国から言われ放題で我慢している必要もない。中途半端に金持ちだから、おとなしくしている。金持ちは喧嘩しないからね。モノを持っているから喧嘩できない。それは毎月給料もらっているサラリーマンも同じ。作家や映画監督は日銭を稼いで喰ってるから。

敗戦直後に青春時代を送っている人は、焼け跡の記憶に人生の充実感を持っていますね。小松左京さんしかり。僕らにもそれに近い感覚があったと思う。今の若い人には発狂ものの世界かもしれないけど、風呂に入るのは週に一回くらいで、銭湯に行くのはイベントだった。銭湯に入って牛乳飲んでラーメン食べて帰ろうぜ、と連れ立って出かけた。普段は台所で髪を洗ったり。でも意外と楽しかった。

笠井 大森や蒲田界隈って、それこそ羽田現地闘争の時しか地上を歩いたことがない。空港に行くときは、車でもモノレールでも町は素通りだから。よく知らないんですが、町工場が多い印象ですね。僕が子供の頃に暮らしていた砂町も、町工場の町でした。近所で親類が鋳物工場をやっていたし。たしかに押井作品には、町工場が軒を連ねているような下町感覚があるね。

押井 大学時代も似たような生活で、みんなで金を出し合って酒を買ってきて飲んだりしてました。四コマ漫画家の**いしいひさいち**がいまだに下宿の世界を描いているのがなんとなくわかる。基本的に学生は金がなかったけど、自由な感覚があった。これから日本はどんどん貧乏になるかもしれないし、失業者も増えるかもしれない。きっと全体で沈んでいく。でも、それはそれで悪くない。バブル時代に青春を過ごした人にはつらいかもしれないけれど、僕らにとってはなんでもない、どちらかというと懐かしい。震災直後の薄暗い渋谷駅を懐かしく感じられたしね。それはそれでやりようがある。何もなければ違う遊びを発明するだろう。それでもネットとかはなくならないだろうし、まるきり昔と同じにはならないだろうけど。

笠井　戦後日本には「みんなで一緒に豊かになろう」という国民意識があった。今後は、「みんなで一緒に貧しさに耐えよう」という意識が国民的に共有されていくのだろうか。放っておけば、貧しさをも有意味化しうる一体性や精神性は不在のまま、たんに物質的に沈んでいくような気がするな。

押井　僕は日本の未来にはあまり興味はなくて、日本がどんどん衰退し、悪化していく状態を面白がっているだけかもしれませんね

生き延びるための書物という〝糧〟

――ルーツ、というと書物から受けた影響はかなり大きいと思います。もちろん、執筆もされているわけですが、お二人に共通しているのはＳＦ好きということです。書物はその後の生きるための〝糧（かて）〟でしたか？

笠井　中学に入学したとき、小説が好きだったので文芸部に入ったんです。源氏物語の講読とかやっていたので、すぐやめたんですけど（笑）。高校でまた懲りもせずに文芸部に入ってみた。今度は太宰治が人気で、「これもまた違うな」と。中学時代に世界文学全集はあらかた読んでしまい、その頃は日本の現代文学に熱中していました。作家としては大江健三郎、倉橋由美子、安部公房とか、評論では吉本隆明など。クラブで桜桃忌［太宰治が玉川上水に入水自殺して遺体が上がった日が、偶然、誕生日と同じ六月十九日であったことから、この日に開かれる太宰治を偲ぶイベント］に行かないかと誘われて、勘弁してくれよと思った。

中学時代は世界文学だけでなく探偵小説もよく読んでいました。探偵小説は大戦間の海外傑作や日本

の戦後本格を読み尽くすと、もう読むものがない。その当時全盛だった松本清張などの社会派ミステリは、あまり面白くなかった。それでも主だった作品は貸本屋で借りて読みましたが、戦後民主主義万歳、高度経済成長万歳でぜんぜんワクワクしない。そんなとき、早川書房から日本作家によるＳＦシリーズが出はじめた。小松左京の**『果しなき流れの果に』**（一九六五年）が『ＳＦマガジン』［早川書房が一九五九年に創刊した、ＳＦとファンタジーの雑誌］に連載されはじめたのは中三だったかな。「これが僕たちの時代の小説だ！」と直感しました。

中学一年のときにドストエフスキーの**『悪霊（あくりょう）』**（一八七一〜一八七二年）を読んだんです。「こんな面白い小説があるのか！」、「こういう小説が書けたら素晴らしい！」と感激した。でも、『悪霊』は十九世紀のロシアの貴族社会の話だから、同じようなものを書くのは不可能です。そんなときにアーサー・Ｃ・クラークの**『幼年期の終り』**（一九五三年）に出遇った。前後してＳ・Ｓ・ヴァン＝ダインの**『僧正殺人事件』**（一九二九年）にも。二十世紀の日本人がドストエフスキーのような小説を書くとすれば、ＳＦか探偵小説しかない。ＳＦないし探偵小説という形でしかドストエフスキー文学は二十世紀に継承できない、と中学生の頃に思ったんです。

同じように考えた作家がすでにいると知ったのは、それから何年かあとのこと。『悪霊』の二十世紀日本版として**『死霊（しれい）』**（一九四六〜一九九五年）を書いた埴谷雄高ですね。埴谷は探偵小説愛好家で、ＳＦの創始者の一人であるエドガー・アラン・ポウの影響も受けています。

当時から現在にいたるまで、エンタテインメントに純文学を対立させる発想がよくわからない。一方に「娯楽で読み棄てる小説」、他方に「人生を豊かにし精神を向上させる、ためになる小説」があるということなんでしょうが、僕は「ためになる」のは大嫌いだし、ドストエフスキーの小説はどんなエンタテインメント小説よりも面白い。それで似たようなものを書きたい、書こうと思った。ドストエフスキーになれるとは思わないけど、戦艦大和と大和のプラモデルくらいのサイズの違いはあっても、似たようなものを捏造してみたいと、少年時代から思っていたんです。

押井　本を書くという意志は、若いときから、自分の人生についての考え方のなかにあったんですか。

笠井　中学のときは。しかし、そのあとは映画に興味が移って、将来は映画関係の仕事をしたいと漠然と思っていた。好きだったのは日本では黒澤明、海外では**ヴィスコンティ**。同世代の映画少年には**今村昌平**や**ゴダール**のファンが多かったんですが、僕はあえて黒澤が最高だと言うことにしていた。**ヌーヴェルヴァーグ**やニューヨーク派のような芸術映画でなく、スピルバーグやルーカスのような映画を撮りたかったんでしょうね。この二人も大の黒澤ファンです。

押井　僕の読書体験も笠井さんと似ています。小中学校時代は図書館少年。でも、その頃から逃避癖があったのか、紀行文しか読んでなかった（笑）。初めて自分とマッチングしたのは、最初は僕もミステリだったんです。早川書房の『ミステリマガジン』［早川書房が一九五六年に創刊した、ミステリ雑誌］から入ったけど、「こっちのほうが現実離れしていていいな」と隣に並んでいた『ＳＦマガジン』に移行した。現実離れした世界のほうが自分の現実よりもはるかにリアルで、自分の親しい人間がそこにいる感じがした。自分が求めている、大げさに言うと精神世界を満たしてくれるものが他には見当たらなかった。大学になるとそれが映画になるんですが。

僕も早川書房の日本ＳＦ作家のシリーズにはかなりハマりましたね。小松さんの『果しなき流れの果に』、『**エスパイ**』（一九六四年）、光瀬龍さんの『**たそがれに還る**』（一九六四年）とか『**百億の昼と千億の**

夜』（一九六九年）なんかが次々と出て、あの頃がいちばんSFを夢中で読んでましたね。でも学校で『SFマガジン』を購読してたのは、僕の他にはもう一人しかいかなった。

笠井　一般にSFは科学技術礼賛の進歩主義に見えるけど、その頃の日本SFは小松左京の『**日本アパッチ族**』（一九六四年）がまさにそうだけど、焼け跡的な世界を背景にしていたよね。光瀬さんの宇宙年代記だって、疲れ果てた登場人物が「はるばる火星まで来たけど、いいことがあるのか。何でこんなところにいるんだろう」と独白するような小説ばかり。高度経済成長の時代的雰囲気と明らかにズレているところがあったから、惹かれたのかもしれない。

押井　そうだと思います。僕の高校時代は、SFと学生運動の二本立て。先ほども話したとおり、「寄生虫戦術」を実践して、図書委員にもぐりこんで日大全共闘の記録とか**山本義隆**の全共闘関連本とSFを半々に購入した。結構問題になったらしくて、いつもさんざんしぼられていた生活指導の教師に呼び出されて、「お前の頭のなかはどうなってるんだ？　学生運動とSFはどうやってお前の頭のなかで共存するんだ？」と言われた。当時、僕にとっては両方とも必要でした。自分にとってリアルな世界、価値の感じられる世界、ある種の実感が得られる世界が、極端なようだけど片方は政治運動で、片方がSFだった。

SFじゃないけど、『資本論』とか、ヘーゲルの『精神現象学』とかよりも、ダーウィンの『種の起源』で書かれた壮大な体系とか、そういう世界観のほうに憧れましたね。僕にとっては同じ価値のものだった。そこにはまっている時間だけが有意義に感じられた。自分の据わりのいい場所というのかな、ものを考えるための言葉が自然に出てくる世界。

高校と大学時代は学生運動の「兵隊」でしたけど、あの頃は自分のなかでは、兵隊である自分とSFファンが無媒介につながっていた。そこから一歩も出ていない。自分より上の世代は、信用していない。自分たちは散々使われた。駒として捨てられた。でも書物は裏切らない。あの時代にいまだ決着をつけていないのかな（笑）。

ヘーゲル、ハイデガー、マルクスを一生懸命、読んで齧ったけど、実はよくわからなかった。でも世界や歴史を知りたいとは思った。レーニンや**トロツキー**も読みましたが、どうやってバリケードをつくるか、とかを具体的に書いてるブランキのほうが性にあった。

運動をやっていたころから社会へのコミットが皆無で、読書もそれほどしなかった。まったくの空白でしたが、なぜか、聖書だけはずっと読んでいました。

笠井　前にも言いましたが、小説も映画もやめにして政治をやると決めたのは、10・8羽田闘争を体験した直後です。欺瞞的で無自覚な平和と繁栄にまどろむ東京を、荒々しい廃墟の原風景に差し戻せるかもしれないと思って。だから、たとえば**寺山修司**の本を抱えてデモに出てくるような同世代は不徹底だと軽蔑していた。「政治を文学的にやるのも文学を政治的にやるのも、どちらもくだらない」と吉本隆明が書いているように、政治をやるなら徹底的にやるしかない。そう決めた直後に、小遣いで買い集めていた大江健三郎や井上光晴や倉橋由美子の著作集は残らず売り払うことにした。

でも小松左京とか**筒井康隆**とか、SFだけはひそかに読んでたんです。あれは文学じゃないからいいだろうと（笑）。その頃、**平井和正**や**半村良**の作品がどんどん出はじめた。小松さん、光瀬さんたちの次の世代ですね。共労党時代の相棒で、若くして癌で亡くなった戸田徹という男がいました。戸田は党の学対で僕は学生同盟の委員長という関係だったので、彼の家に泊まり込んで飲みながら朝まで話しこむこともよくあった。戸田は活動家には珍しいSFファンで、そんなときは運動関係や理論的な話の合間に、最近読んだSFの話をすることも多かった。**亀和田武**は成蹊大学支部の同盟員でしたが、どういうわけか時々消える。一の日会の会員だった**川又千秋**に後から聞いたところによると、僕たちの前から消えているときはSF関係の場所に顔を出していたらしい(笑)。

押井 僕も、吉本隆明は高校生時代にかなり読み込んで、カバンの中には『**定本詩集**』(一九六八年)をいつも入れてましたね。それから当時の学生はみんな読んでいたと思うけど、**高橋和巳**の『**憂鬱なる党派**』(一九六五年)とか熱心に読んだ。あの頃、自分のなかで絶対観念をつくり上げて世の中と対峙する、いわば観念と心中して滅びるということをずっと考えていた。だから高橋和巳にハマったんです。ちょうど全集が出た頃で、当時の学生の流行でもあったし。今、高橋和巳を読む人はいないと思うけど。

笠井 まわりに高橋和巳ファンは多かったけど、『憂鬱なる党派』系列の左翼小説にはさして興味がなかった。高橋の最高傑作は『**邪宗門**』(一九六五~一九六六年)です。この小説の影響を受けて、僕は『巨人伝説』(一九八三~一九八七年)を書きました。高橋和巳の左翼小説に乗れなかったのは、運動は楽しくなきゃダメだと確信していたから。くそ真面目な学級委員長タイプではなく、無責任といえば無責任、無思慮といえば無思慮な「がんがん行こうぜ」タイプが大量に登場しなければ、運動が爆発的に燃え広がることはない。

押井 僕が高橋和巳にハマったのは大学一年のときだったから、期間としては短いですが、当時はそれがフィットした。それまで文芸はまったくダメだった。文芸とか文学というものは大学になってから読みました。小学生の頃は読むものがなかったから、家の本棚にあった文学全集を読んでましたけど。あまり覚えていない。**モーパッサン**とか**吉行淳之介**とか。活字が好きだったから何か読めるものがあればよかった。

笠井さんは中学の頃から小説を書くという意志を持っていたようですが、僕も自分で小説を書きたいとは思っていたんです。でも思いが強すぎて形にならなかった。どうしても何かの真似になってしまう。最初は、**フレドリック・ブラウン**みたいなショート・ショートを書いた。もともとミステリ作家として高名な人だけど、たまたま読んだのがSFのショート・ショートでアイデアストーリーみたいなものだったので、その線で書いてみた。でもずっと「書きたいけど書けない」という時期が続いた。どう書いていいかわからないし、いざ書きはじめても何を書いていいのかわからなかった。一冊目を書いたのは四十歳過ぎて監督になってからです。自分の作品のノヴェライズという形だったから書けたんです。でも、すんなり書けたわけではなくて、書きだしに二週間くらいかかった。何を書いても嘘っぽいと思えて、なかなか書けなかった。わりと素直に書けるようになったのはつい最近です。理想が高すぎたのか、読んだものの影響が強すぎたのか。書くと光瀬龍になってしまったり、山田正紀になっちゃったり（笑）。

僕にとって小説のいちばんいい形態は山田さんでしょうね。最初に『**神狩り**』（一九七五年）を読んだとき、「こんなに書ける人がいるなら、僕は小説家になれなくてもていいや」と思った。逆立ちしてもかなわないと思えて、しかも一歳しか違わなかったからショックだった。自分が書きたかったものがそこに形になっている。あの作品も一種の観念の化け物みたいな話ですよね。「この本があるんだったらいいや」と思ったんです。僕は常識でわかる範囲の人間の話にはあまり興味が持てなくて、サイボーグとか超能力や吸血鬼みたいな部分が方便として存在しないとダメ。小説を書くときは、いちおうハードボイルドを意識して書いてます。だから人称はすべて「俺」の一人称。自分のなかではハードボイルドの文体が馴染むから、自然に書ける。でもそれをやっているかぎり、伏線を張ったり、縦糸をつくったりという構造のある小説は一生書けない。だからディテールを追っていくしかない。

笠井　そういえばフランスに行く前に、『死滅せざるものの終焉』というSF仕立ての観念小説の冒頭部分を五十枚くらい書いたな。マルクスやレーニンによれば「静かに、眠りこむように死滅する」はずのプロレタリア独裁の世界国家が、いつまでたっても死滅しない。そこで国家を「終焉」させるための革命がはじまる、という話ですが、初めの五十枚で挫折しました（笑）。この挫折を教訓化して、フランス滞在中に探偵小説を書いてみることにした。SFではなくて探偵小説で観念小説を書くことにしたのは、SFでは書きはじめると終わらないから。まあ、普通の小説ではみんなそう。しかし探偵小説では最初に事件が起き、最後に謎が解かれて終わる。最初と終わりの型が決まっているから、そのあいだに書きたいことを書けばいい。オートマチックに終わる形式が書きやすいと思った。そうじゃないと、埴谷雄高のように死ぬまで延々と書き続けて、それでも終わらない結果になるのではないか。

押井　それは面白いですね。なぜ僕が一人称でハードボイルド調の文体でしか書かないのかと言ったら、どこでも終われるから。「なんでここで終わるんだ?」ってしょっちゅう聞かれるんですが。『パトレイバー』のスピンオフで書いた『番狂わせ』（二〇一一年）という小説も、形式は警察小説なんですが、事件は未解決だし、犯人は未逮捕だし、動機までわからないという小説ですから。警備部の話なので未然に防止したということで完結できるから、あとはその後を書けばいい。僕としては、笠井さんと逆でどこでも終われる形式としてハードボイルドを選んだ。一人称だから、自分が触れ合えた部分だけを書けばいいので事件の核心に迫らなくてもいいし、自分に合っていると思った。僕はここから始めてここで終わらなければならないと決めた瞬間、たぶん一行も書けない。

笠井　もう一点、探偵小説という形式を選んだのには、構築的な小説へのこだわりがあったような気がします。本格探偵小説はもっとも構築度が高い小説だから。ポオの口真似で**三島由紀夫**が、「論理で責めていく」のが自分の小説だと言っているけど、本格探偵小説こそまさにそう。観念的構築が主題であれば、小説の形としても構築度が高くなければならない。また探偵小説は、一方で構築し他方で崩します。立派な構築物をつくったうえでがらっと崩す。それは『テロルの現象学』の主題とも響き合うところがあった。それで〈**矢吹駆(やぶきかける)シリーズ**〉の第一作として『バイバイ、エンジェル』を書きました。その時点から全十作の予定で、四十年かけて雑誌連載では第九作まで来たところ。縮尺百分の一の模型でもいいから、『悪霊』のような小説を書きたいという十三歳当時の夢想が、あと一作で実現できそうです。

〈1968年〉関連年表

1945 日本の無条件降伏により、第二次世界大戦が終結

1948 全学連（全日本学生自治会総連合）結成

1950 朝鮮戦争勃発／総評（日本労働組合総評会議）結成

1951 日本がサンフランシスコ講和条約により独立、日米安全保障条約を調印

1952 「血のメーデー事件」が起き、皇居前広場でデモ隊と警官隊が衝突

1953 スターリン死去、東ドイツ各地で反ソ暴動（東ベルリン暴動）

1955 自由民主党と社会党が成立、「55年体制」が始まる／「共産党第六回全国協議会（六全協）」にて、武装闘争路線から方針転換／立川基地拡張に反対する闘争「砂川事件」が生じ、その後の学生運動の原点となる

1956 フルシチョフによる「スターリン批判」、ハンガリーでは民衆による一斉蜂起「ハンガリー事件」

1957 革共同（革命的共産主義者同盟）結成

1958 第一次ブント（共産主義者同盟）結成／フランスでアルジェリア独立問題が先鋭化、ドゴールが首相に就任し、新憲法をもって第五共和制を開始／革共同から、太田竜らが離党（第一次分裂）／「小松川女子高生事件」

1959 カストロ、チェ・ゲバラによる「キューバ革命」／革共同が第二次分裂／11月27日、安保闘争でデモ隊が国会構内に乱入。史上初の出来事だった

1960 「60年安保闘争」。労働者や学生が国会を大規模に包囲するなか、日米安保条約が自然成立／第一次ブント解体／「三池闘争」／「浅沼稲次郎暗殺事件」

1961 東ドイツが西ベルリンとの境界に「ベルリンの壁」建設。東西冷戦の象徴となる／ソ連のガガーリン、人類初の有人宇宙飛行／大阪・釜ヶ崎にて第一次暴動

1962 キューバ危機

1963 革共同全国委から議長の黒田寛一らが分離し「革マル派」を形成。革共同全国委は「中核派」と通称される（第三次分裂）／アメリカで「ワシントン大行進」、「ケネディ大統領暗殺事件」

1964 東京オリンピック開催／ソ連でフルシチョフ失脚、後任にブレジネフ

1965 アメリカがヴェトナムへ「北爆」を開始、日本では反戦運動の潮流で「ベ平連」結成／「少年ライフル魔事件」

1966 中国で「文化大革命」が始まる／新東京国際空港建設に反対し、地元農民らが「成田空港反対同盟」を結成、「三里塚闘争」が始まる／東海発電所にて日本初の原子力発電所商業運転が開始／ブントが再建される（第二次ブント）／中核派・社学同・社青同解放派による「三派全学連」結成

1967 「羽田闘争（10・8闘争、11・12闘争）」／チェ・ゲバラがボリビアの山中にて戦死

1968 「佐世保エンタープライズ寄港阻止闘争」／フランスで「五月革命」、世界各地で学生・青年の叛乱が多発。以後、この年は「68年世界革命」と記憶される／「プラハの春」／10・21国際反戦デー「新宿騒乱」／東京・府中にて「三億円強盗事件」／11・22「東大＝日大闘争勝利学生総決起大会」／吉本隆明『共同幻想論』刊行

1969 「東大安田講堂事件」／中ソ国境で両軍が軍事衝突／永山則夫、連続射殺事件の犯人として逮捕／4・28闘争／アポロ11号、人類初の月面着陸／佐藤・ニクソン会談で「核抜き、本土並み」の72年沖縄返還が決定／「大学の運営に関する臨時措置法」成立。以後、大学構内への警察の立ち入りが可能になり、大学紛争は下火に／無党派の学生を中心に「全共闘（全学共闘会議）」結成／大菩薩峠事件

1970 大阪で「万国博覧会」開催／「70年安保闘争」の結果、第二次ブントの解体は加速し、さまざまなセクトに分裂／赤軍派による「よど号ハイジャック事件」／「ビートルズ」解散／7・7華青闘の告発／中核派・革マル派の「内ゲバ」／「三島由紀夫事件」

1971 成田空港建設第二次強制執行（三里塚9・16闘争）

1972 連合赤軍による「あさま山荘事件」／沖縄返還／日本赤軍による「ロッド空港乱射事件」／西ドイツ赤軍バーダー・マインホフ・グルッペ逮捕／日中国交回復

1974 東アジア反日武装戦線「狼」による「連続企業爆破事件」

1975 サイゴン陥落、ヴェトナム戦争終結

笠井　われわれには、真にリアルなものから遮断されているという強烈な飢餓感、ザラザラした現実を見たいという、それこそ〝実感〟があった。
　見慣れた風景をぶっ壊して、何か違うものを見たいという、そういう不全感が強かった。今も自分は不幸だと思っている若者は多いとしても、リアルなものへの飢餓感が強烈にあるという印象ではないね。この四十年のどこかの時点で、それは極めて希薄になったか、消えてしまったようです。六〇年代後半の青少年は、リアルなものを一瞬でも回復しようとして闘った。自分たちをリアルから遠ざけている、芝居の書割みたいな偽の世界を暴力的に切り裂こうとして。そうしないわけにはいかない精神的な息苦しさが、あの時代には溢れていた。

第二部　リアルと表現をめぐる対話

押井　どこかにあるかもしれないリアルなものというのは、一般的にリアルと言われている日常のなかにはどうしても見出せなかったし、今でも見出せない。
　今の時代は、ネット社会だからリアルなものもより自由になったとか、フェイスブックとかｉＰｈｏｎｅで、世界に「革命」が起きた、現実が変わった、とか言われていますが、巡航ミサイルを変電所にぶち込まれただけで、そういう日常は直ちに消滅してしまう。だから、みんな、実は本当の「リアル」がわかってない。

「新宿騒乱事件」
機動隊（奥）に投石する学生たち（1968（昭和43）年10月21日、東京・新宿駅）。

衝動――表現に駆られる痛切な動機

観念の絶対性――『テロルの現象学』について

――68年体験を通じて得たもの、澱のように内奥に潜んでいるものがお二人の作品には意識的、無意識的に表現されています。その内から沸きあがる表現衝動についてご自身の意識はどうでしたか？

まずは68年にお二人が翻弄された「観念」というものについてはどうお考えですか？


押井　『テロルの現象学』は、最初は学生時代に、まだ笠井さんを知らなかったけど、タイトルに惹かれて読みました。全部で三回くらい、十年に一回くらいの割合で読んでいます。以前、笠井さんと徳間書店で対談したあとにも一度読みました。自分が歳をとったせいかもしれないけれど、やっとわかったこともある。学生の頃、高橋和巳の『憂鬱なる党派』などを読みふけってあの世界にはまっていたので、そのときの体験に応じて理解しました。

『テロルの現象学』は、観念の絶対性の言葉の意味するところが、自分の当時の体験に照らし合わされて身にしみた。そういうきっかけになった本ですね。

僕にとっては「観念の絶対性」という言葉に集約されている。あの時代、自分は何を思っていたのか、あの時代の人間たちが何を考えていたのか、誰かが言葉にしなくてはならないと思っていたけど、自分は適任ではないから。実社会に出てからしばらくはそういう観念からも離れていた。監督になって自分の表現が確立されてから、自分の視野のなかに再度入ってきたんです。

きっと何度も帰る場所である一冊だと思う。極端に言うと、笠井さんは否定するかもしれないけれど、「笠井潔という作家は僕にとってはこの一冊でいい」というくらいの本だと思う。「あるものをきちんと言葉にしたい」という強い思いで書かれた本です。でも、同時代の人間でないとわからないかもしれない。今の若い人がこの本を読んで何を思うのか。理解できるのかしら、と思う。

笠井 僕より二回りは年下の北田暁大という社会学者が、『テロルの現象学』を学生に読ませてみたとか。興味はあるが難しいという感想が多いので、いまどきの学生にも理解できるように易しく書き直した新版を出したらいい、とか言われました。

押井 それはちょっと無理でしょう（笑）。

笠井 自分の本が、今の若い人たちにわかりにくいのは、発想のベースが違ってきているからでしょうね。しかし、絶対的観念性が希薄な日本人という問題は今でもある。近代ヨーロッパでは科学的真理が神を代理し、テクノロジーはその結果にすぎない。日本人は和魂洋才で、「役に立ちそうだから」ということで蒸気船や鉄道をつくり、ついには原発までつくったけど、そこまで行くと現場の頑張りとか職人的な独創性では対処しきれません。それを管理するためのユダヤ・キリスト教的な観念性がないから、不測の事態が起こると手工業的な対応しかできない。アニミズムの日本人は、原発とか宇宙開発とか世界戦争といった巨大プロジェクトには不向きなんですね。

吉本隆明は、たんなる知識の輸入業者ではダメだ、ヘーゲル体系やマルクス体系のようなヨーロッパの知的構築物に対抗しなければならない、と考えました。二十代までは僕も吉本さんの影響を受けていたから、「生半可な観念ではダメだ。物事を徹底的に考えぬかなければならない」という意識が強かった。しかし、キリスト教的観念は植民地で原住民を大量殺戮し、マルクス主義の革命観念は収容所国家をつくりだした。一方で観念は屹立しなければならないと思いつつ、他方でそれをきちんと解いていかねばならない、という二重の思いから『テロルの現象学』を書いたんです。

もう一点、新左翼運動は限界性に突き当たって七〇年代前半には終息したけれど、誰もきちんと敗北の総括をやらなかった。あれだけ「総括」という言葉が好きな人たちなのに、「なぜ負けたのか」、「自分たちに問題があるとすれば何なのか」ということを全身全霊かけて考えぬこうとする人間が、一人も周りにいなかった。だったら自分でやらなければ、と思いました。

吉本さんも読んでくれたけど、気に入らなかったようですね。八〇年代に対談した際、「笠井君は主知主義だから」と軽く一蹴されました（笑）。主知主義というか観念主義は人間にとって必然だから、それを「大衆」のような視点で外側から批判しても無駄だ。観念はあくまでも内側から、おのずと自己解体するように仕向けなければならないというのが、あの本のモチーフなんですが。

ただし、探偵小説のほうは褒めてくれました。『バイバイ、エンジェル』について、「花田清輝［一九〇九～一九七四年。作家・文芸評論家。アヴァンギャルド芸術論の先駆者として知られる］も野間宏［一九一五～一九九一年。第一次戦後派を代表する作家。戦前には社会主義運動で逮捕、戦後には共産党に入党している。アヴァンギャルドの手法を用いて敗戦直後の状況を描く鮮烈な作品を残した。主な作品に『暗い絵』、『真空地帯』、『青年の環』などがある］も本当はああいうことをやりたかったが、君のような才能がないから中途半端な文学を書いている」と言われました。

押井　「総括していない」ということには同意するし、誰かがやらねばならないと僕も思っていました。僕には、自分が「主体」たりえなかったという思いがある。尻尾にぶら下がっていただけで、ついに自分自身が当事者だったというところに行かなかった。時期的なものもあるのかもしれないし、個人の資質もあるだろうけど、新左翼運動の渦中にいながら、当事者だったという意識がいまだにない。傍観者というわけではなく、渦にはさんざん巻き込まれたけど中心にはいなかった。その周辺を駆け回っていただけで、適当な時期に諦めていた。だから、僕は適任ではないけれど誰かがやるべきだとは繰り返し思っていました。

笠井　僕は何事も徹底しなければならないと考えただけです。日本的な曖昧さが生んだ戦後民主主義の欺瞞性を見て、不徹底なのはとにかくよくないと思った。本土決戦をしなかったから、多くのことがなし崩しになった。途中で逃げた戦中派の親たちと違って、子の世代の自分は最後までやろうと決意していた。でも、徹底した結果が連合赤軍だった。

当事者ということで言うと、首尾一貫した当事者なんて本当にいたのかな。僕にしても連合赤軍事件の当事者ではないし、殺された人間はもう存在しないわけで。それ以上に空虚を空虚で充塡するような行動的ニヒリズムのムーヴメントだったから、生身の重々しさを帯びた当事者なんて初めからいなかったような気もします。

押井　思想に限らず、文芸、演劇、映画でも六〇年安保をめぐる物語は、**柴田翔**から大島渚の映画にいたるまで、たくさんありましたよね。七〇年安保については、僕の本の「あとがき」で山田正紀さんも書いていたけど、たくさん出てくると思っていたが表現の世界ではあまり形にならなかった。僕は、物語のなかでどう語るのか、ということに興味があるんです。『テロルの現象学』のように思想の書として書かれることも必要だけど、表現としてはどうだろう、と。たぶん出てきていないと思う。だから、僕みたいなアニメ監督がアニメという形式のなかでちょこちょことやらざるをえなかった。一冊の書物として形になっているものは、ほとんどないと思う。最近は、『**マークスの山**』（一九九三年）みたいなものも含めて少し出てきたけれど。そういう意味では『テロルの現象学』は貴重な一冊だと思う。でも、あの時代の人間ではないと、あの本の持っている意味は伝わらないのかもしれない。

笠井　あの本で格闘した観念的倒錯の必然性から、人類が解放されたとは言えないのですが。

押井　本というものについて抽象的なことを言うと、総括をして、言葉の世界で語りつくすけど、ある種の「普遍性」を獲得するところまで到達するのは、とても難しい。

それは生涯をかけてやるもの。でも、昔、埴谷雄高が言ったように、まるで聖書のように「人類が滅亡したあとに一冊の本が残る」というのは美しい妄想だと思う。同時代の人間が背負い、死んだら忘れ去られていくものではないと思う。世界が滅亡したあとにある男が背負って歩く一冊の本を奪い合うというストーリーの『**ザ・ウォーカー**』（二〇一〇年）という映画がありましたが、その本が実は「アレ」だったというオチ。予告の段階でバラしていたけれど、知らずに観たらどうだったんだろう。書物の持っている比喩的な意味というのは、たぶんそういうことだと思う。映画は、実はその本はまったく役に立たないもので、背負って歩いていた男がすべて暗記していました、という話。すべて自分の頭のなかに入れていて、それを諳(そら)んじ、書き取ってまた印刷にかけて……と、もう一度グーテンベルクの時代からやるんだ、という話だった。比喩的には面白い。

表現の世界でできるのはそういうことなんです。本の中身について語るのはあまりふさわしくない。運動や出来事を担った人間の物語しかできない。一冊の本を書き記すこととそれをめぐる物語はまた別だから。そういう意味で言えば、僕がつくってきたのは本を背負って歩く人間の物語。背負う物語については書いていないし書けない。だから笠井さんみたいな人がいないとマズイと思っていました。でもそれは聖書みたいな人類に与える普遍の書ではなく、僕にとってはある時代に与える本。それでいいと思う。

僕は笠井さんの立ち位置がよくわかっていないんです。社会評論も書き、本格推理も書き、伝奇やアクション小説もあるというように、いろいろなジャンルの本を書かれてますよね。どれが本筋なのかな、と。たぶん、『テロルの現象学』だけでは完結しない思いがあるんだろうな、と想像する。

つまり、これを書いたら余生は違う人生を送ってもいい、という思いが感じられない。埴谷雄高だったら、『死靈』という書物を記したら、あとは市井の人として終わってもかまわない、と言ったかもしれない。吉本さんにもそういうところがあるのかもしれない。でも、表現する人間はそれでは終われない。本を背負う人間の話と本自体の両方を書く人は珍しいと思う。笠井さんはその両方をやっている人なんだと思った。小説のほうは背負っている人間の話だと思っているので。でも、本格推理に関しては、哲学をああいう感じで表現するのは面白いと思うけど、僕は理解できていないと思う。

笠井　背負うものと背負う人という、押井さんがいうのと似たようなことは僕も考えました。小説や文学とは観念だけでなく、観念が生活に落とす影との双方を全体として描くものではないか。裸の観念と、観念に憑かれた人間を総体として、とも言えます。だから、あの時代の総括を小説の形で書こうともしたけれど、結局書けませんでした。連合赤軍事件はファンタスティックとしか言えないような特異な経験なので、リアリズムの格子をすり抜けてしまうんですね。これを普通のリアリズム小説で書こうとしても、捉えきれない。

高橋和巳のように京大の時計台の前でハンスト（ハンガーストライキ）やったとか、友達が自殺したという程度のことであればリアリズム小説の枠内に収まるとしても。そのあと、同世代の作家たちが連合赤軍事件を小説化しました。**三田誠広**の『漂流記１９７２』（一九八四年）、**立松和平**の『光の雨』（一九九八年）など。しかし純文学や、リアリズム小説という枠を疑わないところで書いているから、どちらもあの事件のリアリティを掴み損ねている。パリにいたとき半分冗談で、探偵小説ならどうだろうと思って書きはじめたら、二ヶ月ほどで『バイバイ、エンジェル』はできました。

なにが仕事の本筋かというと、ちょっと難しいな。『テロルの現象学』、『国家民営化論』（一九九五年）、『**例外社会**』（二〇〇九年）などの社会思想書が本筋だが、これでは喰えない。生活費は小説で稼いでいると割り切れるなら話は簡単ですが、必ずしもそうとは言えない。

「観念」的なものを表現することの難しさ

押井　「観念の絶対性」とは、自分の身幅を超えた状況になったときに何が自分を支えるのか、という問題だと思う。自分の正体とか幅、限界と言ってもいいけど、それがわかった瞬間とか、担えきれない何かを背負わされたときに何を持ってくるのか。笠井さんの『**復讐の白き荒野**』（一九八八年）もそういう話だと思う。

今ここにある自分の幅に世界がぴったり合うわけではない。自分が受け入れられない世界がある。それを前にしたときに、挫折するのではなく、ある種開かれるというか……憑り付かれるという言い方だと憑依みたいで、それだとマルキシズムみたいなものと変わらない。要するに外から来るものではなく、自分を生かすもっとデカイもの。欧米の人間であればそれを神様と言うのかもしれない。僕らにはそこにあるべきものがなかった。神様に見合うような何か、自分の身幅以上の世界に対処できるものがなかった。

吉本隆明の思想にも共感したけど、たかが十七、八歳の高校生の自分のわずかな体験のなかに何があるのか、と思った。今もたいして変わりはしないけれど。たぶん人間が生きる実態というのはそういうものなんだと思う。自分の身幅のなかでは、自分が生きている現実は絶対に完結しない。それを超える何かがないと向き合えない。二、三千年も同じ神様を信仰してきた世界は別として、日本的現実のなかではどこにもありはしない。それで逃げるの逃げないの、死ぬの生きるのと言っても、場当たり的に対処するしかない。積み上げて考えていき、こういう結論でこれが正しいと計れるものがない。人を殺すにしても復讐するにしても、自分の身幅のなかでは決して完結しない。たぶん自分の人生自体も。

でも、「そういう存在がきっとあるはずだ」という思いはずっとあった。それは何なのか、ということ。二十世紀は、革命思想がそうであった時代だと思う。でも、思想にしても、神様みたいなものにしても、実際にやったのは大虐殺。キリスト教もイスラム教もそうだし、マルキシズムも結局は大虐殺に終わった。そこを埋めるものは本当にあるのか。ここから先は山田正紀さんの作品のような話になるのかもしれない。つまり、現実の人間には受け入れるだけの脳はあるけれど、そこに嵌まるものがない。僕なりに理解している観念とはそういうものです。

笠井さんの『復讐の白き荒野』では後半で主人公が変わってきます。最初は復讐の権化だったが、復讐の根拠、つまり観念を探るみたいな話になる。そこまで行かないと笠井さんは書いたことにならないのだろうな、と思った。ひどい目に遭わされて復讐して自分が滅びて終わるということでも小説は成立する。そこから先に行く小説はなかなかないと思う。そこが笠井潔という作家の立ち位置なんだろう、どうしてもそっちに行ってしまうんだろうな、と感じる。でも、その分だけ売れないというか、一般的にならない。エンタテインメントの幅を超えてしまっているから。エンタテインメントも文芸も差がないというのはそのとおりで、たしかに実践する者としてはそういうことなんだろうけれど、普通はそれを分ける。単純にエンタテインメントとして一人の男の復讐物語として読むには、笠井さんの作品はどこか過剰なんですよ。

笠井　そういえば『復讐の白き荒野』と、押井さんの『機動警察パトレイバー2』は似ているという人がいました。本土決戦をやり直すためにソ連軍を日本に侵攻させる二重スパイの話だから。エンタテインメントとして過剰だということは、『パト2』にも言えますよね。

押井　同じことを『ヴァンパイヤー戦争』にも感じました。最初は明らかに平井和正風だなと思った。拷問のシーンなんてまさにそう。でも、平井さんは人間の憎悪などの感情は描くけれど、人間は描かない。全部類型だけど読ませるのは、人間のどうしようもない部分を拡大して書くから。片方でイノセントな何か、だいたいかわいらしい美少女だったりするけれど、それを対比させるんですよね。『ヴァンパイヤー戦争』も、どうしようもない人間の悪、それから拷問に次ぐ拷問、殺戮に次ぐ殺戮で、平井和正みたいだなと思ったけれど途中から違ってきた。やっぱり観念のほうに向かう。舞台装置としてはKGBやテロとか政治的陰謀が絶えずあって、それは僕らの時代には近しい道具立てだけど、表現したいものは人間の身幅を超えた存在ではないかな、と感じた。

人間の頭のなかに器は備わっているけど、その中身はない。

結局、そこに嵌まるものはないということを書く以外ないんだと思う。先ほどの『ザ・ウォーカー』のように。それはすごく共感する。形のうえではエンタテインメントでも純文学でもいいと思っているけど、エンタテインメントのほうが書きやすいし需要があるから、活字にするにはこの世界しかない。

笠井　近代文学は「人間」を描くために発達してきた表現形式だから、二十世紀的な倒錯的観念を扱うのには無理があるんですね。探偵小説やSFなどのほうが、そういう枠がない分、書きやすいということはあると思う。

一九六九年の夏頃、ちょうどアポロが月に行った頃ですが、新宿西口の目玉のオブジェの横に「米ソの月面侵略に抗し宇宙赤軍を創設せよ!」という落書きがあった。あれは僕が冗談で「赤軍派が世界赤軍なら、俺たちは宇宙赤軍だ」と新宿高校の活動家にアジったら、それを真に受けて書いたものなんです(笑)。そのあと、ブントで綱領論争が始まり、われわれも綱領を考えようということで案を出した。下敷きはドストエフスキーの『悪霊』に登場するキリーロフの人神論で、共産主義とは富の公平な分配でも、『ドイツ・イデオロギー』に出てくる「食後の批判」でもない。キリーロフが語る「地球と人類の物理的変化」こそ、われわれがめざす革命の最終目標なんだ、という案でした。この提起、党内では完全に無視されましたが（笑）。

いいだももなど共労党のインテリ党員は思想的感度が悪くて、ボリシェヴィキ党の主導権をレーニンと争奪した**ボグダーノフ**の思想にも無知だった。せいぜいレーニンの粗雑なボグダーノフ批判『唯物論と経験批判論』を読んだくらい。ロシアの革命思想には未来派的・宇宙論的想像力が流れこんでいて、ボグダーノフ主義はその一例です。ボグダーノフは多才な人で、『赤い星』というユートピアSFも書いた。このように活動家時代も、革命とは観念の問題だと思っていました。私的所有の廃絶や資本主義からの解放は、せいぜい当面の問題にすぎない。革命の真の目的は類的な進化にあるという発想でしたね。

押井 **太田竜**とか、そういうことを言っている人もいましたよ。

笠井 晩年は「爬虫類人の地球侵略」を信じていた太田竜ね（笑）。太田さんが読んでいたかどうかわかりませんが、A・C・クラークの『幼年期の終り』に登場するオーバーロードって、たしかに爬虫類人。しかし僕が圧倒的な影響を受けたのはクライマックスの、進化した子供たちの意思で地球が光の爆発に呑まれていくところ。

押井 それこそアニメの専売特許。人類の革新ということについて言えば、『**ガンダム**』から『**AKIRA**』にいたるまでみんなそう。『AKIRA』を観たとき、徹底破壊なのかと思ったらただの進化論で、むしろがっかりした。

笠井 『果しなき流れの果に』はヘーゲル主義ではないか、という小松左京論「宇宙精神と収容所――小松左京」を一九八〇年に書きました。小松左京はヘーゲルの絶対精神を宇宙精神に置き換えたのではないか、というアイデアです。ヘーゲル＝マルクス主義は実践的には絶滅収容所国家に帰結したわけで、宇宙精神がやっていることも秘密警察的に陰険な操作と弾圧だったり、現代人とネアンデルタール人との強制交配などの優生学的実験だったり、ナチズムやスタリーニズムの手口に酷似している。しかも、ヒューマニズムの精神には残酷に感じられるにしても、それは必然であるが故に正しいという論理で、アイという宇宙精神のエージェントは絶滅収容所的な現実を合理化していくわけです。

アイと時空を超えて闘い続けるNは、ヘーゲル体系に抵抗するキルケゴール的実存者の役割を振られているわけで、あの作品全体がSF的にウルトラ化されたヘーゲル主義であり、絶滅収容所の二十世紀的なリアルを肯定するものだと結論するのは単純すぎますが、小松思想にはそういう一面もあった。僕の小松論は『テロルの現象学』とパラレルな文章です。『果しなき流れの果に』が『幼年期の終り』を下敷きにしていることは疑いないわけで、僕の小松批判は、『幼年期の終り』に触発された宇宙共産主義のヴィジョンの自己批判でした。

押井さんがアニメや映像の道を選び、僕が普通の意味での文学ではないSFやミステリを選んだというのには、同時代性を感じるところがありますね。十九世紀的な小説や文学では、体験したことを表現しきれないと感じていた。

押井　それは間違いないと思います。

本物、なにより〝リアル〟を求めて

押井　笠井さんが『例外社会』で言っているところの文化資本というものですね。ある時代のある階級のなかでは文化資本に投資して社会での優位性を確保するということがあった。『例外社会』では、それが無効化してきたと書いてあった。そういう時期は間違いなくあったと思います。ある時期までは、文芸とかリアリズムにそういう価値があったと思う。僕はいまだによくわからないけれど。それがいかに凝ったものであれ、心理の綾を克明につづったものであれ、なぜ現実や常識の範疇でそれを書くのかいまだにわからない。うまい下手以上のものは感じない。痛切な動機みたいなものが感じられない。

痛切な動機は、今の映画を観ていても感じられませんが。

笠井　われわれには、真にリアルなものから遮断されているという強烈な飢餓感、ザラザラした現実を見たいという、それこそ〝実感〟があった。

見慣れた風景をぶっ壊して、何か違うものを見たいという、そういう不全感が強かった。今も自分は不幸だと思っている若者は多いとしても、リアルなものへの飢餓感が強烈にあるという印象ではないね。この四十年のどこかの時点で、それは極めて希薄になったか、消えてしまったようです。六〇年代後半の青少年は、リアルなものを一瞬でも回復しようとして闘った。自分たちをリアルから遠ざけている、芝居の書割みたいな偽の世界を暴力的に切り裂こうとして。そうしないわけにはいかない精神的な息苦しさが、あの時代には溢れていた。

押井　どこかにあるかもしれないリアルなものというのは、一般的にリアルと言われている日常のなかにはどうしても見出せなかったし、今でも見出せない。

今の時代は、ネット社会だからリアルなものもより自由になったとか、フェイスブックとかｉＰｈｏｎｅで、世界に「革命」が起きた、現実が変わった、とか言われていますが、巡航ミサイルを変電所にぶち込まれただけで、そういう日常は直ちに消滅してしまう。だから、みんな、実は本当の「リアル」がわかってない。

逆に、僕が好きな映画やＳＦのように異様な設定のなかに、まぎれもないリアルな人間の感情が過不足なく描かれていた。だから**『エイリアン』**（一九七九年）のような宇宙船の中での日常や恐怖に憧れる。それが表現できることが自分にとっての演出の目標。ディテールを積み上げ、さまざまなシチュエーションを考えて、異世界のなかのリアリティを獲得したいと思ってずっとやってきた。「現実」と「妄想」のあいだって、線を引くのも、距離をとるのも難しい。

つまり、自分にとっての本当のリアルは今ここにあるわけではないということ。山田正紀さんの言うとおりで、気がついたら遠ざけられていた。それをどうにか埋めようとする衝動に近い。僕の場合は、言ってしまえばウソっぽい世界、つまり虚構を経ないとそこにどうしても近づけない。映画でも小説でも、日常や常識のなかで始まって終わる物語には馴染めない。それ以前に感覚としてついていけないし、興味がない。

ロシアの戦争映画で『ホワイトタイガー』（二〇一二年）というのがありますが、設定としては亡霊なんだろうけど、白いタイガー戦車が出てきて、これにソ連軍がなかなか勝てない。で、これまた、戦車の神さまが遣わした幽霊のような赤軍の戦車兵が出てきて、この敵役のホワイトタイガーと戦うんだけど、正直、荒唐無稽。でもディテールがしっかりしている。本筋じゃない、無意味なシーンが、叙事詩的なんです。そういうシーンをしっかり描く。ベルリンのドイツ兵が降参して、ずうっとただ意味もなく歩かされるシーンなんか、どう考えても無駄なシーンなんだけど、なんかリアルに「詩」なんです。だから僕は今の日本映画はほとんど観ない。怪獣映画とか特撮、ＳＦ映画は問答無用に観るけど、どんなに傑作だと言われても、日常に終始するものは観てもしょうがないと思ってしまう。

笠井　小田実が昔、「学生の演説は聞いていてもわからない。コミュニケートする気がないんじゃないか」と説教がましいことを書いていました。アジテーションって読経やロックの類のものであって、リズミカルな大音量を流して参加者の気分を高めていく、要するに音響効果なんだよね。読経から内容を聞き取ろうとしても無駄で、内容を知りたければ教典を読めばいい。

押井　あの現場でこの期に及んでコミュニケート図ってどうするんだ、ということですね。承知している人間しかいないんだから。でも、何かやらないといけない。言ってみれば頭と体の準備体操みたいなもので、高揚していけばいい。だからどちらかと言えば割れたスピーカーでちょうどいい。

笠井　先ほども少し言いましたが、**亀井勝一郎**によれば、日本人は仏教の教義に惹かれて受け入れたわけではない。まず、仏教寺院という極彩色の巨大建築のインパクトが強烈だった。それまで日本には樹皮を剝いた白木か、剝いていない黒木の建物だけで、緑や赤の塗料で鮮やかに塗り上げられた建物は存在しなかった。さらに金箔の仏像、声明（しょうみょう）という声楽、香の匂いなどなど。視覚、聴覚、嗅覚を効果的に刺激して、極楽浄土という異世界を観客に疑似体験させる総合芸術として仏教は日本に輸入された。古代の支配層が仏教にいかれたのは、現代人がディズニーランドに殺到するようなものだったんですね。

押井　宗教は思想である前に文化そのものだった。他になかったから。

笠井　それを現代風にアレンジして、せせこましく再現したのがディスコテーク。しかしディスコよりデモのほうが刺激的だった。日比谷野音で集会を開いていると、だんだん空が暗くなってきてくる。アジテーションで気分を高め、スクラムを組んで機動隊にぶつかる。警備車のライトがギラギラして、催涙弾が飛んでくる。火炎瓶を投げると街路が燃え上がる。これも一種の総合芸術であって、世界の変容を体感できた。ディスコでは死なないけれど、デモでは逮捕、投獄、負傷、極限では死ぬ可能性もあるわけだから真剣になる。なんらかの要求を実現するための政治行為という現実の水準にとどまらない、超越的な水準も含んだ運動でしたね。

押井　劇的でしたね。教会とか、カテドラルに入ったときの感じに通じる。荘厳な空間に入ると、目の前にステンドグラスがあって、それこそ聖歌隊が合唱を始めれば、みんなその気になる。仏教もキリスト教も一緒で、信仰以前に文化的な迫力に圧倒された。デモももう少し勇壮な景観を目指したわけだけど、今から思うとアジテーションしかなかったから音響は絶対的に不足していた。ナチも同じようなことをやっていたけど、**ワーグナー**ですからね。**レニ・リーフェンシュタール**が映像で表現したけど、旗ものをたくさん並べ、サーチライトで照らしだし、松明を燃やして歌を歌い、ワーグナーを流した。圧倒的な祝祭にみんな圧倒される。

何を目指していたかと言えば、つまるところそういうもの。一瞬だけ立ち上がる非日常の空間。今ここから離れるためには、とりあえず非日常にしかとっかかりがなかった。それは本当のリアルなもの、ナマの生みたいなものにつながっている気がした。命のやりとりみたいなものにも直結しているわけだから。でもそれでは現実として完結しないから、収容所の世界に行ってしまう。マルキシズムもナチも落としどころは結局そこしかなかった。そんなことは予感としてある程度は当時の高校生もわかっていた。だから戦争しかない、そのあいだにみんな死んじゃえばいいと思っていた。

でも、先にも話したけれど、ちょっとした分岐の違いで生き残った。

だから、「よど号」のことは今でも気になっていて、アニメでも実写でもいいので映画にしたいと思っているんです。ついこの前死んだけど、柴田泰弘(一人だけ高校生だった当事十六歳の少年)のことがずっと気になっている。一人で死んでいたところを大阪のアパートで発見された、彼です。一度監獄に入って五年の判決で出てきたけれど、おそらく彼は一生を通じて社会生活をしなかった。一人の人間として異様な人生だと思う。彼の人生はどういうものだったんだろう。北朝鮮に降り立ったとき、本当に高揚したんだろうか。北朝鮮の思想教育に最後まで抵抗したのは彼だったとも伝え聞いたことがある。その彼のことが今でも気になっているんです。本当にパラレルワールドですよ。僕ももしかしたらブントに入っていたかもしれないし、四トロに入っていたかもしれない。でも僕の場合、どこかで祝祭的な感覚から冷めてしまった。

非日常のときは、日常を思い、日常にいると満たされずに非日常を思う。人間というものは基本的に分裂していて満たされないものなんだ。どっちにしても自分でリアルに生きていない。たぶん戦争中もリアルに生きていなかったろうし、戦後の平和な日常もリアルに感じられない。おおむねどんな人間もその思いを抱えたまま、家庭をつくり子供を育てて死んでいく。でも、ものをつくる人間は誰でもそうだけど、それでは満たされない。表現したいという欲求を抱えているから形にしないと収まらない。

笠井　そうだね。押井さんの赤軍派映画、期待していますよ。

身体性をめぐって——「危険の感覚を忘れてはならない」

身体そのものが、蕩尽する

——68年当時、国家権力と対峙したデモなどを通じて直接に体験した暴力性、あるいは身体性はお二人の表現にどのような影響を与えているのでしょうか。アクション、暴力、戦争などの表現についてお話いただければと思います。

笠井　具体的なもの、たとえば身体や生活や大衆で観念を相対化できるという発想は観念をなめている。観念は爆弾なんです。二千年ほど前に、わずか十二人の弟子を従えた伝道師がエルサレムで処刑された。このよくあるような平凡な事実が、人類の罪を贖うため神の子が十字架に架けられたという観念に転化することで、キリスト教は史上最強のローマ帝国を支配するようになる。鋭角的な観念には、物理的な爆弾を超える威力が秘められているんですね。希少性が暴力を生じさせるとしても、パンを奪いあうための暴力には限界がある。パンを奪ってしまえば、相手を殺す必要はないわけだから。しかし、観念に駆動される暴力は限界というものがない。何十万、何百万という人間を短期のうちに大量虐殺するのは、たとえば「反ユダヤ」や「反革命」のような、際限なく倒錯し肥大化した観念です。

話を戻しますが、対権力、対民青、対革マルと運動の現場は暴力的だったから、その頃は道を歩くのにも警戒し緊張して、四六時中身体的にひりひりするような気分だった。とはいえ僕は、自衛のため機動隊と民青と革マルは殴ったけど、それ以外の人は殴ったことがない平和主義者です。

押井　僕も同じです。革マルも殴らなかったけど（笑）。

笠井　その頃、大江健三郎の小説にW・H・オーデンの「危険の感覚を忘れてはならない」という詩句が引用されていました。運動の世界に惹かれたのは、そこに立ちこめていた危険の感覚のせいでもある。同じように危険性のあるデモが街頭から消えた一九七〇年代の半ばに、一人で冬山登山を始めました。身体的に元活動家は他にもいたようだし、共通の動機があったのかもしれない。襲撃や逮捕投獄という身体的な危険が怖くて、運動から離れたわけではないということを、なんとしても自己証明しなければならないという。一種の代償行為だったんでしょう。フランスに行った理由のひとつには、冬山単独行を続けていると死ぬな、と思ったことがあります。ありがたいことにパリには山がないし、アルプスまで行くような資金もない。遭難が心配なら単純にやめればいいのに、山がない場所に身を置かないと、やめることを自分に容認できない。なんとも不自由きわまりない頭の構造だったんですね。

小説家になって十年ほどはおとなしくしていましたが、四十代はスポーツカーで峠族、五十代はスキーに熱中していました。国際大会のダウンヒルは、時速百キロ以上です。僕の感覚では、体感速度はバイクだと車の倍、スキーはさらにその倍。素人が時速二十五キロで滑降していても体感速度は百キロで、しかもスキーにはブレーキがない（笑）。エレガントにターンするスキー技術の習得には興味がなく、ひたすら直滑降ばかり十年やりました。ターンは必要なときしか、たとえばゲレンデがカーブしているところでしかしない。学生運動という「運動」はともかく、冬山登山、スポーツ走行、スキーと、隠し味程度であれ死の香りのするスポーツに熱中してきました。エコロジー的な健康志向の身体性とは無縁ですが、身体をいかに蕩尽するかという意味での身体性には関心があるようですね。

押井 僕も一時スキーをやったので、わかるところがあります。生身で体感できるスピードは、スキーが一番だと思う。スピードにはすごく快感があるから、「転倒したらもしかしたら首を折るかも」という恐怖と戦いながら滑る。死を担保にしたスポーツはスカイダイビングとかバンジージャンプみたいなのも含めていろいろあるけど、死と隣接していると身体性が一気に発揮されますね。

それから、舞踏家の姉と最近よく話をするんです。「観念と自分の身体は別のものではない。観念を表現するのが身体だ。だからひとつのものだ」、「言葉と肉体を別次元で考えるのは身体的な発想ではない」と彼女は言う。でも一方で吉本隆明が昔言った、この「真実を口にすると　ほとんど全世界を凍らせる」（「廃人の歌」）という言葉にもずいぶんしびれた。言葉は最終兵器であり最後の到達点だということですよね。今でも、どんなに映像や音楽に力があっても最後はひとつの言葉に勝てないのではないか、と思うことがある。だから映画をやっていても満たされない部分があったので本を書きはじめたんです。

けれど同時に、姉の言うように「言葉と身体は別物ではない」という言葉にも惹かれる。空手を始めたせいかもしれないけれど、最近なんとなくわかるような気がする。稽古をしていると、自分の身体になって生きていると感じる瞬間があるんです。試合で勝ちたいとか、街で乱闘して勝ちたいという欲求とは違うんだけど。いや、それも実はあったりするんだけど（笑）。

笠井 ストリート・ファイティングを求めて、歌舞伎町を肩で風切って歩いているとか（笑）。

押井　でも、一人で稽古をしているときに、自分の身体の正中線みたいなもの、自己を立てるということを感じる。つまり自分で満たされること。それは観念では応じきれない世界で、身体は世界と向き合うことができるのではないか、と感じられる瞬間がある。姉は、木に抱きついて二時間とか、密着感がなくなるまで床に這ったままでいるとか、舞踏家として特殊な訓練をしているんです。彼女は、官能そのものだ、恍惚となる、と言う。それと近いものを感じる。まだ自分のなかにできているわけではなくて、そういうものが少しわかる気がしているだけだけど。そういう意味では、舞踏や武道は若いときにやってもわからないものだと思う。身体訓練になるだけで自分の身体が覚醒するということにはならない。暴力性に覚醒するだけ。暴力性に目覚めることと身体が目覚めることは別の話だから。

『イノセンス』（二〇〇四年）をつくっている頃は、人間としての身体はありえないと思っていたんです。人間の身体とは意識や観念のことだと思っていた。あの頃は、いかに人間を幽霊にできるか、という今とは逆のベクトルでものを考えていたんです。『イノセンス』の世界はいわゆる冥府、あっちの世界とこっちの世界の中間だからみんな亡霊。だから足もとを暗くしたり、真っ白な顔にしたりして、あいつらは全部亡霊なんだ、ということを表現した。人形とか犬のほうがはるかに身体性がある。それは無意識の存在だから。人間は意識があるかぎり生き物として生きられない、というのがテーマだったわけです。温かい体・獣の体vs.冷たい体・機械の体という二者択一に追い込んでいってつくろうとした。

もっと飛躍した人間が生物学的に変質した世界、人間がサイボーグになった世界も妄想していました。人間は動物であることを捨ててきたんだから、だったら潔くサイボーグになればいいいって。僕は、気持ちがいいので点滴とかが大好きだったから、有機サイボーグならいつでもなりたいって本気で思っていた。毎週メンテナンスに通うのは面倒くさいけど、体内プラントとかいっぱい内蔵したい、と（笑）。そうなったらイデオロギーとかに価値はあるんだろうか。

笠井 野生動物は寿命が尽きたら死ぬ。人間は本能が壊れているから、サイボーグ化しても生き続けようとする。動物を手本に、延命治療などしないで自宅で死のう、というのが僕の生き方＝死に方ですね。同じことで臓器移植には反対、貰うのもあげるのも拒否したい。賛成の人同士がやりとりするのにまで、文句は言いませんが。

人間は個も類もいつかは消える。生物も。有機物が完全に死滅して水と塩と岩しかない世界になったら、この惑星はどれほど美しいだろう、というイメージもあります。

押井 **J・G・バラード**の世界ですね。

笠井 ええ。日本人には少ないんですが、宮沢賢治や埴谷雄高には鉱物的な想像力がある。この私はあと十年、長くても二十年で死ぬし、人類もいつか死滅する。宇宙史のスケールで言えば束の間にすぎない人間の存在意味を、いかに自己了解できるのか。

押井 宇宙では無機物が本流で、それに付着しているのが有機物。だからもともと吹けば飛ぶようなものでしかない。有機的なものを最大限拡張したのが人間という絶対的な観念。これを失ってしまうとヤバイと思っているわけですよね。僕も鉱物的な世界の秩序とか性質には憧れる。

でも僕は子犬を抱いているときの感覚がいちばん好きです。

観念や言葉ではなく、命が奇跡のようにそこにあることを実感として感じることができる。子犬や子猫を抱けば一瞬で了解できる。僕はガブリエルというバセット犬をいつも抱いて寝ていたんです。心臓が止まってしまうかもとドキドキしてた。そうすると命を感じて陶然としてくる。自分の命では実感できないんです。それこそ、空手をやっている時とか、殴られてドーパミンが出た瞬間とか、恋愛している瞬間とか、稀にしか自分の生命は実感できない。でも、人間以外の生命は実感できる。動物は最後の希望。だから犬と結線したサイボーグに憧れていた。ケーブルでつながって、犬が尿意をもよおすと自分ももよおすとか。動物とワイヤードすることでようやく違う体を手に入れる。それが『イノセンス』をつくっていた当時の感覚です。

でも、『イノセンス』をつくり終わったあとに体調を崩して本当に死にそうになった。二ヶ月くらい寝込んで起き上がれなかった。アニメの人間は、たいてい早死にするんです。僕に言わせれば、体が妄想を支えきれないから。

そういう意味で言えば、実写の監督はどこかしら地に足がついている。思ったように妄想を形にできるわけじゃなく、現実原則のなかで映画をつくっているから。今は技術がたくさんあるけど、原則は今でも変わらない。役者の肉体を通さないと表現できない。アニメは紙の上にでっち上げるだけだから、妄想がどんどん暴走する。だから、体というか、自分という現実の存在がついていけない。**今敏**（こんさとし）もそうだけど、同期の連中がここ三年くらいで五、六人死んでいます。『イノセンス』のときに死にそうになって、ある種のどんでん返しが起きたんです。空手を始めて自分の体ができてくると、面白いものでベクトルが真逆に逆転した。観念の幅だと間違いなく破滅するから、すごく限られた自分の身体の幅でものを考えはじめ、何が実現可能かを実践しようとしてる。だから今は違った意味で戦闘的になっていて、高校生のときのように目つきの悪いヤツに戻ってるかもしれない（笑）。

圧倒的な暴力装置——68年の身体的記憶

笠井　以前対談したとき、徳間書店の新しいビルの場所がよくわからなかったので、たまたま自転車で走っていたオジサン警官に聞いたらすごく親切に教えてくれた。若い頃は警官に声をかけるなんて発想はなかったんだけど、三十年経って少し恨みが和らいだのか。人のよさそうな警官で、「そうか、昔はこういう人を殺してもいいと思ってたんだ」と。

押井　交番に入るのは少し抵抗があるけれど、僕はよく道に迷う人間なので、最近はためらいなくお巡りさんに聞いちゃう。

笠井　一九七一年の**三里塚9・16闘争**で、初めて反対同盟と新左翼の部隊が機動隊を殲滅（せんめつ）したんですが、どうせなら六〇年安保のときに樺美智子を撲殺した「殺しの四機」を殲滅していれば、と思った。死亡したのは警視庁の機動隊ではない、臨時に動員された警官だったから。

押井　10・21とか4・28とか大きな闘争になると、必ず近隣の県警から動員されていましたね。交番から警官が消えるから泥棒天国だって言われていた。お巡りさんが機動隊員に変身した第二機動隊が出てくる。格好だけ見ていると同じで、乱闘服着て盾を持っているけど、所詮、第二機動隊はアルバイトのようなもの。本物の四機や五機はまったく別物で、体がぜんぜん違う、もうゴリラです。圧倒的な暴力装置。文字どおりの。

笠井　相撲取りみたいだよね、ヘルメットの紐のあいだから肉がはみ出してるし。

押井　喰ってるものが違いますね。「状況によっては殺してもいい」ということで出動してくるヤツらだから、訓練もまるで別世界。昔住んでいたアパートの向かい側が機動隊の駐屯地だったから、塀のあいだから覗いたことがありますが、炎天下、乱闘服を着て盾を持ちながら延々とマラソンしてる。信じられないと思った。だから体力がタダモノじゃない。当時、学生がヘルメットをかぶって鉄パイプを持っていたとしても、個対個ではまるっきり勝負にならない。隣を走ってたヤツのヘルメットが叩き割られる音とか、今でも覚えてる。明らかに個人的な執念が加わっていたと思う。

笠井　機動隊に並列規制されたデモで外側の列だったりすると、籠手で殴られたり乱闘靴で蹴りあげられたりして全身痣(あざ)だらけになる。こうした一方的な暴力にさらされつづけ、「機動隊は敵だ、敵を粉砕しろ」という怒りが学生側に蓄積されていった。

押井　ヤツらと普通のお巡りさんはたしかに違う。国家に奉仕する公安、地域住民にサービスをする警官ということで、「機動隊員は殺してもいいけど、交番のお巡りさんは殺しちゃいけないんだ」と高校生のあいだでも議論があったんですよ。まあ、警察が住民サービスをするのはアリバイだという説もあるんだけど。『パトレイバー』で使った話だけれども、旧内務省の復活をもくろんでいる警察官僚とか。パトレイバーの特車二課は実はその内務省的なものの尖兵という設定で、ロボットを使って自衛隊に対抗している、と。警察内部は決して一枚岩ではない。「警備部の人間」vs.「刑事部の人間」とか、「公安」vs.「それ以外」とか、みんな仲が悪い。とくに公安は警察内でも異端視されてる。なぜそうなったかは理由がある。戦後、最初はアメリカのような「民主的」な自治警察をもくろんで自治警察と国家警察という二本立てを考えたけれど、結局、建前はともかく、国家警察の一本立てを選んで自治警察の理想は消えたし、旧内務省の継承者である公安は自分たちを売り渡した政府を信じていませんから。

笠井　近代以前は、土地争いなどのいろいろな争いは当事者同士で決裁できました。仮に殺人事件が起きても、殺した側と殺された側で話がつけばそれでいい。もしも妥協が成立しなければ、被害者は加害者に報復できる。ところが絶対主義国家が形成されると、犯罪は被害者への犯罪ではなく、王への犯罪だということになります。加害者と被害者が直接に話をつけることは、もはや許されない。もちろん報復も。犯罪を処罰できるのは国家のみで、私人である被害者が加害者に罰を加えれば、それもまた国家への犯罪となる。

僕がたとえば押井さんを殴った、あるいは財布を奪ったとしますよね。僕の謝罪や補償を押井さんが受け入れるなら、二人のあいだで問題は解決される。近代以前はそうだったし、近代法でも民事にはそういう要素が残されています。しかし刑事事件になると、殴るとか盗むとかの行為は違法行為で、いわば法を侵犯された国家が究極の被害者ということになる。最近では、被害者の人権がもっと尊重されなければならないと言われます。犯罪は法と国家への侵犯だというのが近代法の前提で、個々の被害者の救済になど法は原理的に無関心なんですね。刑事と警備・公安は警察の組織系列では別ものだけど、国家に対する犯罪を追及する点では基本的に同じ。個人間の争いの形をとった法／国家に対する攻撃は刑事部が担当し、法／国家そのものに対する犯罪、最大のものは内乱だけど、政府の転覆に通じるような違法行為は公安が担当するという仕組みですね。

押井　でも、当時のそういう恨みつらみのようなものをフィクションとして対象化するとき、体験記風にすると、どこかノスタルジックになったり、飲み屋で「昔、機動隊と戦ったんだよ」と武勇伝を語りたがる典型的なオヤジと一緒になっちゃう。

それは僕にとっては、ものすごく不愉快なことです。それでもどこかで、自分が体感したこと、実際に見て、感じた、原風景の圧倒的な〝何か〟を表現したかった。

だから、物語に仮託するしかなかった。

僕の場合、自分の体験とか自分が生きた時代、自分が思ったことを表すためには媒介物が必要だったんです。〈ケルベロス・サーガ〉もそれで始めた。あれはまさに公安警察そのものというか、もっと悪質で国家と直結した暴力装置。だからほとんどナチのＳＳ（親衛隊）ですね。考えてみると、僕は、『パトレイバー』にしても『GHOST IN THE SHELL／攻殻機動隊』（一九九五年）にしても、架空だけど警察の話しか描いてこなかった。それで、相手はだいたいテロリストだから、よく「逆じゃないの」と言われるけど、アニメの主人公は軍人か警察官のほうが都合がいいから。ゴダールも言っていましたが、探偵や刑事は映画にとってもっとも都合のいい役割だということ。どこにでも図々しく入り込めるから、圧倒的にお話をつくりやすい。

テロリストの側から描こうとすると、途端に面倒くさくなるんです。

笠井　僕は逆だな。警官には感情移入できないから、警察小説は書きたくないし書けそうにない。しかし、テロリストや元テロリストなら書ける。〈矢吹駆シリーズ〉の主人公も、『ヴァンパイヤー戦争』の九鬼（くき）鴻三郎（こうざぶろう）も元テロリストです。

押井 僕にとってテロリストはある種の「絶対者」です。『パトレイバー』の**柘植**にしても**帆場**にしてもそうだから、キャラクターとして描けない。だから最初に死んだり最後まで出てこなかったり。絶対者なので人間として表現しきれないと思っているから、テロリストの側から描くことができなかったんです。一度、日本中に中国の難民収容所があってそれが武装蜂起する話をつくろうとしたことがあるんですが、脚本も書いたけど直前で流れた。プロデューサーがビビッて逃げたのかもしれないけど（笑）。そのとき初めて警察の側ではなくテロリストの側からやってみたけど難しかった。結局、テロリストの亡霊が出てくる設定にした。要するに人間ではなく撃たれても死なない存在。

テロリストを描こうとすると、ある種の合目的性というか、戦うためのテーマがどうしても必要になってきてしまう。でも、それは僕には必要ない。だから、テロリストには外側からかかわったほうがうまく描ける。「あなたは何者なんだ」という話はいくらでもできるし、そういう風にしか表現できない存在だと思う。テロリスト側から描いてうまくいっている映画はまず観たことがないし。『**ジャッカルの日**』なんて「あいつ何者だ?・」という感じ。『**ゴルゴ13**』みたいなもので、何のために殺しを請け負っているのかわからない。ゴルゴは何者かわからないから三十年も四十年も続いている。わかった途端に終わってしまうから。

笠井 だから現役テロリストでなく、たまたま生き延びてしまった「元」テロリストになるのかもしれない。〈矢吹駆シリーズ〉第ゼロ作の『**熾天使の夏**』や『巨人伝説　崩壊篇』では現役テロリストが主人公だけど、あまりうまくいっていない。『巨人伝説　崩壊篇』では革命そのものを描きたいと思ったんですが、小説そのものが近代的個人を描く形式として成立しているから、集団を描くには方法的に無理があるようですね。ショーロホフの『静かなドン』とか、**社会主義リアリズム**の革命小説ほどつまらないものはないし。ヴィクトル・ユゴーの『レ・ミゼラブル』に、七月王政期の小規模な武装蜂起を描いた「**サン・ドニ通りの叙事詩**」という章があります。僕が読んだなかでは、あれが民衆蜂起を描いていちばん成功した小説だと思う。ノンフィクションですが、日本では大佛次郎の『パリ燃ゆ』(一九六四年)かな。映画では、**アンジェイ・ワイダの『地下水道』**(一九五六年)も印象的。蜂起に敗れたあと、ひたすらドブネズミみたいに残党が逃げまわるだけの話ですが。しかし、いずれにしても難しいね。小説にするにはリーダーか、ごく一部のメンバーに焦点を当てるしかない。

押井　後輩の**神山健治**が『**東のエデン**』である種の集団を描こうとしていたけど、結局、自分が悪者になってもみんなを救いたいという善意の人間の話になってしまった。正真正銘のテロリストになったら面白いと思ったけど、自己犠牲があれば正当化されるということを落としどころに持ってきた。ちょっと違うんじゃないか、それ。

笠井　**限界研**のアンソロジー『サブカルチャー戦争』(二〇一〇年)のために、『群衆の救世主』と題した『東のエデン』論を書きました。豆芝犬が登場するのは先輩の影響なんですか(笑)。

押井　僕が『パトレイバー』で、一見、だらしない警官たちを描いたのは、テーマを持たない人間だと集団性を描けるから。高校の学園ものと一緒で、いろいろなヤツがいて、誰も彼も自分で責任を持てる人間ではなくて、先生や校長という〝長〟がいて初めて描ける。隊長がいなかったら描けない烏合の集団。

『パトレイバー』をつくるとき、テーマとして「正義なき集団」と紙に書いて貼っておいたんです。「集団の正義」はアニメーションや特撮ものの典型で日本人は大好きだけど、そうではなくて「正義なき集団」。集団の正義なんてロクなもんじゃないと思っていたから、ろくでなしの集団を描こうという意図だった。神山はそれを見ていたはずなのに、なぜ『東のエデン』の方向に行ったのか、よくわからない。

笠井 やはり出自や自分を実現しようという方向が違うのかもしれない。何となくファッショの匂いがする。「群衆」の「救世主（セレソン）」が成功するとヒトラーだから。

暴力・エロ・感情

押井 笠井さんは、警察官が今でも嫌いみたいですね。小説のなかでも警察官にはぜんぜん情がない。まったく無関係の警官でも、切るわ、刺すわ、撃つわで容赦ないですから。

笠井 たとえ革命家は国家の暴力装置に殺されても、「人権侵害」だなんて泣き言はいわない。同じことで、それが必要だと判断するなら階級敵の弾圧者は殺してもいい。これがボリシェヴィキの原則的立場だし、テロリストならこれをさらに徹底化している。『ヴァンパイヤー戦争』は伝奇SFの暴力小説で、まず警官をズタズタにして殺すところから始まる。でも暴力シーンを書いていると、エネルギーを消耗して疲れるんだよね。人工的に勢いつけながら書いている感じがあって。栗本薫は「小説は格闘技だ」と、よく口にしていました。

押井 暴力には、二つ、アクションとしての暴力と、軍事的な本当の暴力がある。

戦闘爆撃機でヴェトナムの村を機関砲で蹂躙するという小説を書くときと、殴り合いを書くときはやっぱり違う。暴力といっても、アクションのことを指すのか、世界観として暴力を背景に持つかどうか、というのはぜんぜん別ものだと思います。そういう意味では、僕は何の世界を描くにしても、絶えず戦争というものがどこかにある。『うる星やつら』みたいな高校生のお気楽な社会を描いていても、暴力がどこかにある。『うる星やつら』は人間関係を描くときに、愛だの友情だのではなくて、政治的策謀や力関係を軸にしてドラマをつくったんです。実際に殴り合いとか銃撃戦をやることだけが暴力ではないと思う。僕は両方好きだけど。

たしかにアクションを書くのはエネルギーがいるし、書いていて楽しくてしようがないときもある。でも、僕は血が嫌いだし、**夢枕獏**さんが書いているような骨がくだける瞬間を描写するという方ではないんです。「世の中ぶっ壊したい」というほうの暴力だから。軍艦の艦隊決戦を描いたり、爆撃や空中戦を描いたりというのは、それはそれで好きだけれど、それだけで世界を満たそうと思うと殺伐としてくるというか。僕は基本的にエンタテインメントの人間だから、欠けているものと有るものとのバランス感覚で、何かが必要なんです。普通の作家さんとか監督であれば、そこで女という話になるんだろうけれど、僕の場合は、異性自体がどこかしら暴力ですから。

笠井　そうですね。バタイユによれば性は暴力だし、エロティシズムも暴力。

押井　エンタテインメントは基本的に暴力とエロ。エロには、セックスだけじゃなくて、かわいい女の子とかラブロマンスも含む。僕は昔からその手が苦手だったんです。なんとかやろうとしたこともあるけど、ことごとく敗退。『スカイ・クロラ』のときは本気でやろうと思って頑張ったんだけど、あんな程度。一般的な基準からしたらぜんぜんエロじゃないかも。だから暴力を延々とやってきた。今までつくってきたものは、どこかしら暴力を要素として持っている。というか、それだけでつくってきた。エロに代わるものがあるとすればメシ。ある種の快感というか誰にも共通する欲望だから。だから僕は暴力とメシに決めたんです。最近ようやく色気づいたから、エロ方面もやってみたくなったんだけど（笑）。

一方で、**大藪春彦**がすごく好きで、自分が小説を書くとしたらああいうものだ、という思いをずっと持っていたんです。SF作家になりたかった頃は光瀬さんみたいな宇宙小説ものを書きたかったけど、結局自分の資質と合わなかった。いちばん親近感を持ったのが大藪春彦の小説だった。あと小説を何作書くかわからないし、賞にはぜんぜん興味ないけれど、大藪賞だけ欲しい（笑）。大藪賞の審査員をやっている**今野敏**さんに言ったら思いっきり笑われたけど。今野さんは僕が通っている空手道場の主催者で僕の師匠なんです。

笠井　笠井の小説に出てくる女は、どれもこれもワンパターンだと友人に言われたことがあります。そうかもしれないと納得してしまうのは、人生のある時点で女との関係に本質的な関心はないと自己了解したことがあるから。異性との関係、吉本隆明の言葉で言うと対幻想です。

たとえば、こんなシチュエーションを想像することがあります。夜が明けると絶対優勢な敵軍の総攻撃がはじまる。あと数時間の命だと思いながら、塹壕で闇の彼方にちらつく光点を見ている。隣の戦友も無言で、彼方の光点を見つめているようだ。光点とは切迫した死の象徴ですね。このとき二人の兵士が共有するだろう鉱物質で抽象的な感覚こそ、人と人の関係性ではもっとも濃密な、最高のものではないか。隣の兵士は女でもいいんですよ。隣にいて、切迫した死をともに凝視している誰かであれば。だから男に関心がある、女にはない、ということではありません。性的な対象としての他者に、さして関心がない。死という絶対的なものを、自分と同じように凝視して戦慄している他者との、絶対を介した抽象的な関係こそが至高だという感じでしょうか。こういうタイプは、「女を描くのがうまい」作家になれません。

で、メシか……。料理するのは好きだし、どうせならまずいものより旨いものを食べたいと思いますが、小説のテーマにする発想はないかな。これまで書いてきた小説が示しているように、観念と暴力の片肺飛行になりがちですね。

暴力ということで影響された作家は大藪さん、肉体アクションに関しては平井和正かな。それから少し変わったところで言うと、ドン・ペンドルトンの『マフィアへの挑戦』。映画の『ランボー』と同じようなヴェトナム帰還兵のワンマンアーミーが、妹をレイプして殺したマフィアに復讐する話です。従来のアクション小説で使われるのは拳銃かライフル、せいぜいマシンガンや突撃銃でしたが、『マフィアへの挑戦』のヒーローは迫撃砲をマフィアの邸宅にぶち込んでいた。『ランボー』の主人公は寝撃ちが普通の軽機関銃を立ち撃ちして、以降の戦争アクション映画に影響をもたらしたんですが、迫撃砲は新機軸だった。平井さんの肉体アクションと、大型火器まで駆使するペンドルトンのヒーローの二つを併せて、『ヴァンパイヤー戦争』のアクション描写を構想しました。

少し前に、小林多喜二の『**蟹工船**』ブームがありましたよね。社会主義リアリズム的な主題設定はくだらないとしても、日本文学に「殴られると痛い」という感覚を最初に持ち込んだのは小林多喜二ではないかと、僕は昔から考えていました。『一九二八年三月十五日』に、主人公が逮捕されて拷問を受けるシーンがあるんだけど、読んでいるだけで「痛い」。たとえば志賀直哉の小説に、頑固親父に殴られて痛かったという感覚があってもいいのに、そういうふうには書いてない。それまでの日本の作家は、殴られて痛いという体験や感覚は文学ではないと信じこんでいた。それは表現に値すると考えた最初の作家が、日本近代文学では小林多喜二です。この点で、小林は大藪の先行者なんですね。小林多喜二、大藪春彦、平井和正という暴力小説の系譜が、僕にとっては原点でした。

メカニカルな殺戮について言えば、爆撃する側ではなく爆撃される側に生々しい暴力性があると思う。ボタンを押す行為は暴力と言えないにしても、爆撃で逃げ惑っている人間にとっては凄まじい暴力。ただし戦略爆撃のような大量殺戮では、人間としての尊厳ある死体は生じない。残るのは黒こげのゴミの山ですから。一対一の殴りあいのような暴力と戦略爆撃の被害者が蒙る暴力を、同一視することはできませんね。

押井　直接的な暴力を描くことに情熱を持っているわけではなくて、たぶん僕がやっているのは、暴力という観念なのかもしれない。

映画をつくるときには、アクションとしてそれを実現するから濃い描写になるけど、小説を書くときは今まで直接的な暴力は書いたことがない。できれば一生人を殴りたくないと思っているし、そういうものは僕のなかにはないと思う。でも、暴力的なものが持っているある種の高揚感は忘れたくないと思っている。今でも、銃を撃ちに毎年グアムに行っているのもそういうこと。そういう感触を忘れたくない。それと痛みみたいなものは僕のなかではつながっていないと思う。どこかしら爆撃する側に回るべきだと思っているから。

「神」、「天使」、「吸血鬼」――「主体化できない、超越的なものを持てない」ものの意匠について

天使は、テロリスト

――「神」や「天使」、「吸血鬼」に対してハイブロウな思索をなさっています。一神教的なものに興味をお持ちのようですが、その背後には日本的なイデオロギーなり多神教なり、丸山眞男の言うような「主体化できない。超越的なものを持てない」ものというズルズルべったりな構造に対する批判があると思います。

押井　なぜか天使についてはは『**天使のたまご**』（一九八五年）から縁があるけど、僕にとっては一貫して怖いものです。天使はある意味テロリスト。『イノセンス』の主人公・**素子**はもともとはテロリストと戦う存在だったけれど、ネットのなかに生きるようになって本当のテロリストになった。相方の**バトー**に素子を「守護天使」と呼ばせたけど、僕にとっては守護天使とテロリストは矛盾しない存在だから。

笠井　山田正紀の『神狩り2』（二〇〇五年）にも天使が出てくるけど怪物的存在で、旧約聖書の記述どおりですよね。羽を背中に生やした人間型の天使は、後世の産物だから。

押井　天使はモンスターですよ。日本人はキューピットやエンジェルのイメージを持っているけど、旧約聖書の世界では、人間に似ているが人間ではない、恐ろしい存在。困ったことに上（神様）がいて、そ

の使いで人間に災いをなすもの。だからテロリストなんですよ。悪魔どころの騒ぎじゃない。悪魔も元をただせば全員天使だから。ずいぶんと天使の本を読んだけれど、結論としては恐ろしいもの。つまり、天使は怖いものだから僕はずっと興味があった。

鳥から連想するものだから、鳥も僕にとって怖いもの。あの脚とか爪とか目を見れば、直ちに判る。決してかわいらしいものではない。獣っぽく見えるけど、どう見ても獣ではなくてトカゲの末裔。人は、蛇を怖がるのに、なぜ鳥は怖くないのか。きれいかもしれないけれど、その分恐ろしい。四本足で歩いているものはおおむね安心できる。虎だろうがライオンだろうが、凶暴性を含めてとりあえず理解できる。獣はどんなに恐ろしい存在であっても共通の世界に生きているという親近感がある。でも爬虫類は理解できない。そういう怖さがある。鳥が天使のイメージについてまわっているのではなく、あれは鳥のこと自体を言っているんだと思う。魚とどこか似ていて違う世界観のなかにいる。あいつらは何を考えているかわからない。それは基本的に子供の頃に感じたままの感覚なんです。水族館が好きだけど、それはたぶん怖いから。違う世界に行くのには、水中がいちばんてっとり早い。空を飛ぶのはなかなか大変だから。だからスキューバダイビングをやりたかったんだけど、子供の頃から慢性中耳炎なので医者に止められました（笑）。

笠井　僕は『バイバイ、エンジェル』、『熾天使の夏』、『天使は探偵』と、天使をタイトルにした小説を三作書きました。前二作では天使はテロリストで、いわば世に剣を投げ込もうとする存在。

押井　守護天使のようにいいものだという感覚を日本人のほとんどが持っているんだろうけど、僕は最初からよくわからなかった。「エンジェル」と言えばかわいらしいけれど、「マラーク」と呼ぶとどこか禍々しいですからね。

笠井　ユダヤ教やイスラム教と違って、ヨーロッパで広がったキリスト教には砂漠の宗教という要素が水増しされています。クリスマスやマリア崇拝に見られるように、ヨーロッパの緑の大地で多神教やアニミズムと習合したところがある。ただし、暴力的なまでの非妥協的精神性という核心は踏襲していますね。

押井　世界宗教には大概、天使がいる。人間は、「裁かれたい」という思いがついてまわる存在としてつくられている気がする。救いを求めているのではないと思う。

僕は周囲に天使が好きと思われているらしいけど、好きというわけじゃない。自分にとってある種の記号みたいなものだと思う。だからひょっこり出てきてしまうんです。

吸血鬼という「体現」

笠井　吸血鬼に関しては『ヴァンパイヤー戦争』や、〈矢吹駆シリーズ〉第六作の『吸血鬼と精神分析』（二〇一一年）で主題的に扱っています。『吸血鬼と精神分析』では、吸血鬼＝多神教ないしアニミズムに対し、精神分析＝一神教ということで、母神対父神という概念を前提に新たな吸血鬼論を展開しました。一神教の諸国に限らず日本でも同じですが、征服者の宗教が被征服民の神々を周辺化し、悪の霊として抑圧する。これはどこにでもある話ですね。日本でも都（みやこ）の権力者が鬼を恐れたのは、それが天皇族によって征服された人々の神であったから。同じことがキリスト教にもヒンズー教にも言えます。吸血鬼とはスラヴ文化圏で信仰されていたアニミズム的な精霊が、キリスト教に征服され零落した姿ではないだろうか。

旧約聖書にベルゼブブという悪魔が出てきますが、これは気高い主（あるじ）という意味で、本来はバアル神のこと。それを、「蝿がブンブンする音と似ている」とユダヤ教徒がバカにして「蝿の神」＝悪魔とした。バアルに対応する女神はアスタルテですが、キリスト教はこれも悪魔とした。このように征服者が先住民の神を格の低い神や、さらには悪魔にまでおとしめる宗教的メカニズムは一般的です。先ほども触れましたが、キリスト教以前の冬至祭をクリスマスに、太母神信仰をマリア信仰にすり替えるように、支配的な宗教が古い信仰を部分的に取り込む場合もある。

西欧では近代の入口で「神の死」が語られましたが、キリスト教的一神教文化は姿を変えて今日まで強固に残っている。たとえばフロイトの精神分析を代表例とするファルス中心主義も、そのひとつだと言われます。『吸血鬼と精神分析』では、一神教の近代版である精神分析と、それに征服された多神教の神々の末裔との闘争を描きました。

押井　僕が小説『獣たちの夜』に吸血鬼を登場させようと思ったのは、ひとつには小説の書き方がよくわからなかったから。それで自分が好きだった小説、山田正紀の『**氷河民族**』（一九七六年）を参考にしたんです。あの作品も吸血民族の話。それを頭のなかで映画にして、自分流の『氷河民族』を書いてみた。『氷河民族』はどうしようもないアル中の中年男が吸血鬼の少女に惹かれる話だけど、僕は自分の体験に合わせてなら書けると思った。高校のときの自分の実体験をどう吸い上げようか、と考えていたこともあったし。大人の世界について無感覚な高校生がとんでもない陰謀に巻き込まれ、果ては人類の壮大な進化論の物語にまで及ぶという内容。進化論は**狩猟仮説**ですが、狩猟仮説に則った話は結構たくさんあって、山田さんもそうだけど、いちばん有名な作品はアーサー・C・クラークの『**2001年宇宙の旅**』。そういう話を自分でも書いてみようと思った。

吸血鬼に対する興味は僕らアニメーションの世界では普遍的なんです。僕が企画協力した『**BLOOD THE LAST VAMPIRE**』（二〇〇〇年）もそうで、今もまだ続いてる。アニメーションで吸血鬼モノが絶えたことはない。もともと映画では吸血鬼モノはB級作品のネタでした。ポランスキーも『**吸血鬼**』（一九六七年）という映画を撮っているけど、いずれにしてもマイナーな世界でマニアが好むもの。それが今のように一般的になったのは、現象としてやはりアニメーションのせいです。美少女だったり美少年だったりと吸血鬼をロマンチックに描きはじめた。そのきっかけになったのは萩尾望都の『**トーマの心臓**』（一九七五年）。あの作品がすべての始まりと言ってもいい。『BLOOD THE LAST VAMPIRE』もそれを引きずっているわけだけど、『獣たちの夜』ではアニメーションでやっているロマンチックな吸血鬼モノとはどこか一線を画したかった。それで狩猟仮説と死体が甦る話を入れたんです。

笠井　僕もポランスキーの『吸血鬼』は好きな映画で、三回も観ました。同じ監督の似た傾向の映画のなかでも、『反撥』（一九六五年）や『ローズマリーの赤ちゃん』（一九六八年）より面白いと思った。あの映画では、じきにチャールズ・マンソンのカルトに殺されるシャロン・テートを、夫のポランスキーがきれいに撮っていたのが印象的でしたね。

押井　吸血鬼を自分なりにどう書こうかと考えたとき、自分なりにいちばん納得できたのは、要するに、吸血鬼って死体のことなんだ、ということ。昔は洪水であったり、獣が掘りだしたりとか、いろいろなきっかけで死体が社会に再登場してきた。昔の人が死体に対して抱いていたある種の恐れが吸血鬼を生んだのだ、という理屈です。つまり死体が復活するということにポイントがあった。それをつなげれば何とかなるかなと思って、結構力技で書いたんです。死体処理の話を生々しく書いたけれど、そういうことが書きたくて考えた小説だから。僕は人間について突っ込んで書いていくのはあまり好きではないので、周りの話を膨らますことになる。それに本格推理を書く笠井さんのように縦糸はつくれないから、横の広がりしかないわけです。

　僕のなかでは、死体はひとつのテーマになってるんです。屍体愛好性（ネクロフィリア）というものがあるけど、ある時期に僕の身近にいた若い脚本家もそうで、自分のPCの壁紙に死体の写真を使っていたりする。優秀な男だからそれでいいことになっているんだけど（笑）。アニメスタジオでは何をやってもいい、人の趣味に立ち入らないという暗黙の了解があるから、ロリコンだろうが死体愛好性だろうが仕事さえできればいい。壁紙に死体の写真を貼ってあるのが母親にバレたとき、「せめてエロだったら救いがあったのに……」とさめざめと泣かれたという話には笑ったけど。死体って不思議なものだと思う。人間なんだけれど人間ではない。死体と生きている人間との差はどこにあるんだろう、ということに興味があった。

　話が飛びますけど、僕の義理の息子でもある乙一（おついち）もそういうところがあるんです。デビュー作『夏と花火と私の死体』（一九九六年）の主人公が死体ですから。彼はいつも透明人間だったり幽霊だったり、ここにいない人間の話を書きたがる。それも結構似た感覚なのかなと思う。彼には、ある時期を幽霊として過ごした疑似体験があるようです。高校生の頃、気がついたら一年間もクラスの誰とも話してなかったとか。つまり幽霊みたいな存在だった。僕も高校生のときに似た体験をしてる。クラスにいるんだけれど、学生運動をやっていたから誰も話しかけてくれない。学校でも、いてもいなくてもいいことになっている。ずっと欠席していても学校から照会も来ないし、誰も「どうしたの?」と訊いてこない。学校から外に出た世間もそうだった。授業時間に街をフラついていても誰にも声をかけられない。自分はたしかに生きて行動しているのに。じつに不思議な感覚だった。そういうことも少し考えた。吸血鬼に対する興味は、学術的なものというより、やはりそのあり方かな。昼間は寝ていて夜活動するとか。だから昼間から堂々とマントをひるがえして歩き回っている吸血鬼には興味がない。

笠井　そういう高校経験は僕もまったく同じ。僕は高校には一年しかいませんでしたが、九月以降の半年はとくにそういう感じでしたね。

タブー——差別とイジメ

笠井　一般にタブーの対象には、恐ろしいけれど魅惑的だという二面性があるんです。人体から外に出るものはたいていマナがある。たとえば、丑の刻参りでは髪の毛を人形に入れて釘を打つ。髪の毛は人間のものでありながら外に出ているもので、切ってしまえば物。人でも物でもないという境界上の存在という点で、涙、鼻水、唾、糞尿なども同じですが、もっとも典型的なものが血。身体は一種のコスモスであり完結した体系なわけで、そこから外に漏出していくものはその安定を揺るがす。だから、それは恐ろしい。同時に一種の魔力というか不可思議な力を宿すという信仰は未開社会からずっとある。
　血にはマナがある。血を吸うことで吸血鬼はマナを獲得する。身体というコスモスを破壊してその生命力を吸い取っていく存在が、もう少し広く共同体のなかでシステム化されると、異人や外来者、あるいは共同体の外と不可分の関係を持つ者になる。異人や外来者には、神聖視され畏敬されると同時に差別される、場合によっては抹殺されてしまうという二重性がある。初期の王権は外来王ですね。あるいは、共同体の内部から排除されたものが王になる。

押井 **アーサー王の物語**にも出てくるし、**ケルト**もそうだけど、片目であったり片足だったりという肉体的欠損や、見えない、話せないというある種の障害が王の象徴だったりしますね。人間だけれどどこか人間とは違う、異界というか境界線上の存在。

人間が分泌するものに対する反応ということでは、いちばん典型的なのは子供がウンチに対して持つ興味で、握ったりする。大人になると、それは汚らしく早く処理すべきもの、あること自体が不愉快なものになる。子供にとっては、それは自分の体から出てきたから自分から分離したものだけれど、明らかに自分ではないから興味がある。犬も同じで、とくに仔犬は自分のウンチの匂いを嗅いだり食べたりする。敷衍して言うと、自分が生んだ子供に対する女性の感覚もそう。自分から出てきたものだけれど自分ではない。成長すると違う人格を持つ。そのことをどこか否定したいという思いがあるから、母親って子供を「食べちゃいたい」とか「元に戻したい」とか言う。そこから先は精神分析の話になるけれど。

高校時代、僕らがゴタゴタやっていたときも、僕の母親はそういう道に踏み込んだ子供をなんとか回収しようとした。母の愛で真っ当な道に戻そうと、泣き落としたり恫喝したり。

タブーということでは、魔女や狼男、吸血鬼も同じく排除される対象で、ある意味境界線上の存在。

それをロマンチックに語れば『トーマの心臓』になるわけだけれど、リアリズムで語れば死体ということだと思う。つまり人間とあちらの世界の境界線上にいるものだから始末が悪い。人はどちらかでないと落ち着かないから決着をつけたい。生者の世界にある死体は明らかに異物なわけで、処理に困る。物理的、衛生的問題だけではなく、精神的にも「居てくれては困る何か」。落とし前をどこかでつけなければならない。燃やしてしまうのがいちばんいいけれど、『獣たちの夜』にも書いたように、それには膨大なエネルギーがかかるんです。昨今のエネルギー問題の話にもかかわるけれど、実は死体の処理（火葬）に日々膨大なエネルギーを注ぎ込んでいる。誰もそれを問わないのは、居てもらっては困るから。「居ては困る」という意味では死体はその典型だけど、狼男や吸血鬼、ある意味で言えば無政府主義者もそうですね。学校だと典型的なイジメになる。僕が高校時代にイジメの対象にならなかったのは、暴力を仮託されていたから。

笠井　暴力的なイジメではなく、幾度か嫌がらせをされたことはありました。「こんな汚い靴を盗むヤツなんていない」と思って、学校の下駄箱に鍵をかけておかなかったら、暇なヤツがイジメの対象になっている生徒の錠前を僕のところに付けたんですね。頭にきたので用務員から金槌を借りて錠前を壊したんだけど。学校では欲求不満で反抗的な顔をしていたから、面と向かってはやって来ないけど、犯人がよくわからない形での嫌がらせはあった。

押井　僕の場合は都立の進学校だったから、みんな勉強に忙しくて、「どうせあいつらは滅びるんだ」、「道を逸れたヤツらにかまっている暇はない」という感じだった。「勉強して東大に入って官僚になって、それで日本を変えるんだ。俺たちの勉強の邪魔するな」って露骨に言ったヤツがいましたね。

笠井　僕は小中高と公立で、高校は旧横浜二中でした。戦前の中学が新制高校になると、どの地方、どの地域でもいちおうは受験校になる。東京では日比谷高校や両国高校や戸山高校など。今はどうなのか知りませんが、一九六〇年代の地方公立受験校は最悪の環境だった。東京の私立や国立の受験校では、たんに勉強ができるだけではカーストが低い。成績がいいのは当然で、そのうえで政治や思想、文学からサブカルチャーまで、少し横にズレた趣味や知識がないと評価されない雰囲気があった。「ボクはたんなる受験秀才じゃない」という旧制高校以来のハンパな自意識も問題ですが、受験秀才以外の価値観が皆無の文化的貧困より多少はマシ。

『バイバイ、エンジェル』のノート書き原稿を角川書店（当時）の見城徹（現・幻冬舎代表取締役社長）に売り込んでくれた、小学校からの友人が中学から教駒（教育大学付属駒場高校）だったので、彼を通じて東京にはそうした文化圏があることを知っていた。それと比較して、地方受験校の文化的な貧困さ、息苦しさは耐えがたかったね。明治以来の立身出世主義の価値観をまったく疑っていない、どうしようもなさ。それが猛烈に不愉快で、それによってはじきだされた気がします。

押井　将来の安寧な生活を獲得するための目に見えない形の教養という資産は、卒業証書とか資格とか国家のお墨付きがつく。僕も教員免許を取ろうとしたけど。それと個人的な文化的資産への投資は、たしかに場所によって違っていた。『獣たちの夜』にも書きましたが、麻布高校や青山高校とかはやっぱり違う。僕が通っていた小山台高校は、元府立八中という旧ナンバースクールでしたが凋落してた。東大には十パーセントくらい入っていたけど、進学率は悪化していた。

カーストのあり方は場所によって違ってましたね。地方の高校生からもらった手紙や当時の『朝日ジャーナル』の投稿とかを読むと、ものすごく劣悪だったりする。活動しているのが全校で五人しかいないとか。僕らも全校で七、八人しかいなかったけど（笑）。全校で五人とか三人だったら排除なんてものではなく、日常的に完全に村八分状態。僕がデモで知り合った女の子は、**サルトル**を読んでいただけで教師に殴られたと言っていた。今だと問題になるけど、昔の教師は殴っても問題にならなかったから、女の子でも容赦なく叩かれた。それをよしとする風潮があって、学校、地域社会以前に親もそれを納得していた。高校生の分際でサルトルを読んだり、教師をバカにするなんて言語道断と、僕もさんざん言われましたから。

そうやって日常的に境界線上をさまよっていると、夜に活動するしかない。まさに実存としては、吸血鬼だった（笑）。

作家と作品——最終戦争からゼロ年代総括まで

最終戦争とゴジラ

——これまではお二人の体験、内にあるものから語っていただきました。ここでは、先達、同世代、後輩世代の周囲の表現について、批評・感想を交えてお話しください。

笠井　押井さんは当然そうだけど、『ＡＫＩＲＡ』から『**新世紀エヴァンゲリオン**』まで八〇〜九〇年代のアニメには、最終戦争、あるいは最終戦争後の世界を描いたものが多かったよね。でも、そういう廃墟への願望はここ十年くらいで希薄化したような気もする。

押井　でも、抑圧する社会があるかぎり、ぜんぜんなくなるってことはないと思う。**大友克洋**さんはコンクリの塊のような「ネオ東京市」を一瞬にして廃墟にしたけど、僕は破壊に値する街として描かないかぎりカタストロフに達しないから、もう少し手の込んだことをしようと思った。

笠井　一方で、僕らには怪獣映画の影響もあるよね。

押井　たしかに、あると思います。戦中派の人たちにとっては『ゴジラ』（一九五四年）は空襲の再現で、悪夢にしか見えなかったかもしれない。でも僕らには、都市を廃墟にする、それこそ願望だった。

笠井　僕は日劇で『ゴジラ』を観たんだ、小学校一年のとき。映画のなかで日劇のあるあたりが踏み潰されるわけで、なんだか妙な気分だったのを覚えてます。映画館を出たら有楽町や銀座が廃墟になってるんじゃないかという気がして。『ゴジラ』、『ゴジラの逆襲』（一九五五年）、『ラドン』（一九五六年）、少し間が空いて『モスラ』（一九六一年）と、東宝の怪獣映画を観て育ったわけですが、『キングコング対ゴジラ』（一九六二年）で怪獣映画も終わりかなと思った。ゴジラに追われて群衆が逃げまどい大量に死んでいくところ、人間対怪獣という圧倒的なサイズの差が怪獣映画の魅力ですから。富士山頂でゴジラとキングコングが相撲をとっても少しも面白くない。怪獣対怪獣という設定は、すでに『ゴジラの逆襲』のゴジラ対アンギラスから始まっていたんですが、『モスラ』は初期の怪獣映画の構図に戻ったので評価できた。**『ウルトラマン』**にいまいち乗れなかったのは、世代が少しズレているせいもあるけど、基本的に怪獣とウルトラマンが相撲をとるという構図だから。使徒という巨大怪物と生化学的な巨大ロボットが格闘する点では、『新世紀エヴァンゲリオン』も同じですね。

押井　**庵野秀明**は僕より一回り下だからウルトラマン世代なんです。

笠井　だから『エヴァ』ってウルトラマンっぽいのか。やっぱり、想像力に切断があるのかな。怪獣と、怪獣に追われて逃げまどい踏み潰されていく人間の対比でワクワクするのと、デカイ同士の格闘を面白がるのとでは想像力の質が違う。たぶん僕たちは、親の世代には悪夢だった空襲の記憶が反転してワクワクしたんだと思う。戦争、敗戦という経験にリアリティがなくなったとき、想像力が変質したのかもしれないね。

焼け跡派のSF巨匠・小松左京

笠井　こうした点で、焼け跡の記憶から出発した小松左京のSFには共感しました。

押井　僕が『**日本沈没**』を何度も読んだのは、もともと終末願望があったから。小松作品では『**復活の日**』（一九六四年）がいちばん好きで、あとは『日本アパッチ族』もいいですね。

笠井　小松さんには二面性があるよね。一方では焼け跡派で、「かろうじて生き延びて、焦土に茫然として佇んだ」原体験があり、他方では大阪人のしたたかさで「どっこい、それでもワテは生きていくぜ」という思いもある。後者は生活者的なリアリティとも言えますが、それとサイエンスというアイデアが交差してSFに向かったのかもしれません。

祖父も父も理系の人間なのに、僕は子供のときから物理や数学が嫌いだった。答えが決まっているような問題は、誰かが知っているわけだから考えても意味がない、と思っていた。もちろん数学にも物理学にも未解答の領域はあるわけだけど、そこまで行くのにたいへんな努力が必要だし、そんな努力をするほどの興味はない。数学者になりたいわけじゃないし。それより答えのない、唯一の解のない問題を徒手空拳で考えるのが好きで、結果として文系ということになった。

押井 僕も数学、物理、化学は大嫌いでしたね。でも、それとSFが好きというのは関係ないと思う。SFはそれこそ何でもありだから、話として成立していればどんな結末でもありうる。

笠井 そうだね。ミステリは謎が最終的に解けるけど、SFは解けない。人間とは、宇宙とは、生命とは何か？という、簡単に解が出ない問題を思考できるのがSFだと思います。ハードSFは理系的な思考が強いとしても。中学生のときに読んでもっとも感動したSFは、A・C・クラークの『幼年期の終り』。クラークには理系の知識を生かしたハードSFの秀作も多いんですが、日本列島どころか地球が爆発して消滅してしまう『幼年期の終り』のヴィジョンに圧倒されました。

押井 **ネビル・シュート**とかバラードもそうだけど、**終末SF**が一時流行りましたね。僕もそっち系ばかり。あとは光瀬龍さんのような宇宙SF。小松さんは、そういう意味では、たしかに自分のなかでは評価が難しい人だなという印象はありました。科学という要素がなかったら、本当の文学者になったのかもしれない。でも、笠井さんの言ったように大阪商人のようなしたたかさもある。日本のSF作家のなかで評価が安定しない人だったと思う。好きでしたけど。

笠井 日本の明治大正文学は自然主義／私小説の流れが中心でした。スタンダールやバルザック、ドストエフスキーやトルストイに代表されるような骨格の雄大な長編小説こそ真の近代小説で、貧乏とか女にフラれたとかいう類のことをいくら書いても、本来の小説にはならないという批判は少数派だった。第二次大戦後になってようやく、埴谷雄高や野間宏、**大岡昇平**などが、自然主義／私小説の流れから切れた実作を世に問うようになる。埴谷は観念小説、野間は全体小説に向かった。小松さんも文学的な素養では私小説でなく、観念小説や全体小説の側にいたようですね。埴谷、野間の後継者を目指した高橋和巳とは、大学で友達だったし。観念小説や全体小説の代わりに、小松さんの場合はＳＦに向かったという位置づけになるのでは。彼にとってのサイエンスは、埴谷にとってのカント哲学や、野間にとっての唯物史観にあたるものだったのかもしれません。

押井　小松さんは方法論的な意識は絶対あったと思う。八〇年代、ある新聞がＳＦをコテンパンに叩いた「**ミスターX事件**」がありました。小松さんがそれに反論する長文「ミスターＸへの反論」を書いたので、みんなで興奮して読んだ記憶がある。**スプートニク**が上がったときに、高邁な文学者が「それで人間が変わるのか」というようなことを言った。それに対する猛烈な反論を書いたわけです。要するに伝統的な文学者の誰がどう言おうが、人間が月に行ったり、外側から地球を見たりする時代になった。人間というのは革新されるものだ、変わるものだ云々と連綿と書かれてあった。高校生のときに読んで、すごく印象に残ってる。この人にとっては、人間の見方に対するひとつの方法がＳＦなんだ。サイエンスとか進化とかの概念を使うことで、今までの文学者とは違ったところで人間を描こうとしている。そういう意味で鼓舞された記憶があります。自分はそんな大そうなものではなくて、「人類が絶滅したところで自分はどう生きようか」とか、もっと違う逃避的なところで考えていましたが。つまり『ビューティフル・ドリーマー』ですね、今でもぜんぜん変わってない。それでもＳＦ作家になろうとしている少年からすれば、鼓舞された記憶がある。

笠井　スプートニクやアポロに衝撃を受けない文学者や思想家って、端的にダメですね。ちなみに二十世紀最大の哲学者と言われるハイデガーは、暗黒の宇宙にぽっかり浮かんでいる地球の衛星写真を見て、営々と築いてきた存在論が足下から崩れおちていくような衝撃を受けたそうです。

押井　だけどそれから先を見ていくと、小松さんの印象がどんどん違うところへスライドしていく気がした。テレビでバラエティ番組の司会をやったり、万博に関与したりとか現実にコミットしようとした。**『さよならジュピター』**（一九八四年）では映画にかかわったりとか。文筆に向けるのではなくて社会化していこうという考えの人なのかな、という印象を受けた。つまり、ものを書くことでは完結しない何かを抱えた人。そういう人はいるもので、三島由紀夫もそう。小説を書くだけでは完結しないからあそこまで行ってしまった。埴谷みたいな人の場合は小説で完結する。

小松さんは、社会的なものへの回路を持っていたいと思っていたんだと思う。高校生時代、ファンだった光瀬龍さんから何度も「君たちの考えていることはダメだ。もっと地道な活動が大事だ」と説教されたけど、彼が書いていたものは遥か二千年後の世界だったり、宇宙の彼方の孤独な人間の話だったりね。晩年は時代小説を書いていたし。そういう意味で言えば、何かを諦めたし、ある意味では何かに賭けたんだと思う。小説を書くことは、映画をつくることもそうだけど、社会的にコミットしていくこととは明らかに回路が違う。最終的には地続きかもしれないけれども、方法論的にはもっと普遍的なものを目指す。人間を描こうとするには、そのほうが筋が通っているような気がする。つまり言葉なんです。

そこで吉本隆明。「真実を口にすると　ほとんど全世界を凍らせる」ということを信じるか信じないか。それがなかったら僕はあっさりと学生運動とオサラバできなかったと思う。今僕は映画をやっているけど、最終的には言葉に勝てないと思っているし、言葉は尊重したいと思っています。

笠井さんは、「よく豊かな」社会にコミットしようという意識はあります？

笠井　無いですね。自分がよりよく豊かに生きるために、この社会をよくする責任があるといった健全な市民意識は、いわば十九世紀のものでしょう。多少とももものを考える、多少とも時代精神に鋭敏な二十世紀青年は、こうした進歩意識が崩壊した廃墟から出発している。学生運動に熱中していた時期も、そういう意味での社会的コミットという意識はなくて、世界が滅亡しようが日本が沈没しようがかまわない、たとえ一瞬でも生が躍動するような鮮烈な体験をしたいというのが基本的な発想でした。大衆蜂起という社会的爆発を目撃したい、じかに体験したい。大衆蜂起を惹き起こすために何かできることがあれば、やってみたいと思っただけ。今だから正直に言えますが、もちろん当時は党派内で、こうした本音は絶対に口に出せませんでしたけど（笑）。

東浩紀との往復書簡集『動物化する世界の中で――全共闘以降の日本、ポストモダン以降の批評』（二〇〇三年）で、彼は「社会をよくする」とか「日本をよくする」ときわめてプリミティヴなことを言う。ちょっとからかったら「僕はこれから四十年日本で生きていかないとならないので、笠井のような無責任なことは言えません」と怒っていた（笑）。二十世紀の時代精神は行動的ニヒリズムですが、高校を中退してドロップアウトした頃からそれには自覚的になっていたと思う。学生運動にかかわったのは「社会を変えたい」からではなく、「この凡庸で退屈で息苦しい世界をぶち壊したい」という飢餓感のほうが大きかった。当然のこと、田舎の学級委員タイプの「社会をよくしたい。そのためには革命が必要だ」という連中とは折り合いが悪く、プチブル急進主義者ではないかと疑われていた。

マルキスト、戦争の世代、ガンダム

笠井 **安彦良和**さんはご存じですか？

押井 直接お会いしたことは一度しかないです。安彦さんは僕にとってはわかりやすくて、要するにマルキスト。一度しか話したことがないけど、とことん話が合わなかったし、安彦さんには結構いろいろ言われているみたい。

笠井 **大塚英志**が押井さんや安彦さんを念頭に置いて、八〇年代のアニメ文化は全共闘転向派によって先導されたと批判している。エンタテインメント小説まで対象を広げると、笠井もそこに含まれるそうで、こうした批判には『例外社会』で反論しましたが。

押井 十歳くらい上の世代の宮さん（**宮崎駿**）や**高畑勲**もそうですが、基本的にあの人たちは要するに全員がマルキストです。**富野由悠季**（よしゆき）さんはちょっと違って、例外なんですけど。

笠井 富野さんというのは、「三馬鹿」と言われていた**竹中労**、太田竜、**平岡正明**のような右翼だか左翼だかよくわからない、思想的にはいい加減だが精神体質として過激なタイプのような気がする。

押井 富野さんはイデオロギッシュな人ではなくて、基本的には妄想型の人ですよ。でも、あの世代の人たちに共通しているのは、みんな巨大なコンプレックスを抱えていること。それは特定の世代の絵描き、アニメーターに共通したものですが、富野さんはよく自虐的に「アニメ風情が……」と語っていて、映画界のなかでもアニメはいかがわしいものだという意識があるようです。僕は「アニメ監督」ではなくて「映画監督」で通しているけど、あの人たちはそれを認めないと思う。アニメーションをやっている人間は、べつにサブカルでもなければ、芸術家でもなければ、文学者でもなければ、思想家でもない。だけど、いちばんいろいろなことを言っているのは富野さん自身ですね、人生相談までやってますから(笑)。

あの世代の人たちは生涯マルキシズムを引きずっている。そして反自民党。僕にとってマルキシズムという言葉の意味するところは、何事かを「統制」することです。

戦前戦中、日本陸軍はマルキストの巣窟だったし、実は、日本の官僚は今でも大半は〝マルキスト〟です。大雑把に言うと、経済とか人間の活動は統制されるべきものという考え。そういう意味では、アニメーション界は統制の最たるもの。ものをつくっている現場では独裁主義だろうが統制だろうがかまわないけれど、あの人たちが考えていることは基本的にみんな同じで、社会が成り行きで淘汰されるとか、競争がよいものをつくるという発想はなくて統制すべきものだと。それは信念に近い。安彦さんも例外ではないです。

笠井　**陸軍統制派**の石原莞爾(いしわらかんじ)や革新官僚の岸信介が図面を引いた満州国の満映、戦後の東映、東映アニメ、ジブリという流れがある。大杉栄を虐殺した甘粕正彦がトップだった満映には、転向以前も以後も国家統制による生産力の拡大をめざす点で立場に変化のない転向マルクス主義者たちが流れこみました。満鉄調査部と同じことです。

押井　ジブリの機関紙『熱風』を見ても、『赤旗』〔言わずと知れた日本共産党の機関紙。一般紙と違い、記事は「です、ます」調で書かれている〕とどう違うの？」っていうくらい昔の党派の機関紙を彷彿とさせる。日本テレビの故・**氏家齊一郎**（せいいちろう）さんは、テレビのネットワークから原発まで、戦後の日本の仕組みをつくった人間たちの一人で、笠井さんの小説に出てくるようないわゆるフィクサーですね。彼は実はスタジオジブリの庇護者だった。彼が亡くなったとき、ジブリの機関紙に「氏家さんの思い出」という記事が出ていた。――ある日、宮崎さんと高畑勲さんと氏家さんの三人で、「これからの未来はどうなるんだ」と話した、と。まず僕は「どうなるんだ」という発想自体が気に入らなかった。「あんたたちがつくってきたんだろうが」と思った。「どうしたい」ならわかるけど、「どうなるんだろう」なんてなめてる。さらに、その単語は使っていなかったけど、ある種の共産主義に近い形で社会を生成する以外にないのではないか、ということで三人で一致した、と書いてある。「マルキシズムの洗礼はこんなに強固なのか」と驚いた。氏家さんみたいな資本主義のボスがそう言ってるんですから。氏家さんも**正力松太郎**に引き立てられた元共産主義者です。そういう人間は生涯マルキズムの「統制」という観念を持つ。資本主義の最先端にいることと矛盾しないんだ、ということが最近わかってきた。

笠井　もちろん押井さんは陸軍統制派や、陸軍統制派と発想を共有するマルクス主義を否定する。

押井　大嫌いです。

笠井　そこで皇道派と2・26にこだわるわけですね。たとえば『機動戦士ガンダム』はどうなんでしょうか。ジオン公国が陸軍統制派的な世界とすると、ニュータイプというのはそれから逸脱する存在だと言えなくもない。

押井　ニュータイプはドラマの都合上必要だっただけでしょう。人類の進化は、あの作品のテーマというより方便だと思います。富野さんは人類の革新なんてぜんぜん信じていないと思う。ニュータイプの話を入れないと、独立を目指しているジオン公国と称しているわけのわからん正体不明のコロニー国家と地球連邦のただの縄張り争いみたいな話にしかならない。第二次大戦の連合軍と枢軸国側の戦いと違わない。ジオンってどう見たって意匠からしてナチスだから、それを下敷きにしていることは明らかだけど、どちらが正義だとは言いたくなかったんでしょう。話としてはどちらにも与(くみ)していないけど、どちらかというとジオン側のほうが好きに決まってる。デザイン的にも明らかに優れていますから。でもあの時代は、はっきりとジオンが好きだ、「ナチス・ドイツ」が好きだとは言えなかったでしょうから。

笠井　ハインラインの『**月は無慈悲な夜の女王**』（一九六六年）は月の独立戦争の話で、アメリカ独立戦争をＳＦ仕立てにした小説ですよね。しかし『ガンダム』の場合は、植民地のほうが敵役で、主人公は本国人だというねじれがある。独立革命に勝利したアメリカ人と、アメリカの属国である日本人の違いかな、とは思いますが。

押井　僕の警察や機動隊と同じで、富野さんにとっての方便だと僕は思ってます。『**ダブルゼータ**』（一九八六～一九八七年）のときかな、それこそアルジェリア戦争時のフランスの右派みたいな人間、つまり軍内部の反国家分子が出てきた。**ボスニア情勢までネタにして**やったことがありましたから。

テーマがあるとすれば、大雑把に言うと、戦争という状況自体を語りたかったんだと思う。そういう意味では評価すべき作品。戦後の日本で公然と戦争を語り継ぐということで言えば、アニメーションはたしかに最先端を行っていたわけです。『ガンダム』はロボットもので戦争それ自体を描いた。ロボットを兵器と読み変えた初めての作品。でも、アニメーションの歴史で果たした役割はとっくに終わって、今はただ記憶を反復しているだけ。ＣＧでやってみたりしても、何も変わっていない。あとは出てくる若いキャラクターがみんな宝塚みたいになっちゃっただけ（笑）。アニメの世界は、方便さえ成立すれば何だって表現できたし、何だってテーマとして主張できた。誰もそういうことを問わなかったから。そういうことを語ろうという動きはここ十年か十五年くらいでしょ。

笠井　いつ頃なんですか、アニメ創世記のアナーキーな状態が終わったのは。

押井　たぶんファースト・ガンダム［一九七九年に放送を開始した、いちばん最初の『機動戦士ガンダム』。詳しくはＰ２３３『ガンダム』の註釈を参照のこと］、**『ゼータ』**くらいまで。後はどこかしら意識してやっている。**『ターンA』**で描いたガンダムを否定するガンダムだって、ガンダム的なものを否定するしかなくなって、自縄自縛に陥ったわけでしょう。だから富野さんのガンダムに対する愛憎ってものすごいと思う。

　テーマを優先すれば自分がつくりだした方便を否定せざるをえなくなった。といって、知らないフリして続ければ、モノをつくる人間としては陥穽に落ち込んでしまう。情熱を保てないです。最初からロジックでモノをつくろうとして始めた人ではないから。

笠井　一時期の日活ロマンポルノも、濡れ場さえあればあとは何をやってもいいというメディアだった。そこから藤田敏八（としや）や神代辰巳（くましろたつみ）が出てきたわけだけど、元気があったのは三年くらいかな。そのあとはつまらなくなった。

押井　注目されて語られはじめることで、ある種の野放図なアナーキズム、破天荒で独特な自由な雰囲気は消滅します。ＳＦもそうでした。結局、その時代の流行や文化に回収されていく。チープだと言われていた**SFが拡大し、拡張論とか拡散論**という話もありました。なんとかSFを語れるようになった途端に、「SFとは何なんだ?」という話になった。今やSFである要因はどこにあるのか。根っからのハードSFにしかSFという言葉を使わなくなった。

アニメーションも同じ。語られだした途端、どこかしら「アニメ体質」としか言いようがない何者かを持ちはじめた。アニメーションの持っている「快感原則」とか、キャラクターが持っているある種の物神性や付加価値みたいなものだけの追求の場になってしまったんです。作家が全面に出るか出ないかはどうでもいいけれど、その世界で何が実現したのかが見えない。僕とか宮さんが監督の名前を出してモノをつくっていたのは一瞬のことであって、今後はないかもしれない。僕や宮さんも『ガンダム』や『**ヤマト**』がなければ、一生映画なんてつくれなかった。ずっとスタジオの演出家として仕事して、出番がないまま終わったに決まってる。でも、そういう需要があって、監督の名前を出してアニメーションがつくれた時代が一瞬だけあったんです。今はまたなくなりつつある。そういう意味では戻ったと思いますよ。でも、自分が生み出した方便とどう付き合って、必要があればどこで切り捨てるか、どこで作戦を変えるかという意識は必要。大衆芸能である以上、自分の好きな世界をエンジョイするだけじゃすまない。大衆芸能そのものに絡め取られて、注文に応じてつくるだけになってしまう。

笠井　『**装甲騎兵ボトムズ**』の**高橋良輔**も、作家性のあるアニメ監督でした。

押井　良輔さんは職人的な人だけど、主張しようとしてますね。見ていると三、四本に一本くらいだけど明快にやりたいことを前面にごり押ししてきます。インターネット配信の『**FLAG**』もそうで、あれにはびっくりした。表現も斬新だし、扱っているモチーフは、どう見たってあれはチベットを描いている相当ヤバイ政治劇でしたから。そういうことができたのは、まだそういう隙間があるから。でも、昔ほど何をやっても許されるという状況ではなくなったことは確かで、今はむしろ匿名のほうが歓迎される。

笠井　後続世代だと細田守や神山健治かな。しかし大文字のアニメ作家という点では、創生期を生きた先輩たちにまだ及びませんね。

ゼロ年代の表現とセカイ系の限界

——ゼロ年代の表現について伺います。萌えなどを組み込むことによって、そういう隙間を狙っている部分もあるのでしょうか。

押井　それは**『涼宮ハルヒの憂鬱』**のこと？　たいして見てないけど、萌え系アニメでいろいろな方法を試みたりしていたことは知っています。でもそのインパクトは一部でしか通用してない。基本的には反復だから。

笠井　企画として子供向けではない、放送枠が深夜の連続ＴＶアニメも、なんでもありのアナーキーな局面は終わりましたね。

押井　いちばんの理由はアニメが売れなくなったから。要するに商売にならなくなった。今、絶句するくらい売れてないですよ。昔はテレビはショールーム扱いで、一部のマニアやオタクに受ければよかった。それから、僕よりも下の世代のここ十年くらいに出てきた監督たちの作品は、みんな常識の世界で完結する。地方の高校が舞台だったり、イジメの話だったり、社会現象の流れのなかの物語。宇宙人も拳銃一丁も出てこない。映画を目指していて、拳銃も宇宙人も出てこないってどういうことなんだろう。批判するとかいう以前に理解できない。なぜそういう範疇でしかつくろうとしないんだろう。だって、やってもいいんですから。エンタテインメントだから堂々とできるのに。わけのわからないことを。でも、僕もかかわっているものもあるけど、国内でやっている映画のコンクールでは、拳銃を出すだけで予選とかで落ちますから。そういう価値観が今でも映画の世界にはある。劇場映画監督への登竜門みたいになっている有名なコンクールでは、本当に拳銃一丁出せない、出してもはねられる。文芸映画的なもの、いわゆる保守本流みたいなものしか期待されてない。その他はカルトやB級というようにイロモノ扱いされる。僕は、そのイロモノ作品のガン・アクション・ムービー・コンペティションで審査をずっとやっているけど、そこでは鉄砲、殴り合いがあれば何でもOK（笑）。十年以上続いたけど最近つぶれてしまったので、再興をたくらんでいるところ。そういう作品が出せるのは、日本ではそこしかなかったんです。グランプリを獲っても賞金も何もなく、それこそモデルガンが賞品だったりという小さなコンクールだけど、それには今でもかかわってます。その世界観のほうがすごく近しくて、自分にとって納得できる。でも、若い監督たちはなぜかそういう方向に行かないで日常生活での心理の綾の話ばかり。

笠井　それ、**蓮實重彦**が元凶ですよ。蓮實が逆張りで**小津安二郎**を持ちあげすぎたせいで、その亜流か出がらしみたいな映画が日本では主流になった。たとえば**是枝裕和**ですね。小津の亜流が国際映画祭で少しばかり評価される一方、アクション映画の伝統は断たれてしまった。日本のアクション映画は、一九五〇年代から六〇年代にかけて世界最高水準でした。しかし、今では韓国や中国の後塵を拝している。

押井 アニメも、最近そうなってます。この前、『**君に届け**』という作品を観て愕然とした。ヒットしたらしいけど、ロボットが出てくるわけでもなければ超能力さえ出てこない。高校生が延々とぐちゃぐちゃやっているだけ。僕らが演出家になりたての頃はそういうものは一切要求されず、「とにかくアクションをやれ」と。三十年近くアニメと映画でやってきたけど、僕はとにかく暴力とは縁が切れたことがない。殴り合いから戦争にいたるまで、何かしら暴力があった。僕のアニメーションの初監督作品は、いきなり拷問から始まりますから(笑)。高校の時計塔の裏に主人公をつるし上げて、ムチでビシビシ殴るところから始まる。もちろんギャグとしてやるわけですが。今だったら許されないかもしれないけど、当時はそういうものだった。過酷であろうが微温的であろうが日常は日常。そういう範疇のなかでものをつくる意識がわからない。だから、今はものすごく息苦しい。

笠井 『**ソ・ラ・ノ・ヲ・ト**』というアニメ、いちおうは軍隊ものなんだけど、女の子が兵営でダラダラしてる日常を描いているだけだった。

押井 あの世代の特徴ですね。**セカイ系**とか言われている、中間が、ばっさりない話。それが若い世代ではベースになっているのは間違いない。片方では、「現実にしか興味がない」、「虚構なんか必要ない」という**リア充**と言われている層がある。映画も小説も必要ない、漫画すらも読まない。笠井さんも『例外社会』で書いていましたが、僕にはよくわからない。理屈としてはわかるけど、感覚としてわからないし、わかりたくありませんね。

笠井 『例外社会』で書きましたが、一九七〇年代から八〇年代にかけての日本社会は世界的に見て特殊だった。同時期のヨーロッパやアメリカは、第一次オイルショックの時点で慢性不況に陥ります。いちおう食っていくことはできても、失業率は高止まりを続け、六〇年代までのような繁栄を謳歌する状態ではなくなった。西側先進国では日本だけが一次も二次もオイルショックを乗り切って、八〇年代はアメリカを追い越した。バブルが崩壊しても、不況は景気循環の一局面で、しばらくすれば回復すると考えられていた。ようやく九〇年の終わりになって「もう景気はよくならないのでは」と人々が思いはじめ、それから漠然と十年以上が経った。しかし二〇一一年の東北大震災と原発事故を折れ目として、この国も変わりはじめたように感じます。いよいよ太平の夢から覚めて、普通の国並みにならざるをえない。普通の国並みに、怒れる群衆が若者を先頭に街頭に溢れだすようになるのかどうか。

押井　僕はスタジオにいる若い連中しか知らないけど、彼らを見ていると何にも変わってないと感じます。アニメスタジオは特殊な世界かもしれないけど、あいかわらず声優を追いかけたり、漫画に夢中だったり、アニメしか見ませんという特殊な人間の群れ。節電でスタジオの廊下は暗いし、給料もカットされリストラの危機もあるけど、平素を見ると何も変わってなくて、むしろもっとひどくなっている。ほぼ全員がそう。

本当に日本がどんどんダメになっていくというリアリティがどこまで実感としてあるんだろう？　僕らの世代はダメになって当然だとどこかで思っているから、リアリティがあるけれど。昔のように貧乏になって、みんなメシをがつがつ喰いはじめて……そうなったらいいなと思ったりする。

笠井　やかんでラーメンつくったりね。

——最近のオタクはダメになっていくのがわかっているからこそ、「萌え」などに耽溺し現実を忘れて死んでもいいという覚悟じゃないでしょうか。

押井　本当に自分の将来を投げ打ってそっちに行きたいと思っているんだろうか？　スタジオの若い連中を見ていても、こういう状況だからますますオタッキーな世界や萌えキャラにのめり込んでいくという危機感みたいなものはあまり感じないんです。なんとなくプラスマイナス・ゼロという感じ。そこが日本人らしいところなのかもしれないけど、危機感があるとはまったく思えない。

笠井　普通の国並みになるには、一世代くらいかかるんだろうか。

押井　今、表現の世界では団塊ジュニアと言われている世代が一線に立ちつつあって、アニメーションはその典型。三十歳前後で監督になったり、第一線のアニメーターや脚本家になっていますが、僕が知るかぎりでは危機感はぜんぜんない。神山健治とかは多少戦闘的だったりするけど、それは今が彼の人生としてはいちばん乗っているイケイケのときだから。仕事を広げていって自分の表現を積み上げてるところです。だから「破滅」の予感なんてまったく持ってない。語りはするけど、語る世界と生きている日常は違うから。神山の作品はその典型です。

あいつは都合のいいときだけ僕の弟子だって言い張るけど、僕は師弟関係とは思っていないし、教えたこともない（笑）。でも彼のなかではフォローしていこうという意識があるみたいです。というより、「これからは俺がやるんだ」というところでしょうね。「最近のあなたはダメになってる」、「さぼってばかりいる」、「楽ばかりしてる」、「空手ばっかりやって、酒飲んでるだけだ」、「スタジオに来ない」、「来ても三時間で帰る」、「会議も一時間くらいですぐに飽きる」とか言われてますから。あいつらは一二時間くらい会議やってます。そういう意味では、僕らの高校生時代のようで、喋っているあいだはとにかく高揚しているんでしょうね。

笠井　要するに神山健治は、ニートのタイプでもやケータイ依存のタイプでもない。『東のエデン』では、自分とは違う世界を描いたということなのかな。

押井　自分自身を含め、むしろそういう繋がりを求める世代を憎悪してますね。笠井さんの小説の主人公じゃないけど、ひたすら「憎悪」です。建設的でも健康的でもない。ニート二千人をコンテナで中東に送り込むとか、発想に暴力性があります。それで最終的にはやっぱり戦争になる。戦争は絶対的な行為ですが、未来へのヴィジョンがない。明らかに僕らとは根拠が違う。僕らとは違う空虚感から出発しているのは間違いないでしょう。いわゆる団塊ジュニアで、自分たちが生まれた時代に対する不全感、「何も成し遂げられないのではないか」という空虚感から出発している。人の運命だからどうでもいいんだけど、彼はもう少し見ていたい他人の一人ですね。

笠井　『東のエデン』で不満だったのは、バラバラになった群集が出てきても、それが自律的な集団を形成していかない点。最後までリーダーを求めてしまう。

押井　僕はシリーズものを最後まで見ることは滅多にないんだけど、『東のエデン』は最後まで見ました。違和感があったのは、ニートが直列すること。「直列」という発想がわからない。僕らの言葉で言えば「集団」や「組織」ですが、組織化することと直列させることはどう違うのか。僕からすると、人間を直列させるなんてとんでもない話で禍々しいものを感じた。なんとなくナチっぽい匂いがする。どこかしらファナティックなところがあるし、ヤバイんじゃないか、と。『攻殻機動隊』の最後の難民の場面もそうで、ネットを介して直列につながるような話。

笠井　群衆が自律的に自己組織化すると、コミューンやソヴィエトやレーテなどと呼ばれてきた評議会運動になる。しかし、これは「直列」とは違います。

――『**コードギアス**』も叛乱の話ですが、悲劇型ですね。

押井　あれこそマルキスト、ファッショの最たるもので、一回観てうんざりした。「死ね」と言ったら他人が死ぬ。「死ね」と言えば誰でも殺せる力を得た主人公でどんなドラマが成立するんだろう。誰でも一度は考えるけど、全能者になるということは破滅とイコールです。みんなそうならないための苦悩を描いてぎりぎり作品になっていたわけなのに、ゼロってなによ、という感じ。アニメーションをやってきた人はみんな「こんなことをやってどうするんだ」という感想を持ったと思う。問題は、一種の思考実験なんだという自覚がつくっている側にあったかどうか。僕はなかったと思う。面白いもので、ドラマは必然性に導かれて落としどころをつくらなければならないから、破滅する物語にしか到達しない。演出する側から言わせると、破滅を目指してそうなったのではなくて、そうしかできないからそうなった。だから自覚なき実験では誤解を招くだけ。誤解を招いてもできたものが素晴らしければいいんだけど。

――安易な物語に押井さんが抗ってきたことを経由したにもかかわらず、昔に戻った、と？

押井　結局、戻してしまった。アニメは、願望をそのまま作品にして解釈はどうでもいいという、いちばんわかりやすい世界。どんな台詞を言わせても架空の人間だから気恥ずかしさもなければ反省もない。役者に言わせるのとは抵抗感が違う。それだけにどうしても先鋭化しやすいし、つくった人間の願望や無意識がすべて出てしまう怖い形式だと思います。だからみんなファッショになる。人間の本質はファッショなのかしら、と思う（笑）。

――制作体制がそうさせる部分もあるのではないですか。押井さんも著作のなかでアニメの現場を戦争に例えています。

押井　僕は「死ね」とは言わない。ずるいから指揮権を放棄して、「僕は参謀です。命令しませんからみんなで考えてね」と言うでしょうね。命令しだしたら独裁者になる。そうしないとできないからやる面もありますが、そのうちしかたなくやるのか、それが好きなのか、自分でもわからなくなる。監督は必ずパラノイアになる、ということと根は同じだと思う。表現を追い込んでいくと必ずそうなります。どうやったらそれにブレーキをかけられるか、コントロールできるかといろいろ考えて、僕が到達した結論が「ダメな監督を演じよう」ということでした。今のところ結構成功してます。だから「ゆるい」、「やる気がない」、「情熱がない」とか批判を浴びますが、それで作品が納品できなかったら怒られてもしかたないけど、ちゃんと納品しているし、作品としての達成度もあるはず。

究極の問い――芸術か、エンタメか

――八〇年代、サブカルが全盛になりました。その頃、押井さんの『ビューティフル・ドリーマー』がひとつの代表的な作品として、オタクや今四十代になってアキバに通っている人たちに大きな影響を与えました。押井さんはどう思っていたのでしょう。

押井　そういう周囲のことは何も考えていませんでした。あの作品では、自分が映画監督としてやっていけるかどうかを試しただけ。一本目の**『うる星やつら　オンリー・ユー』**（一九八三年）は、そこそこ商売としては成功しましたが、自己評価としては最低で、映画監督の仕事になってないと思いましたから。だから次は表現としてもテーマとしても、境界線上でどこまでやれるかぎりぎりのところまで試してみよう、と。それでダメだったら潔く生き方を変えようと思っていました。シリーズ監督に徹して職人になろうとか。

笠井 フィリピンでパン屋をやろうとか（笑）。

押井 本気で小説を書きはじめようとか。一度ぎりぎりまでやらないと後悔するから、博打を打ったんです。今だから言えるけど、博打に持ち込むために汚い手も使いました。簡単なことで、上がってきた脚本をことごとく否定したんです。どんどんスケジュールがなくなっていく。これ以上遅れたら劇場公開できないというデッドラインがあるんです。そのデッドラインぎりぎりでプロデューサーが折れてきた。「これ以上遅れると公開できなくなる。配給は小屋を開けて待ってるから、何でもいいからつくってくれ」ということになります。「待ってました！」と、実際に四ヶ月くらいでつくりました。自分の頭のなかではほとんどできていたから、一気にコンテを書き上げて、馬車馬状態でつくった。

テーマは、「終わらない学園祭」と「廃墟のなかのユートピア」と決めていた。それから、あの当時構造的なものに興味を持っていたので、**『ゲーデル、エッシャー、バッハ――あるいは不思議の環』**のような話で、要はメタフィクションをアニメーションでやってみたかった。これで通用しなかったら潔く矛を収めようと思った。

あにはからんや、これがかなり売れたし、意外なところで支持された。映画として評価してもらえた。実はそれがよくなかったという話でもあります。調子に乗ってというか、図に乗って「何をやってもO

Kなんだ。自分が信じてるとおりのことをやれば映画になるんだ」と信じ込んでしまった。たしかに映画にはなるんだけれど、それがエンタテインメントになる保証はどこにもなかった。『ビューティフル・ドリーマー』は『うる星やつら』といういわゆるメジャータイトルだったから、何をやっても映画として成立した部分がある。完全なオリジナルでやるのとは別の話です。『天使のたまご』は、僕にとっては『ビューティフル・ドリーマー』とぜんぜん変わらないものなんですが、中身が今度は**タルコフスキー**になってしまった。

僕は、学生運動が契機になったけれど、形のうえでは映画館の暗闇のなかに逃避することを選んだ人間です。そこがすごく居心地がよかった。先ほども話したように国内亡命者を目指したわけです。でも、結婚したことでその路線が狂ってしまった。就職しなければならないから、何らかの形で社会に関与しなくてはならない。親父みたいな「髪結いの亭主」で酒飲んで相撲観てゴロゴロしているのはさすがにイヤだった。そんな状況で、少しでも自分の納得できる形に近づこうと思ってアニメスタジオに入って映画監督になった。そこで、やっと亡命者として完結すると考えた。時間がかかりましたが、生活と仕事と自分の思いを両立させられる場所にようやく辿りついた。でも、十年くらいだからわりと早い方なのかもしれない。反社会的であろうとすることと、実際に社会生活の折り合いをどうつけるかを考えて、職業としてはエンタテインメントの映画監督だったり作家だったりという周辺的な職業を選んだ。芸術家はちょっと違うと思いました。映画も芸術映画にはほとんど興味がありません、尊重はしますが。

笠井　タルコフスキーは好きだったよね。

押井　タルコフスキーの作品には、つねに廃墟のイメージがありましたから。カメラワークの素晴らしさには相当しびれたし影響も受けたけれど、でも今は大嫌いです。芸術という価値の観念を疑ったことが一度もない、社会主義が産み落とした人間ですから。たんにソヴィエト・ロシアでは映画を撮れなくなったから亡命したにすぎない人。晩年の『**ノスタルジア**』（一九八三年）を観ればわかります。最後は祖国に帰りたかった人なんですよ。

ポランスキーは大好き。撮影でポーランドに行ったとき、現地のスタッフにポランスキーのことを聞いてみたんです。でも誰も喋りたがらない。根掘り葉掘り聞いてやっと聞きだせたのは、「あいつはうまいことやったヤツだ」と。つまり、当時のポーランドの映画人は、みんな同じことをやりたかったけど、それができたのは彼だけということ。亡命して西側に行って成功して大金を稼ぎ、ハリウッドの美人女優と結婚し……、と基本的には「うまくやったヤツ」。

笠井　最近、幼女暴行でスキャンダルになった。ちゃんと末路は決まってたんだよ（笑）。

押井　逮捕されましたからね。「なんで帰るんだろう」と思った。彼も『**戦場のピアニスト**』（二〇〇二年）をつくったあたりから、晩年のタルコフスキーに似てきた。亡命者になりきれずに、最後は帰りたかった人。

僕のなかでは、亡命者は二種類あって、帰りたくても帰れない亡命者と意図的に亡命者たろうとする者。僕は完全に後者で、**吉本風に言うなら**個体幻想と共同幻想の境界線上に居つづける決心をした。その外側に出ようと思ったことはない。芸術家だったり革命家だったらそういう発想が出るかもしれないけど、僕はそういうものは信じてなかった。境界線上にいることで両方の正体が見れるはずだという確信みたいなものがあった。映画監督って、作家や芸術家と比べると、もっと周辺的でいかがわしい存在ですから。

笠井　でも、一般的には押井さんは芸術寄りに見られているんじゃない？

押井　エンタテインメントのくせに、表現がアートっぽかったりするからでしょう。エンタテインメントの世界でも、その周辺にいることを目指してますから。でもぎりぎりエンタテインメントを成立させるだけの技術はある。たとえば革命や武装蜂起やテロを扱おうが、エンタテインメントとして、アクション映画やSFとして完結していれば許されますから。〝周辺〟であることが評価される世界というのは、映画監督とか作家くらいしかいないでしょう。

笠井　前にも言いましたが、僕は「芸術」という言葉が子供のときからよくわからなかった。中学生のときにA・C・クラークの『幼年期の終り』、ヴァン・ダインの『僧正殺人事件』、ドストエフスキーの『悪霊』の三作を続けて読んで自分でも小説を書きたいと思ったように、SFもミステリもドストエフスキーも全部同格でした。ドストエフスキーは高尚な「芸術」、他の二つは通俗で下等だという評価の根拠がまったく理解できなかった。

『テロルの現象学』を執筆中のことですが、「集合観念」の部分を書きあぐねて、同じ主題で小説ならどうだろうかと考え、『バイバイ、エンジェル』を書いてみたんです。だから『テロルの現象学』はまともな思想的著作で、『バイバイ、エンジェル』はただのエンタテインメントだとは思っていません。表現形式は違っても、僕にとっては同格なんです。

押井　映画で言えば、タルコフスキーも**リドリー・スコット**も撮っているときの意識はあまり変わらない。どちらが好きかと言われたら、自分の資質もあるんだけれど、『ノスタルジア』や『**惑星ソラリス**』（一九七二年）よりも**『ブレードランナー』**（一九八二年）とか『エイリアン』のほうが好きですね。人に読ませるとか人に見せるために何をしているか、どちらが他人を意識しているかという視点で見ると、タルコフスキーは他人のことを考えたことはまったくないと思う。彼は自分が考えている観念や思いとか、まさにイメージだけど、その絶対性を疑ったことのない人。それに人間的に最低のオヤジだから、スタッフには敬意は払われても好かれないと思います。リドリー・スコットは職業監督で商業監督。でも、撮っているときの意識はタルコフスキーとほとんど変わらないと思う。「どうしてもこういう風が必要だ」とか、同じようなこだわりを持っているけれど、つくっているのは『エイリアン』だったり『ブレードランナー』だったりする。彼には多くの人に見てもらって、さらに次の作品をつくろうという意識がある。それは自分が獲得するもので、タルコフスキーのように与えられるのが当然だと思っていない。

映画というものは、明らかに他人を意識しなければならないものなんです。タルコフスキーの作品は素晴らしいイメージがあるかもしれないが、人に語ろうとしていない。自分にとって未知なる概念を形にしよう、ある種の予感を形にしようとしか思っていない。いわば記憶でつくっているだけ。個人的な記憶を連綿と語ろうとする**プルースト**みたいなもの。芸術というカテゴリーであればそれで正しいかもしれないけれど、映画という行為からすると、それでいいとは思えない。社会的行為としてどちらが成立するか、意味があるかと考えると、どう見てもリドリー・スコットのほうが正しいし、何より行為として映画的だと思います。

笠井　音楽で言うと、バッハやモーツァルトは音楽職人ですよね。バッハは教会に雇われた音楽職人。モーツァルトは教会音楽も手がけたけど、基本は宮廷の音楽職人。弦楽四重奏曲のような作品が多いのは、貴族がカルテットの演奏を聴きながら食事するという習慣があったから。ヨーロッパの音楽の歴史を見ていくと、芸術家になったのはベートーヴェンから。モーツァルトの曲はどんな顔の人がつくっているのかあまりイメージが湧きませんが、ベートーヴェン以降はなんとなくイメージが湧く。つまり、作品に「私」が込められているかどうかなんだよね。職人はご主人様のための表現、芸術家は私のための表現。「私」の表現というところに転移したとき、近代芸術はジャンルとして成立した。それがドイツの教養階級に祭りあげられていくわけです。定期的に正装してコンサートホールに出かけるということが、一種の文化的ステータスになっていく。僕は教養主義が大嫌いだから、文化的ステータスとしての芸術も拒否してきた。

学生運動をやっていた頃は、まだロマン主義的な自我を多少は信じていたところがあった。しかし連合赤軍事件を経過して、それも完全に崩壊し、まったく空虚で泡粒みたいなものだという自己了解に達した。語るべきもの、表現すべきものなんて自分のなかに何もない。しかし考えてみると、第一次大戦以降の二十世紀芸術はそういうものだった。十九世紀的な芸術の破壊で、いわば反芸術ですから。

押井　音楽家の話はすごくわかりやすいですね。眉間に皺を寄せて苦悩する音楽家ベートーヴェンから始まって、そこから音楽がひとつの表現になった、近代のものになったという話ですよね。僕は個人的にはモーツァルトが大好き。たしかに最初は貴族がメシを喰いながら聞いた、倍音の気持ちいい音色が響く音楽だった。モーツァルトの本質は倍音がいっぱいあってすごく気持ちいいことだそうです。だから朝起きると必ずモーツァルトを聞くし、仕事しながらもモーツァルトを聞きます。だけどベートーヴェンは聞けない。ベートーヴェンとか**バルトーク**は聴いていると眉間に皺が寄ってくる。

笠井　ロマン主義の交響曲なんか聴きながらメシ喰ったら、ドンドンガンガン「俺が俺が」ってうるさくて、消化不良になっちゃうよ（笑）。ただし、音楽職人としてご主人様に気持ちのいい音楽を提供してきたモーツァルトですが、死ぬ直前の「レクイエム」では、どうしても言いたい「私」があったんだと聴衆はわかる。音楽史でどうなっているのか知りませんが、モーツァルトの「レクイエム」からロマン主義音楽、近代芸術としての音楽が始まったと僕は思ってます。

押井　モーツァルトは、天才少年で幼少の頃から宮廷に出入りして、王族や貴族のために作曲していましたが、最後は町場の安い芝居小屋のためにたくさん曲を書いた。酒浸り女浸りで、前借り前借りでずっと借金しながら、大衆芸能の世界で名曲をたくさん書いた。オペラのほとんどがそうです。あれはパトロンのためではなく、街の芝居小屋から発注を受けて書いた。そういう意味では、最終的には大衆芸能の人になったんです。そして死の予感のなかで「レクイエム」を書いて死んだ。一生のあいだに表現者の有り様を全部経験した人ですね。王侯貴族付きから始まって、大衆芸能、最後は個人。それって面白いと思う。ベートーヴェンやワーグナーは個しかやってない。社会性と反社会性の両方とも満たせる境界線上で何かを表現できるのは大衆芸能の世界だけです。

笠井　文学のほうでは、バルザックもドストエフスキーも生活費のため新聞や雑誌に原稿を書き飛ばしていた。職業作家が成立したあと、十九世紀の終わり頃に、象徴派の詩人など「芸術のための芸術」派が登場して、「芸術は高尚だから売れなくて当然だ」と主張しはじめる。しかし「芸術のための芸術」派が出てきたときは、作者でも読者でもある近代的人間の輪郭が崩れはじめていた。だから読む人間は自分たちの身内しかいなくなる。これは日本の自然主義／私小説の流れでも同じ。

押井　僕は、映画でもモーツァルトっぽいものが好きです。つまり、映像の展開、ドラマの展開などにある種の快感原則があるもの。その快感原則に則っているかぎり、どんな難しいことが核にあろうが、どんなヤバイ観念を語ろうがＯＫなんです。映画の快感原則には音楽にとっての倍音みたいなものがある。カットの刻みであったり、カメラワークであったり。アクションはその典型です。

笠井　あの時代を経験した者には、どこかで社会生活や日常生活とうまく折り合いをつけた連中も多いけど、折り合いを付けようがないタイプはクリエイターとして生きるしかない。これまで三十年続けてきた流儀が耐用年限を過ぎたとしても、クリエイターをやめるわけにはいかない。

第三部　ルーツと生きること、創造すること

押井　僕は飼い主のない犬のように満たされない思いがあるような気がします。それは先ほども話した欧米人にとっての「神様」みたいなもの。その喪失感から出発している気がする。「自分の身幅を超えたもの」という話をしましたが、あの当時の革命のイデオロギーは僕の主人たりえなかったことははっきりしている。

でも、自分が表現する世界のなかではアナーキーでいられる、自由が確保されている。次の依頼が来なくなるかどうかは自分のリスクで、それを背負うかぎりはあの時代の気分でいられるところがある。それは街頭ではなく、映画のなかで。あの時代のことは創作で架空の話としてのほうがうまく語れそうに思う。

社会党
救

「安保闘争——デモ隊、国会に乱入」
社会党、総評などによる安保改定阻止国民会議は、この日全国一斉に第8次統一行動を行い、東京では国会周辺でデモ。学生らが警官隊と激突し、乱闘の末ピケを破って、約1万人が国会敷地内になだれこんだ。国会史上初の出来事だった。写真は中央玄関前を埋めるデモ隊（1959［昭和34］年11月27日撮影、東京・永田町

日本という国の正体――戦後民主主義・システム・物語

自分たちにとっての「戦争」

――七〇年安保体験と並んで、お二人に共通しているのが「戦後民主主義」的なものの欺瞞への批判精神です。戦争、敗戦の捉え方、日本人の精神性などについてから、この国を語ってください。また、現在のこの国について、先ほど敵である豊かな社会が崩壊したというお話がありました。そして最後に、今のこの国で生きていくこと、創造していくことについても、どうお考えですか？

笠井 父親に連れられて、新東宝の映画『戦艦大和』（一九五三年）を観たことがあります。最近、原作の**吉田満**の小説『戦艦大和ノ最期』（一九五二年）を再読してそのことを思いだし、「親父はどういう心境であの映画を観たのかな」と、ふと思った。小学校入学前のことですが、敵機による機銃掃射の嵐のなか、ブリッジを走る伝令の水兵が蜂の巣になって死ぬシーンが印象的で、幾度も絵に描いた記憶がある。前にも言いましたが、戦後は両親とも社会党支持の平和主義者になったけれど、「あの時代こそ本物で今の時代はどこかウソくさい」という思いが半分で、「死ななくてもいいまともな時代になった」とも半分は思っている両面性があった。僕が戦争や兵器に興味を持ち、小学校六年まで『丸』を購読していたというのも、戦争の時代にこそ真実が露呈されていたのだという親の抑圧された観念を微妙に感じとっていたからだと思う。

六九年に赤軍が「革命」ではなく「革命戦争」と言いだしたけど、なぜ「戦争」だったのか。親たちの自己分裂を受け止めて、「今度こそちゃんとした戦争をやろう」という無意識の動機が大きかったのではないか。もちろん敵はアメリカ。ブントや新左翼は共産党の反米路線に対抗して「反日帝だ」と言葉のうえでは言うわけですが、としても六〇年安保もヴェトナム反戦も反米闘争だった。「革命」に「戦争」がプラスされたことには、そういう思想的背景があったのではないか。要するに、敗戦を終戦と言い換えるような戦争の未決着が、この国の精神を救いがたく頽落させているという思い。活動家のあいだで「革命戦争」という言葉が流行ったのは、いろいろと理屈はあるにしても、対米戦争をやり直さなければならないという無意識的な衝迫が共有されていたからではないか。親の世代の戦中派は「浅間山荘の銃撃戦など、戦争ごっこにすぎない」と言うけれど、散弾銃しかないのに本気で戦争をやろうとした、というところが重要だったと思う。アサルトライフルやロケットランチャーが入手できていたら、躊躇なく使ったはず。

三島由紀夫も同じですね。三島は、新左翼の武装蜂起を抑え込むため自衛隊が治安出動すれば、それを機にクーデターを呼びかけようと真面目に考えていたようですが、そこまで行く前に新左翼は退潮してしまう。このようにしてクーデター計画は頓挫し、やむなく**三島は割腹自殺に追いつめられた**。

押井 僕のなかでは「戦争」という言葉に対する感覚はみるみる変わっていきました。

自分にとって最初の同時代の戦争は、ヴェトナム戦争でした。活動に入る高校生はやはりヴェトナム反戦が契機だったから、まずべ平連から出発する。そこから先の道は分かれてくるけど、僕は自分の日常生活をキープしつつ「戦争反対」と叫ぶのは違うと感じて、市民運動からは早々に去った。

でも「革命戦争」という言葉にはすぐにピンときたんです。実は自分は、「戦争反対」ではなく戦争したかったんだ、と気づいた。皮肉なことに反戦闘争から入って、戦争を求めた（笑）。実はみんなそうだったと思う。社会生活のない高校生は、つきつめていくと観念が簡単に逆転してしまうんです。最終的には らない。革命だなんだとほざいても、精神運動としては最終的な原理まで行き着かないと収ま だけ。で、戦争という状況を演出したらあの人は相当うまいに違いない。まあ、僕も同じようなものだ カラシニコフを持って戦いたい。宮崎駿さんもそう。共産党支持者のくせに空中戦大好き。封印してる けど、それに早々に気が付いた。だから、「戦争」という言葉には相当幻惑されました。ずっと興味が あって今でも戦争を描こうと延々とやってますね。

神と普遍思想

押井 ある意味では、戦前戦中戦後を通して日本を動かしてきたのは、戦前にマルキシズムの洗礼を受けた人たちだと思う。さっき、日テレの長だった氏家さんが死んだとき、ジブリの機関紙に特集記事が載った話をしたけど、「こんなにもマルキシズムの呪縛が強いのか」と愕然となった。宮崎さんにしても**汎神論**でもなければ**アニミズム**でもなく、唯一の絶対観念、イデオロギーの信奉者だと思う。現実的な問題に対処するときにその人間の本質が出てくる。戦争もそうだけど原発もそうで、原発の問題にどう対処するかでその人の資質が出てくると思う。

笠井　偽装転向を含めた転向マルクス主義者が総力戦体制の構築や満州国建設に流れ込んだわけですが、前にも触れたように、その理論的背景は生産力主義。生産力が拡大すればするほど社会主義の前提が整い、経済成長によって革命は近づくのだから、そのために天皇制国家の戦争体制に協力してもかまわない、むしろ積極的に協力すべきだという発想ですね。この連中は十九世紀的な生産力信仰を疑っていなかった。しかし二十世紀マルクス主義であるボリシェヴィズムは、第一次大戦の廃墟から誕生したわけで、十九世紀的な生産力信仰とは思想的に異質です。日本の生産力主義者は基本的に進歩主義、欧化主義、近代化主義で、近代／前近代という図式を疑わなかった。遅れた日本は進んだヨーロッパに追いつかなければならないという、明治以来の図式ですね。

しかし昭和の日本はすでに、近代／前近代の図式では捉えきれないヨーロッパとの偏差が生じていた。簡単に言えば第一次大戦を通過したか、していないかをめぐる問題です。第一次大戦という世界戦争で十九世紀ヨーロッパは崩壊した。到来した二十世紀では生産力の意味も違ってくる。国家統制と経済が一体化し、生産と破壊が循環する二十世紀経済。それを体現したのが総力戦体制です。ヨーロッパでは十九世紀型の国民国家ではもうやっていけないことがはっきりし、まずソ連が二十世紀型国家に自己改造する。次にドイツ、そしてアメリカ。この三ヶ国は大戦間の二十年のあいだに、二十世紀国家に自己再編を遂げた。そして世界国家をめぐる勝ち抜き戦が独ソ米の三ヶ国で、第二次大戦として戦われることになる。十九世紀世界の基軸はまずイギリス、補足的にフランスという植民地大国でしたが、この両国は第一次大戦の戦勝国だったにもかかわらず、二十世紀世界では中心的な位置を失った。基軸は独、ソ、米に移動したわけです。こうした世界構造の大変動に多少とも自覚的だったのは、駐在武官として第一次大戦を間近に目撃した軍人たちでした。日露戦争の水準から戦争の質が飛躍的に高度化している現実に危機感を抱いた青年軍人がバーデンバーデンに集まって、陸軍革新派の原型になる集団を結成する。ここから統制派も皇道派も出てきます。統制派も明治国家の根本的改造を目指したわけですが、皇道派などの昭和維新派とは方向性が違う。前者が求めたのは総力戦体制と高度国防国家で、後者は天皇親政による国民救済が目標だから。生産力主義の転向マルクス主義者は、陸軍統制派や革新官僚など前者の流れに棹さしたわけです。しかし第一次大戦を不通過という国民的不徹底性に規定され、日本の十九世紀国家だった明治国家のしがらみを土台から清算しえないまま、日中戦争そして日米戦争にずるずると引き込まれてしまう。開戦がずるずるだったから、敗戦もずるずるにならざるをえない。枢軸国でイタリアとドイツは最高指導者が死ぬまで戦争を続けたが、日本は無条件降伏。

日本で**転向論**が一時期問題になったけれど、大戦間の時代に欧米諸国で転向現象が思想的な大問題になったことはない。英仏は民主主義国で思想・信条の自由が認められていたから、「権力の強制による思想の変化」と定義される転向現象は生じえない。**ジョージ・オーウェル**や**ポール・ニザン**が親ソから反ソ的立場に移行しても、それを日本と同じような意味での「転向」とは言いません。他方、ソ連とドイツにも転向は存在しなかった。ほんのわずかでも反権力的な言動をした人間は、例外なく強制収容所に叩きこんで殺してしまったから。しかし一九二〇年代から三〇年代にかけての日本では、治安維持法で逮捕されても謝れば勘弁してくれた。共産党員や宗教指導者のなかには運悪く獄死した者はいたけれど、ドイツやソ連で弾圧され殺害された膨大な人数とは比較になりません。ドイツやソ連のような異様に苛酷で残忍な二十世紀国家に自己再編しきれない中途半端さが、日本型ファシズムともいわれる戦時天皇制国家の特性でした。ただし中途半端でずるずるの権力も、南京事件のような大量虐殺はやる。どちらがいいのか悪いのか、ナチやソ連のように計画的にではなく、ずるずると虐殺するわけです。また、太平洋戦争の戦死者の半分以上が餓死、病死ですが、これも日本型組織に宿命的な無計画と無責任、「考えたくないことは考えない、考えなくてもなんとかなる」という無思考の必然的な結果でした。

押井 日本人の不徹底さ、なぜ本土決戦をしなかったのか、という話について。海軍は早々と白旗をあげようとしたが、陸軍は最後まで戦うと言い張りました。いちばん困ったのは皇室の周囲。陸軍は間違いなくクーデターを起こすつもりだった。陸軍は、戦前から統制経済を実現しようとしていた、言ってみればマルキストみたいなもの。本土決戦になればソ連が入ってくるし、日本という国の滅亡以前に皇室がなくなるという重要な問題があった。日本という国の存続以前に、皇室の存続を考えたら降伏するしかなかった。それが最大の理由という説もある。これは、説得力がありますよね。

笠井 半藤一利の『日本のいちばん長い日』（一九六五年）では、玉音レコードをめぐる陸軍のクーデター計画が描かれていました。阿南惟幾（あなみこれちか）陸相が御輿として担がれることに消極的で、参謀本部の若手将校によるクーデター計画はうやむやになるのですが。8・15クーデターが失敗しても、上陸してきた米軍にゲリラ戦を挑むという選択はありえた。というか、レイテでも沖縄でも失敗した米軍上陸阻止の水際作戦を繰り返しても意味はない。本土決戦は長期持久のゲリラ戦でしか戦えないし、そのためには中央集権的な軍組織を解体し、分子的な無数のゲリラ隊に再編成しなければならない。しかし、武装解除を拒否して集団脱走するような事態は生じないまま、占領軍へのテロや破壊活動は一件も起きていない。昨日まで「鬼畜米英」、「一億玉砕」と叫んでいたのに、マッカーサーに生卵を投げようという人間さえ一人も出てこなかったわけで、われわれはなんという国民なのかと思いますね。

押井　戦後、ドイツの「人狼」みたいな組織もいちおうはあったけれど、すぐになくなった。本土決戦をやらなかったことについては、まったく語られていない。今でも同じかもしれないけど、「日本という国の本質は何だろう」ということを当時の日本人はどこまで真剣に考えていたのか。皇室さえ存続すれば日本は守れるのか。バンザイしたら守れるのか。「バンザイしたから守れなかった」という三島みたいな人もいるけど。日本という国の正体は、ドイツやアメリカやイギリスとはどこかしら違う。たとえば吉本隆明はそういうことを一生懸命考えた人だと思います。

笠井　当然のことながら、国体護持は果たされませんでした。結果として天皇は主権者の地位を追われ、日本は半永久的にアメリカの属国になったのだから。しかし、それは最初からわかっていたはずのことです。第一次大戦の敗戦国は、ロシア、ドイツ、オーストリア、トルコと例外なく国家体制が崩壊した。二十世紀の世界戦争は十九世紀までのような、利害対立を均衡化するため国際法に則って行われる主権国家間の決闘のような戦いではなく、対戦国の国家体制を崩壊させるための絶対戦争です。要するに日米戦争は、日本がアメリカの、あるいはアメリカが日本の国家体制を打倒するまで終わりようがない。しかし日本の戦争指導部は、すでに過去のものだった日露戦争と同じような戦争として日米戦争を捉えていた。仮に負けても賠償金を支払い、領土を一部割譲する程度ですむだろうと。敗戦は国家体制の崩壊、当時の言葉で言えば国体の喪失を意味することに、トンチンカンな戦争指導部はまったく無自覚だった。

『戦艦大和ノ最期』を読み返して改めて怒りを感じたのは、軍事的効果が皆無の特攻作戦に大和の将兵を平然と追いやった、豊田という連合艦隊司令長官の存在。自分は日吉の防空壕に潜ったまま敗戦を迎え、腹も切らず、一九五七年にのうのうと畳の上で死んだ。似たような職業軍人はいくらでもいましたが、要するに人間のクズですね。軍の首脳だけではなく、先に逝った者たちを裏切って生き残った日本人は、多かれ少なかれ同じことが言えるとしても。

映画第一作の『ゴジラ』が**第五福竜丸事件**に触発され企画されたのは事実ですが、ゴジラは太平洋で死んだ日本兵の怨霊ではないか、ゴジラが海に沈んでいく姿は戦艦大和の沈没を思わせると、**川本三郎**がエッセイ「ゴジラはなぜ「暗い」のか」（一九八三年）で書いています。兵士はあとに続く者を信じて死んだのに、「あとに続く」と言っていた連中はみんな逃げてしまった。ゴジラが何度も日本列島を襲ってくるのは、菅原道真のような怨霊に祟られているという国民的無意識の産物ではないか。二〇一一年、ゴジラならぬ大地震と大津波が襲ってきた。どうせ襲うのであれば、過疎と経済的停滞に悩む東北地方の沿岸でなく空疎な繁栄を謳歌する東京の湾岸を襲え、と僕は思いましたね。象徴的次元、想像力の次元で今度の災害を考えると、そのように思った人が、とくに六十歳以上では少なくないのではないか。

中沢新一が『**日本の大転換**』（二〇一一年）で福島原発事故を論じています。核技術は一神教的である、一神教とは生態系を含む世界を外側にいる神がつくった世界、これが今やダメなことがわかったので日本古来のアニミズム的思考法で行こう、というような話ですね。具体的には、生態系にやさしい自然エネルギーにすれば社会の構造も変わるはずだと。

しかし、まさにそのアニミズム的な、生態系に無数の神々が棲まっているという発想こそ今回の事故の原因ではないのか。ケガレは禊（みそぎ）で水に流すという発想で、汚染水も海に流してしまう。危ないものを持たないということであれば、アニミズムでいいという理屈になるのかもしれない。ユダヤ／キリスト教だけではなく、普遍思想があるインドや中国にも物事を現実的に考える発想はある。それが存在しないところ、つまりアフリカの奥地や太平洋の島で民族学者が見いだしたようなアニミズムを温存したまま、日本は文明化し近代化してしまった。近隣の東アジア諸国と比較しても、こんな国は日本だけです。韓国は半分儒教で半分キリスト教だし、フィリピンはカトリックでインドネシアはイスラム教。そのため日本人の精神には独特の歪みが生じている。物事を厳密に徹底して考え抜くことを回避する精神には、文明史的な巨大プロジェクトは管理できない。宇宙開発や世界戦争や原発のような巨大プロジェクトをアニミズム的な技術、ブリコラージュでやると大変なことになる。第一次大戦を通過しないまま日露戦争までの十九世紀的な戦争思想と装備で日米戦争を始めてしまった日本の敗北は、アニミズム国家としての敗北でもあった。その延長上に福島原発事故も必然的に生じたわけです。この点の歴史的反省を回避して、アニミズムに親和的な自然エネルギーで行こうという発想は安直すぎる。一神教である必要はないとしても、物事を厳密に考えることが問われています。

押井　日本は前近代的な魂を抱えて、国の形だけ、あるいは技術力だけ近代化した。結局、目に見える世界でしか技術を理解しなかったということですね。アニミズム的な日本の八百万の神を抱えたまま、太陽を箱に閉じ込めようというチグハグさが捩れを起こしている。それはそのとおりだと思います。そのときにどうするのか、という話ですよね。

近代化することはオールインワンで、戦後の枠組みを決定した東京裁判、日本国憲法と日米安保条約は、オマケの原発と合わせてひとつのセットだった。だからひとつ否定することは芋づる式にすべてを否定することになる。今回の事故ではそれがあからさまになった。

そのときに、日本や日本人のよさだけを残すのは可能なのか。たとえば漢字はアジア中に広がったけど、漢字を輸入しても、中国文化そのものを拒否したのは日本だけ。東南アジアや韓国は儒教とセットだった。日本も江戸時代に儒教とセットにしようとしたけれど失敗した。漢字を重宝して、使いこなし、そこからスピンオフしてひらがな、カタカナも生み出した。でも中国文化だけは拒否した。仏教についてもそうですね。それと同じことが、技術の世界でも近代化のなかでも可能なのか。文化という面では、日本はそういう独特な道を歩んだ稀有な国かもしれない。政治や軍事、技術などのハードウェアがからんでくる世界に、はたしてその原理は通用するのか？　原発をやめて自然エネルギーにして、相対的にエネルギー源が落ち込んでいき、もう一度農耕社会まで逆行してもいいという覚悟があればそれでもいいけれど。

笠井　縄文時代の狩猟採集社会にまで戻るんだったら、健全なアニミズム社会になるけど、それが実現可能とは思えません。

押井　でも、もしかしたら農耕社会も維持できなくなるかもしれない。太陽エネルギーや地熱エネルギーなどを可能にするのにも近代的な技術が必要。工業化した以上は、木を切って炭をつくってという時代ではないわけだから。今の農業だって実は石油づけですから。アニミズムなどと唱えて、なんとかパッチワークでやっていけると思うこと自体に無理がある。一から原則的にものを考えるということをやりたくないのであれば、近代化を諦めるしかない。

笠井　欧米以外で日本が最初に近代化できたのには理由があります。インドや中国には普遍思想があるけれど、近代化に適合的な思想ではなかったので、容易には欧米先進国のサイエンスやテクノロジーを受け入れられなかった。日本にはインドや中国のようなかっちりした思想的枠組みがないから、技術を部分的に取り入れ模倣することはわりと簡単だった。しかし二十一世紀は中国やインドの普遍思想がモデルチェンジして、ユダヤ／キリスト教的普遍思想に由来するサイエンスやテクノロジーを独自に発展させる流れになると思う。中国やインドが伝統的な普遍思想のモデルチェンジに成功すれば、欧米の近代テクノロジーをブリコラージュ的に取りこんできた日本を超えていくでしょう。

押井　前提から考えると、日本は「普遍思想」を持ちそうにないと僕は思うんです。戦前、つくりだそうとはした。もともと普遍思想などなかったので、武士道だったりを付け焼刃的に持ち上げた。それまで武士道なんて普遍的でも何でもなかったのに。

笠井　『日本的霊性』（一九四四年）で鈴木大拙が示唆しているように、日本で普遍思想の域に達したのは浄土真宗かもしれない。信長によって潰され、江戸時代に宗教的ラディカリズムは骨抜きにされてしまったわけですが。

「敗北」とは何か？——日本人の精神性

笠井　第二次大戦の敗戦も組織論の敗北だし、原発事故もここまで拡大したのはやはり組織の問題。敗北から何も学んでいないわけです。

一九七〇年前後の時期に、「敗北の構造」という**叛旗派**の集会での吉本さんの講演がありました。吉本さんの『南島論』関連のエッセイに入っていて、単行本にもなっています。「今日は敗北について語りたい。ただし最近の敗北ではない。千五百年以上遡る日本人の総敗北だ」と始まる。騎馬民族説が正しいかどうかわからないけど、大陸からか、あるいは日本の隅のほうからか、征服者が現れた。そういうとき、他の国ではいろいろなパターンがある。モンゴル人のように被征服民を殺してしまうパターンもあるし、インド人やギリシャ人のように奴隷にする選択もある。ところが、日本列島で千数百年前に起きたことは極めて特異で、外来者が土着の共同体を征服し、支配するようになった。支配と被支配の断面がはっきりしていれば、被支配者は千年かけても征服者を追い出そうとする、民族解放闘争をやりつづけるという発想が生じるはずだが、日本ではそうならなかった。

というのは、征服者が被征服者の神を吸い上げて、自分たちの神統譜に組み込んでしまったから。スサノオは、たぶん出雲の神だったが、それをアマテラスのちょっと不良の弟にするとか。そうすると、今までスサノオを拝んでいた出雲の民は、アマテラスの弟を通じてアマテラスを拝むことになり、結果として支配者の神を崇拝することになる。これでは、征服者に対して民族解放闘争をやることにはならない。日本史には原住民が外来民に征服された時点で継ぎ目が生じたはずなのに、支配と被支配の継ぎ目が見えなくなっている。そこに日本型支配の秘密があると、吉本さんは言うわけです。征服されたことを忘れ、自覚しようとしないのは、自覚を持つとプライドが傷つくし、戦わなければならなくなるから。傷つきたくなければ、征服された奴隷であることを自ら忘れてしまえばいい。支配者の神を自分たちの神であると自己欺瞞することによって、降伏し奴隷化されたというトラウマを忘却できる。このことが日本人の最大の敗北であり、太平洋戦争の戦争はその反復であるというのが、この講演の主旨です。

押井　何かを守るために敗北するという思想でいいのか。守るためには最後までとことん敗北しなくてはならなかったのではないか。――対立するのはこの二つだと思う。そのことは誰も総括していない。日本人は宿題を提出することや総括が大嫌い。敗戦という宿題を出すのがイヤで、学校そのものをやめた。よく言えば「そんなことやるくらいだったら働いて何かつくろうぜ」ということ。働いていれば、たしかに宿題を出さなくて済む。その代わり、ずっと卒業できません、近代国家ではないし、もしかしたら国家ですらないのかもしれない、ということですね。

笠井　「考えたくないことは考えない、考えなくてもなんとかなる」という、総括とは無縁だった日本人の共同体に「総括」という発想を持ち込んだのは、コミュニズムでした。しかし連合赤軍の総括リンチによって、日本人は総括しなければならないという外来の義務感から解放された。総括なんかしなくていい、無理に総括すればひどいことになるというわけです。

押井　国家以上に守りたい何かが日本人にはあるのか。それは皇室だけではなく、言ってみれば温和な日常だと思う。震災以後もそれが唯一の価値観になっています。危機に直面したときに本質が出てくる。電力不足と脅されたら、みんな真面目に節電しちゃう。電気が使える生活を維持したいと願う。みんな、永遠の日常に復帰したいだけ。真剣に「これをチャンスにどう変わればいいか」という議論を避け、とにかく前の生活に戻ることを願う。誰もそれに抵抗できない。戦後の復興と一緒です。敗戦の総括はしていないけど、一人ひとり勤勉に真面目に働いたことは確かだから。「やれ」と言われたわけではなく、みんな自発的にやったはずです。

笠井　みんなでエアコンを使いまくって、わざと大規模停電を引き起こすとか（笑）。でも、僕が住んでいるのは海抜千メートルの高原地帯なので、夏は涼しく、エアコンを使う機会がほとんどないんだけど。

押井　僕も家でエアコンを使うのは年に数度。でも、突然停電になったらスタジオ的には大問題で、サーバーがダウンするから危なくてしょうがない。だからスタジオでは節電対策がすごいです。僕は一人でエアコンの温度を下げてるけど、その程度ではびくともしない（笑）。

笠井　たとえば和辻哲郎の『**風土**』をはじめ、昔から農耕民族や稲作文化ということで日本文化を説明する議論が少なくない。僕は昔から素朴に疑問でしたが、農耕の日本に対比される牧畜のヨーロッパも農耕はしている。農耕と牧畜のセットなら華北もヨーロッパと同じだし、日本とヨーロッパを対照させる理由にはならない。ヨーロッパの作物は小麦が中心だが、日本では稲。しかし稲作は、いうまでもなく日本に固有ではありません。稲作だったらメコンデルタもジャワも、華南や朝鮮半島南部もそうなので、文化的に同じになるはずですが、それぞれに違う。こうした初歩的な混乱が生じるのは日本が他者として、あるいは対比する事例としてヨーロッパしか念頭に置かないからですね。

農耕や稲作という点から日本文化の固有性を考えるなら、稲作が不適切な地域で無理やり稲をつくってきたところに注目すべき。もともと熱帯、亜熱帯の植物である稲を、温帯の北限で栽培し、主食としてそれに依存するというのは異様だし、きわめてリスキーな選択。実際、戦前昭和期まで日本は破滅的な凶作に定期的に襲われてきた。とりわけ東日本では被害が甚大でした。

気候的に不適切な地域で稲作を続けると、共同体の凝縮力が異常に高くなる。言い換えると、共同体的な拘束力と異物排除の力学が際限なく強化される。「勝手にやっているヤツは許さない」という日本的共同体の抑圧性は、「とにかくみんなで一緒にやらないと、自然条件が不適切な地域では米がつくれないから」というところに基礎がある。メコンデルタなんて適当に種籾を撒いておけば年に二回も三回も米がとれる。稲というのは本来そういう場所でつくるべき作物なので、東日本のような亜寒帯すれすれの地域では栽培植物として麦やコウリャンなどが向いているわけですが、なぜか稲作に依存することになった。

押井　日本の水稲耕作だけが極度に労働集約型として完成されていますね。灌漑設備から始まって山の斜面にまで水田をつくるという作業は地域的共同性なしには成立しない。本来の水稲耕作は東南アジア的に言うとドライファームに近くて、撒くだけの作物。日本は水稲耕作に向いているかどうかも怪しいのに、北海道でも稲作をやろうという特殊な国。なぜ水稲耕作に執着するのか。もしかしたら皇室の問題と根が一緒なのかもしれない。

笠井　そう、天皇制の問題だよね。桓武天皇に命じられて東征した坂上田村麻呂が、捕虜にした蝦夷を四国あたりに移住させ稲をつくらせ、東北地方でも稲作を強制した。律令国家としては、米をつくらせないと租が徴税できないから。稲作を普及させるため肉食も禁じた。蝦夷を含め古代天皇制によって征服された人々は、部分的な農耕に加えて古来の狩猟採集生活も続けていたから、獣肉は重要な食物だった。同じ東アジアの仏教国でも、朝鮮や中国に日本のような肉食のタブーはありません。肉食のタブーは仏教というより、天皇制に起因している。

押井　日本的な水稲耕作が持っている労働集約型の共同性の強制は、国内統制的にはまちがいなくやりやすかった。ヨーロッパのようにドライファームが基本だったら、言うことを聞かないヤツが山ほどいただろう。国家たりえたかも怪しい。もともと群島だから、島ごとに別世界になっていてもおかしくない。品種改良の技術面もあるけど、組織化するしかなかったことのほうが大きい。規格外、異物は排除する。みんなが横並びでないとダメ、根回ししてからでないとダメ、本音の議論をしてはダメ、順番にものを考えてはダメ。

笠井　古代から中世にかけての天皇制には、排除したものが持っている神秘的なエネルギーを裏側から吸い上げることによって宗教的威力を強化するというシステムがあった。半村良の『**産霊山秘録**（むすびのやま）』（一九七三年）に登場するヒ一族の「ヒ」は、日であると同時に非、卑でもある。要するに表の世界から賤民として排除された先住民ですね。

一九六九年以降、新左翼運動が崩壊していく過程で思いついたのが「縄文民族解放闘争」というスローガン。七〇年の**7・7華青闘の告発**を画期として、新左翼の世界では反差別闘争が焦点化されていく。しかし女に対して男、部落民に対して一般民、障害者に対して健常者であるような人間はどうすればいいのか。差別者として自己批判を深め、被差別者の闘争を支持し援助するだけでは主体的な自己解放闘争にならないし、謝ってばかりだとどうにも元気が出ない。それで、「自分たちは弥生人に侵略された縄文人の子孫だから、弥生の稲作社会から始まる天皇制国家の抑圧に縄文人として闘う」と、半分冗談で考えたことがありました。それなら謝ってばかりいる必要がない（笑）。

網野善彦が明らかにしたように、天皇には農民の王であると同時に海の民と山の民、つまり被差別民の王でもあるという二つの顔があった。後醍醐天皇の時代、農民は基本的に武士によって組織されているから、天皇は海の民、山の民の軍事力に頼ることになった。**楠木正成**（くすのきまさしげ）は河内の悪党で、幕府を頂点とする正統的な武士層からすればいかがわしい、ゲリラ的な存在だった。また南朝が吉野に逃げこんだのも、後背地の熊野が九鬼水軍のテリトリーだったから。このように網野さんは『異形の王権』（一九八六年）などで、南朝と山や海の被差別民との関係を明らかにしています。しかし半村良は、この点の洞察で網野善彦よりも早かった。やはり小説家のほうが学者より偉い（笑）。

押井　築城を請け負った連中は戦国時代まである種のエリートだった。どこにも所属しない職能集団で、仕事ごとに戦国大名に雇われた。江戸幕府が開かれると徹底的に叩かれて地下に潜った。そういう闇の血脈みたいな話は結構面白いし、あるような気がする。

笠井　そうした日本史の地下水脈を背景にした伝奇小説が六〇年代から出てきました。半村良や五木寛之だけでなく、押井さんが好きな『憂鬱なる党派』の高橋和巳が書いた『邪宗門』もそう。高度経済成長で日本社会から陰の部分が消えていった。到来した平和で豊かな、しかし隠微に抑圧的な社会への異議申し立てとして、六〇年代の伝奇小説は人気を集めたのだと思う。それを引き継ぐ意図で、僕は八〇年代に〈**コムレ・サーガ**〉を書きました。

　現実世界では、田中角栄［一九一八～一九九三年。政治家。大卒者ではなく、首相になり、「今太閤」とあだ名される。ロッキード事件で逮捕後も大きな影響力をもった］が同時代では典型的な例ですね。角栄は、明治維新の敗者の地である新潟出身で学歴もない、明治以来の表社会エリートとは異質なキャラクターです。日本列島の闇のネットワークは伝統的に、情報産業、土木産業、金属の採掘と精錬などに従事する人々によって組織されていた。近江の馬借のような運輸産業も。これに修験道など宗教的な民間ネットワークが加わる。いずれも日本社会の基盤だった稲作とは異なる、山の民、海の民、川の民などの生業です。土木を基盤にしてのし上がってきた角栄が、日本列島改造論を掲げて新幹線や自動車道路の全国的な整備に邁進する。五木寛之の『風の王国』(一九八五年)はフィクションにしても、土木や運輸に依拠した角栄政治が日本史の闇の領域と響き合っていたのは事実でしょう。保守政治家としての角栄は吉田茂［一八七八〜一九六七年。政治家。敗戦後、政権を担い「ワンマン宰相」とあだ名される。引退後も保守勢力に影響力をもった］の軽武装経済優先路線の継承者ですが、吉田のようなエリート官僚出身者とは対立するタイプの政治家だった。

日本の王は海の向こう——アメリカと日本

押井　けれども、田中角栄がそうだったように「闇の血脈」はどこかで必ず嵌められますね。ロッキード事件にアメリカが関与したことは間違いない。そこから見ると、日本の本当の国家権力者は誰なのか。内閣総理大臣であるはずがない。戦後はずっと、日本の王様は海の向こうにいる。だから、角栄がそうだったように、ある一定の枠を超えようとすると必ず陥れられる。角栄は、いいか悪いかは別として、戦後の大きな流れを変えようとした人物。列島改造論もたぶん戦略だったと思う。彼がやった最大のことは日中国交回復でした。

佐藤栄作［一九〇一〜一九七五年。政治家。首相の在任期間は戦後最長。その間、日米安保条約自動延長や沖縄返還を実現。非核三原則などの政策によってノーベル平和賞を受賞した］が何をやったかを見ればわかりやすい。佐藤栄作の秘密の合議議事録が発見されましたよね。アメリカが日本の核武装を進めようとした痕跡がある。最終的に日本に核武装させるかどうかを判断したのはアメリカだけど、佐藤栄作は非核三原則でこれを拒否した。そのときにどうしたかというと、日本中の米軍基地から核兵器を一斉に撤去して、すべて沖縄に持っていった。

米軍基地はアメリカの出先機関。あれがあることのリスクとメリットを天秤にかけて、日本の為政者はアメリカのほうを向かざるをえない。人質にとられているようなもの。でも戦争が起こったとき、日本を守ってくれる保証なんてあるわけがない。むしろ、そこを叩かれるリスクのほうが大きいはず。なのに、なぜそれを撤去できないのか。フィリピンや韓国みたいにやればできる。日本にはアメリカのマインドコントロールみたいなものが戦後、確実にある。だけど同時に、日本人は無意識の部分で対抗してもいる。それは、やはり天皇制だと思う。共産党の一部が否定したけれど、他は誰も否定しない。あれさえ守っておけば日本の国体が維持できるという信念を、上から下までみんなが持っている。吉本隆明だって「南島論」も含めて実はそのことを言っている、と僕は思っているんだけど。それは半村さん的に言えば、闇の血脈になるのかもしれない。

笠井　戦中の吉本隆明は皇国青年でした。8・15を迎えたとき、これからどうなるのかと考えた。日本政府がポツダム宣言を受諾しても陸軍は徹底抗戦するだろうと思っていたら、何もしない。だったら本土決戦を日和った政府や軍部をぶち倒して、下級兵士や民衆が抗米パルチザン戦争を始めるのではと期待した。しかし兵士は武器を持って集団脱走するどころか、軍の倉庫に山積みされていた食料や衣類などを雑嚢につめて故郷に帰っていく。荷物を抱えた復員兵が列車にすし詰めになっている光景を見て絶望したというのが、吉本さんの原点ですね。占領軍に対する民族解放のパルチザン戦争どころか、戦後はマッカーサーが日本人の神になる。マッカーサーの「お嫁さんになりたい」という女たちが大量発生する。吉本さんの特異なところは、丸山眞男のように「戦争裁判でゲーリングは胸を張っていたが、責任逃れに汲々とする日本の戦犯は情けない」とはいわずに、情けない日本人の一員であることを逃れられない前提として戦後の思考をスタートさせたこと。それが吉本思想の原点なわけです。僕は依然として「敗北の構造」は生きていると思う。福島原発事故の際も、日本人は「トモダチ作戦」に大感激だったし。

押井　日本人にとって8・15が初めての占領体験。それまで基本的に海の向こうの人間たちに占領されたことがない。そういう意味で言えば、本当の体験として完結していないのだと思う。つまり、そのことの意味が歴史的に着地していない。以前、**岸田秀**さんが書いていたけど、日本人とアメリカ人の関係は極端な幻想。それだけではなくて、世代的にもまだたった三世代。だから、これからちょっと変わるのではないかと思っているところがある。初めての占領を、ひとつの民族の体験として語るには、まだあまりにもスパンが短い。歴史上、占領したりされたりを繰り返してきたヨーロッパとは日本は明らかに違うと思う。

一方、日本人は、たしかに情けなくヘタレである一方で、妙にふてぶてしい。無前提にとにかく日本だけは絶対に滅びないという信念がある。だって平気で国債を買ってますから。ヨーロッパ人は、自分の国がいつなくなるかわからないという危機感を持っている。日本人は、「国家は絶対になくならない」という不屈の信念を、中国人とは違う意味合いで、上から下までみんなが持っている。中国は、民族自体が変わっているわけだから、実態としては何度も変わっている。ある意味、国自体がフィクションだとも言える。日本はとりあえずフィクションではない。内乱も内戦もあったけれど、いちおう日本という国自体は外部に対して成立してきた。そういう意味では、日本という国自体、民族自体がどこかしら境界線上にある気がする。ある種特権的であると同時に宿命的な部分を持つ。だから自覚するのにまだ時間がかかるのではないか。8・15体験を自覚するというレベルまで至っていない。だって当事者意識がないんですから。

笠井　当事者意識がないというのは、主体的な国家意識、国民意識もないということですね。国民国家としての歴史が浅いアジアやアフリカの諸国は別にして、G8に入っているような国で、自覚的な国民意識がなく、亡国の危機感なしに暮らしてきて、これからも同じように暮らせるだろうと漠然と思い込んでいる唯一の稀有な民族が日本人です。すべてそこに収斂すると思う。戦争体験にしたって、体験した当事者が本当のことを知っているという保証はどこにもない。百万人の戦争体験を集めてもひとつの思想が編めるわけじゃない。それこそ吉本さんじゃないけど、思想と経験はべつの話だから。

押井　まずはしっかり認識するというレベル。相対化するレベルまではぜんぜん行ってない。歴代の総理大臣は、首相になった途端に必ずアメリカ詣でをする。大統領とサシで話をするけど、そこで何を話したかは一切公表されていない。民主党の総理も帰ってきた途端に自民党の歴代総理と同じになってしまう。みんなただの腑抜けになって帰ってくる。たぶん、大統領とのサシでの話に、役人も知らない代々語り継がれている何かがあるはずです。陰謀論ということではなく、ある種の恫喝の構造。どこの国にもそういうことはあるだろうけど、日米の特殊な関係は8・15からずっとつながっていると思う。

笠井　戦後日本はアメリカの属国だし、戦後憲法は主権者アメリカが被支配者の日本国民に与えた欽定憲法です。日本は属国にすぎないという事実を、有無を言わさぬ力で示すような証拠物件がホワイトハウスのどこかに仕舞われているんでしょう。それを突きつけられて、日本国民は独立国であると曖昧に信じていてもかまわないが、最高権力者の総理大臣は属国という事実を踏まえながら行動しないと大変なことになりますよ、と脅されると這いつくばるしかない。

押井　総理大臣の首がいくらすげ替わっても構わないが、すげ替わってはならない密約がある。終戦のときにある種の取引があったんでしょうね。

笠井　民主党政権の失敗によって可視化されたのは、対米従属を基本とする戦後日本国家のシステムは不滅だということ。たとえば鳩山内閣の、沖縄基地問題や東アジア外交戦略をめぐる多少の対米自立傾向でさえ一方的に潰されました。アメリカがというより、アメリカの国家意志を忖度した政官財のネットワークが鳩山を締めあげた。具体的には外務省のサボタージュですが。かつてアメリカの圧力でTRONの開発を放棄し、今はTPPを推進している経産省など経済官庁はもちろん、外務省、防衛省、警察庁は対米従属システムの要(かなめ)です。いくら選挙で勝利して政権交代を実現しても、官僚組織が隠然公然とサボタージュを続ける以上、主権回復など不可能と言わざるをえない。そのためには議会政治の枠内での政権交代ではなく、文字どおりの「革命」が必要でしょう。既成の国家機構、官僚機構を根本的に変革することなしにはサンフランシスコ条約体制、日米安保体制から日本は解放されえない。防衛省や警察庁には自衛隊や警察という実働部隊があるわけで、いざとなれば暴力装置を発動して対米自立運動を潰しにかかります。その場合はどうすればいいのか。暴力革命で政官財の対米従属システムを粉砕しないかぎり日本は永遠にアメリカの属国ですが、しかし右も左も、反米暴力革命なんて小指の先ほども考えてはいない。大多数の日本人がアメリカの属国のままでいいと思っている以上、それも当然のことですが。

笠井　われわれの親たちは「物量でアメリカに負けた」と、日米戦争を総括したわけですね。八〇年代のバブル期、「物量でついにアメリカに勝った」と親の世代は浮かれ、団塊世代の元全共闘もそれに追随していた。僕より一回り下のバブル世代も同じ。あの光景がすごく不愉快だった。

押井　でも結局、バブルも為替を少しいじっただけで全部アメリカに回収されてしまった。やはりアメリカの支配は強烈です。戦後稼いだ金があっという間にアメリカに持っていかれた。つまり二度収奪されたわけ。それもこれも守って頂いている「みかじめ料」みたいなもの。だから日本は属国には違いない。自主的に何かやろうとすれば、戦闘機から原発にいたるまで必ずアメリカに何か言われる。それでも、それが戦後社会の所与の条件だったから疑問を持たなかった。一方で、僕たちのように、少年の頃からアメリカに負けたのは悔しい、もしかしたら超大和級の戦艦が四隻あったら勝てたかも、という子供じみた妄想から自由ではないという面がある。そういうルサンチマンがアニメのようなお手頃な表現の世界ではあっという間に蔓延するけど、それ自体は何も語っていない。たとえば『コードギアス』などはそうで、ブリタニア帝国と言っているけど、どう見てもアメリカに占領されたという設定。アメリカですからね。

負けることの心地よさや、負けることで責任から免れるという心情は、日本人には普遍的なものとして存在すると思う。『**ハスラー**』（一九六一年）という映画がハリウッドでつくられましたが、「人は敗者になることの誘惑に勝てない」という台詞は印象的でした。アメリカみたいな個人原理の競争社会では「ルーザー」という主題は本質的だけれど、日本は国をあげて「ルーザー」だから、無意識化されていて、その心地よさを快感原則に転じてしまった。だから負けるヤツの話が大好き。こんなに負けることを美化した文化は世界中でも珍しい。アニメだけでなく、人形浄瑠璃や歌舞伎にいたるまで、負けることが美しいという思想から自由ではない。それに打ち勝った作品はほとんどない。でも、日本は基本的に負け犬の文化だということと、負けるのを心地よく感じる普遍的な人間の原理とは問題が違うと思う。僕は、個人としても、国の文化ということでも気に食わないと思ってますけど。

笠井　吉本流に言えば、国津神（くにつかみ）勢力が天津神（あまつかみ）勢力に敗北しながら、敗北したこと自体を忘れ去った歴史を繰り返したということです。なにしろ自分たちが敗者で、勝者の天孫族に奴隷化されたという事実を認めてしまうと、民族解放闘争を始めなければならない。そうなると猛烈な弾圧を蒙るし、皆殺しになるかもしれない。それより奴隷の安息のほうがいい、奴隷であることを忘れてしまえばもっといい。要するに、自己欺瞞による絶妙の自己保身。この点で日本人は天才的だね。

こうした文脈で言うと、日本の戦争ＳＦや架空戦記は得がたいテキストです。日米同盟で日本軍がナチスドイツと戦う、あるいはソ連と戦うとか、第二次大戦の歴史を都合のいいように組み替える。大和が北海でビスマルクを撃沈するとか、恥ずかしくて読んでいられないような幼児的ナルシシズムですね。『宇宙戦艦ヤマト』の設定にも、それと似たような印象がある。なぜ大和が海底に沈んだのかを問うことなく今度は「地球のために出撃する」とか、まったくの御都合主義ではないかと思いました。しかも『ヤマト』の御都合主義的設定は、戦後日本の歴史意識に根ざしている。

押井　吉本隆明が『映画芸術』に『宇宙戦艦ヤマト』について書いたことがありました。戦前や戦中にこういう物語があればもっと自分は救われた、という内容だった。つまり、最初から虚構化されていて自己犠牲や特攻が見え透いていれば、と。吉本さんはあまりアニメを観たことがないんだな、と思った。実はあの作品は真面目にやっていて、相対化しているわけでもなんでもない。大和の特攻をリフレインしたかっただけ。自己犠牲とか、大切なもののために敗北することが大事なんだ、という話になってしまう。大きな結末としては「地球を救う」ということになっているけれど、実際は乗組員全員が特攻で死ぬ話。吉本さんはそれで相対化できると思ったようだけど、実はそういう意識でつくられていない。明らかに吉本隆明は勘違いしてます。

今でもアニメ、映画を含めてすべてがそうです。数年前に公開された『**男たちの大和**』（二〇〇五年）なんて最たるもので、参謀から一水兵、その水兵を送りだした母親、元軍人の娘にいたるまで全員が被害者。出演者全員が泣いている映画。いったい誰が悪いのか。「アメリカが悪い」とも言わない。何も反省してない。僕に言わせれば、「こうやれば勝てた」、「いたしようがあった」という映画をつくるべき。それなら相対化できる。

架空戦記ものをつくる動機としては、それでもやっぱりアメリカに負けたのが悔しいから。そのルサンチマンが、超大和級が四隻あれば勝てた、という表現になった。でもそれは表現として面白いものじゃありませんね。動機が不純だから、「初期条件を都合よくすれば勝てるかも」という御都合主義。真面目に歴史のシミュレートをするのであれば、勝つ方法を探すべき。

笠井　リドリー・スコットがドラマ化した**フィリップ・K・ディック**のSF『**高い城の男**』（一九六二年）

では、第二次大戦でドイツと日本が勝利し、北米の西海岸を日本が、ロッキーの東側をドイツが占領している。架空の日米同盟でドイツに勝利する日本というような、安直な設定とは次元の違う想像力です。アメリカ人がアメリカの敗北をSF的に構想するわけだから。それはそれとして、ディックは日本人のことをよく知らないので、出てくる日本人が立派すぎる。こんな立派な占領者になるわけないと思ったね。

押井　J・G・バラードの**『太陽の帝国』**（一九八四年）と同じですね。**福島正実**の短編「**JJJ**」（一九六五年）は韓国に占領された日本の話。そういう倒錯した願望があるんでしょうね。日本人が読むとそれなりにディックも面白いけれど、でも「こんな日本人はいないよ」と思う。今の日本人をベースにして架空の歴史を書くとしたら、「勝ってしまってどうしましょう」とオタオタしながら、いやいや覇権国家をやっている日本。日本が勝ったら勝者に値しない、すごくイヤな国になっていたはず。そういう話を**『雷轟（らいごう）——rolling thunder PAX JAPONICA』**（二〇〇六年）という小説で書いてみたことがあります。「責任を取りたくないから本当は逃げたい。世界の運命なんて担いたくないし」という架空の日本の物語なんですが、なかなか続きを書く暇がない。僕は、ルーザーである日本人、自己欺瞞していることすら忘れている日本人の感情を、逆撫でしてやりたいと思っていたんですが。

——ここまでのお話の内容は、やはり、予言的に『パトレイバー2』に出てくる台詞に埋め込まれているかのようです。警視庁警備部特車二課の警察官後藤喜一と陸上自衛隊幕僚監部調査部第二課別室所属と名乗る荒川茂樹の会話ですが、どうなんでしょうか。長いですが引用します。

荒川　後藤さん、警察官として、自衛官として、俺達が守ろうとしているものってのは何なんだろうな。

前の戦争から半世紀。俺もあんたも生まれてこの方、戦争なんてものは経験せずに生きてきた。

平和。

俺達が守るべき平和。

だがこの国のこの街の平和とはいったい何だ？

かつての総力戦とその敗北、米軍の占領政策、ついこのあいだまで続いていた核抑止による冷戦とその代理戦争。そして今も世界の大半で繰り返されている内戦、民族衝突、武力紛争。そういった無数の戦争によって合成され支えられてきた、血塗れの経済的繁栄。それが俺達の平和の中身だ。戦争への恐怖に基づくなりふり構わぬ平和。正当な代価を余所の国の戦争で支払い、その事から目を逸らしつづける不正義の平和。

後藤　そんなきな臭い平和でも、それを守るのが俺達の仕事さ。不正義の平和だろうと、正義の戦争より余程ましだ。

荒川　あんたが正義の戦争を嫌うのはよくわかるよ。かつてそれを口にした連中にろくな奴はいなかったし、その口車に乗って酷い目にあった人間のリストで歴史の図書館はいっぱいだからな。

だがあんたは知ってるはずだ。正義の戦争と不正義の平和の差はそう明瞭なものじゃない。

平和という言葉が嘘吐き達の正義になってから、俺達は俺達の平和を信じることができずにいるんだ。

戦争が平和を生むように、平和もまた戦争を生む。たんに戦争でないというだけの消極的で空疎な平和は、いずれ実体としての戦争によって埋め合わされる。そう思ったことはないか。

その成果だけはしっかりと受け取っておきながらモニターの向こうに戦争を押し込め、ここが戦線のたんなる後方にすぎないことを忘れる。いや、忘れた振りをしつづける。そんな欺瞞を続けていれば、いずれは大きな罰が下されると。

後藤 罰？　誰が下すんだ。神様か。

荒川 この街では誰もが神様みたいなもんさ。いながらにしてその目で見、その手で触れることのできぬあらゆる現実を知る。何ひとつしない神様だ。

神がやらなきゃ人がやる。

いずれわかるさ。

押井 いや、あれは、いろいろな人が書いたものをバラバラにして、それこそブリコラージュしただけですよ（笑）。

一同 えっ（笑）。

押井 でも、言いたいことは同じだよ。いずれわかるさ（笑）。

笠井　僕は一九七三年に学生運動をやめて、それから一年ほど、サンポウ・ジャーナルという出版社で編集のアルバイト社員をしてました。バイトでも月に三万円くらいの給料は出て、日本の労働者はこれほどの高給なのかとびっくりした。学生運動時代のことですが、学生も労働者と連帯しなければならない、労働運動はどうなっているのかと思って学習会をやったことがあります。「五桁春闘」というスローガンが叫ばれていた頃で、「五桁というのは年に一万円賃金が上がることだよな」と納得した。ところがオブザーバーとして参加していた組合活動家が「違う、月に一万だ」というので、みんな目を丸くしましたね。なにしろ**ルンプロ**学生活動家は月一万以下で暮らしているんだから。そんなビンボー人が札束で財布が膨らんだ労働者を支援するなんて馬鹿馬鹿しい、もうやめようと思いました（笑）。元活動家だから正社員としては雇用しないんですが、出版社なので飲食費や本代は経費で落ちる。たとえ端くれでも帝国主義本国の特権的労働者階級というのは豪勢なものだ、それなら資本のカネを遣い倒してやれということで、六本木のディスコで遊んでタクシーで深夜帰宅というのを毎晩やっていた時期もある。オイルショックのため経費節減で空伝票を切れなくなって、サンポウのバイトはやめることにしたんですが、日本社会の消費社会的爛熟の輝きみたいなものに一年ほどちらっと触れて、それはそれで面白かった。蕩尽の矮小化された代替物みたいなものが、そこには感じられて。

十年後の八〇年代には、それがさらに大規模化され、バブル的繁栄の絶頂に突入していく。僕が小淵沢に引っ越したのはバブル直前の八五年ですが、八〇年代に入って東京の雰囲気がイヤになってきたから。七〇年代前半までの慎ましい繁栄ならまだ楽しめたけれど、八〇年代のそれは多幸症的でグロテスクに感じられたんですね。**ル＝グウィン**の『**オメラスから歩み去る人々**』は豊かなオメラスを捨てる人々の話だけど、僕は東京から歩み去ってバブル的繁栄から距離を置きたいと思った。ところが九〇年代以降、日本経済が下降線に入って、だんだん面白くなってきたという思いもあります。GDPが唯一の価値だった戦中派の親世代や団塊の同世代にたいして、ざまあ見ろという感じで。

しかし反面では、それは敵が見えなくなってきたということでもある。『**コインロッカー・ベイビーズ**』（一九八〇年）から『**希望の国のエクソダス**』（二〇〇〇年）までの**村上龍**の軌跡を見るとわかりやすいんだけど、僕が敵としてきた飽食日本はすでに空洞化し、かつて有効だった「平和と繁栄」批判はすでに無意味化している。廃墟をめぐる想像力の意味も根本的に変わってきた。失われた二十年のあいだに日本社会は新自由主義に蹂躙され、個人を保護してきたもろもろの中間団体は潰され、貧困化はとめどなく進行し、非正規労働者は四割を超えた。街にビルは建ち並んでいても、すでに日本社会は形骸化し廃墟と化しているのではないか。しかも新自由主義に対して「かつての福祉国家、豊かな社会を守れ」と言っても、なんの現実性もない。では、どうすればいいのか。敵はシステムだとも言えますが。

押井　量ではなく、量を可能にしているシステムとどう対峙するか、ということだと思う。大量生産で均一化している社会は欲望も階層化され、計量可能になっている。『**千と千尋の神隠し**』（二〇〇一年）のおにぎりのシーンを観たとき、今の世代の人にとっては真のおにぎりは永遠の幻だと思った。今、おにぎりが食べたいと思ったら、コンビニに行って数十種類のおにぎりから選択する。お米を炊いて握ろうとあの人が知らないだけ。現場の人間は使いまくってる。面白いから、いつも例に出しちゃうんだけど（笑）。

って間違いなくこのシステムのなかにいるわけだからね。「CGは使ってない」と言い張っているけど、彼だ一旦便利なシステムを受け入れたら、そこからは逃れられない。宮さんみたいにそれを呪っても、彼だって……という発想はもちろんあるし、なくならないと思うけれど、現実社会ではまったく無効です。か、誰かに握ってもらおうという思考さえもうなくなってる。宮さんみたいに自然農法で野菜をつく

コンビニでタバコ一箱買ったり、おにぎりひとつを買ったりしただけで、自動的にチェックされ情報化される。五十代の男が何時に何を買った、とか。カードを使ったらもっと緻密でしょうね。生活のなかで行動するたびにチェックが入る。ご丁寧にあなたの好みに合わせたオススメまで勝手に提示してくれる。

笠井　社会はどんどんシステム化され、われわれはシステムから逃げられない。それは戦後的なヒューマニズムが無効化している事態ともパラレルだよね。昔なら、たとえば木下惠介［一九一二〜一九九八年。日本の映画全盛期を代表する映画監督、脚本家。代表作に『二十四の瞳』など］のお涙ちょうだい映画を観てから、たまたま道端にいた傷痍軍人に小銭をあげるという行動がありえた。二十一世紀の今は「泣ける映画」を観て大泣きしたあと、ホームレスがいたら面白いからボコろうぜ、ということにもなりかねない。なんでもいいから感動したい、大泣きしたいという心性と、イジメやレイシズムの心性は表裏ですから。

押井　今の日本人の心的構造が滲み出ているんでしょうね。駅や公園のベンチにもホームレスが横になれないように、肘掛けで分断したり床にトゲトゲのものを置いたり、街にも優しさがなくなった。それは

みんなの陰湿な気分が、じわじわと滲みだしてるんだと思う。この流れはたぶん止められない。

笠井 個々人に内的規範を刷り込む力が社会から失われている。しかたないからシステムで代替する。公共の場で携帯を使っている人を注意するのでなく、携帯を使えないように妨害電波を流したり。そもそも車内で他人を注意なんかしたら、逆ギレされ、場合によっては殴り殺されかねないし、危なくてしょうがない（笑）。

押井 ハードとソフトを駆使して統制する巨大な拘束社会ですね。気が付いたら、いつの間にか、監視カメラもいたるところに付いているし。

笠井 それに対しプライバシーの権利とか、近代的な自由の理念を対置しても完全に無力だね。

押井 でも僕は、自分の妄想のなかでできることが残っていると思う。日本人の正体を僕なりにエンタメのなかで暴いて、感情を逆撫でしていくこと。それで次の何かを期待したいと思っています。

「境界線」上を生きる――この国で、創造していくこと

境界線上での表現

押井 先ほどのタルコフスキーとリドリー・スコットの対比じゃないけど、社会的行為としてどちらが有効かを考えて、僕はエンタテインメントの監督でありつづけようと思っているし、それを目指している。

僕の作品で、『天使のたまご』がベースだと思っている人がたくさんいるんですが、違うんです。なぜ『天使のたまご』に戦車を出したのか？　出したかったから、好きだから。なぜ十字架みたいなロケットランチャーを持っているのか？　十字架を背負ったように見えてほしかっただけ。結果的には、『天使のたまご』をつくって三年間仕事を干されたけど、『パトレイバー』をつくったらみんな応援してくれたわけです。ほんのわずかの違いだけで、やっていることは同じなのに。実は『パトレイバー』だって全部聖書のアナロジーなんですよ。

十字架に見える武器を持ち、戦車に乗って夜の街に侵入してくるとアートだという話になって、ロボットが大暴れすれば大衆的ということで客が入る。観てくれた人間の数の桁が違った。映画というものはつくっただけでは成立しない、観てもらわないと映画にならない。エンタテインメントの世界でなければ僕の考えは成立しないし、そのなかで「境界線上」の監督でありつづけることで、結果としてある種の自由を留保しているわけです。成功してしまったら、宮さんみたいに国民作家になっちゃう。そうなると何でもつくるわけにはいかなくなって、自分の自由を留保できない。僕は赤字さえ出さなければ何だってつくれる。宮さんは売れまくって、僕と動員の数字が二桁違う。最近は三桁になった。だけど、どちらが監督としての自由を留保しているかという話です。宮さんは少女漫画だろうがファンタジーだろうが、自分がやりたいと思えば必ず映画にできる立場にいる。でもそうは言っても枠にはまっちゃっているわけ。僕は、吸血鬼だろうが学生運動だろうがファンタジーだろうが、立喰師だって何だってできる。それは境界線上の監督でいるおかげです。

境界線上にいることのデメリットや制約も、もちろん増えている。企画がなかなか通らないとか、だいたいにおいて信用されてないとか。「またプロデューサーを騙そうとしている」とか、それどころか「また客を騙そうとしてる」とか言われる。それは言われてもしようがないと思っています。だからこそ何をしてもいい位置を確保できている。

境界線上にいること、亡命者たろうとすることの意味はそこにしかないですから。たとえば『立喰師』という話を通して戦後の日本を描こうと思えばそれもできる。僕は社会評論こそ書かないけれど、今の世の中に対して言いたいことは言っているつもりです。それなりに勉強もしているし。それを両立させることが可能なのは境界線上にいるから。

境界線から一歩離れてアウトサイダーになってしまってはダメです。だけどインサイダーというか、文字どおりの社会人や市民になってしまったら何も実現できない。表現の世界ということで言えば、そういうことです。

真面目に選挙運動やって議員になって総理大臣になれば何事か成せるのか。僕は成せると思えない。武装蜂起を夢想して映画監督になるほうがましです。個人的な価値観の違いだから声高に主張する気はありませんが。僕は、結構早い時期からそう思うようになった。ひとつには、革命的な急進主義、要するに連合赤軍などの呪縛から自由になりたかったから。そういう意味で言えば、『テロルの現象学』という書物には呪縛から逃れる契機になったという意味で恩義があります。書物に対する思いってそういうことだと思う。自分はできなかったけれど、誰かがそれを成し遂げてくれるだろうと思い、そして成し遂げてくれた。同じように僕の映画を観て何かを自分から解き放った人間がきっといると思いたい。そういう部分でしか、僕らの仕事は機能しないし、革命だ！　解放だ！　と言っているより自分の資質に合っていますから。

「受け手」そのものの変容

押井　でも、ジャンルによって、その時代その時代、パトロンにはぐれてしまうことがあります。そういう意味で言えば、今は小説はあまり読んでもらえない。同時に映画もだんだん観てもらえなくなっている。そろそろヤバイなという意識でやっています。携帯で配信しようがネットで配信しようが同じ。笠井さんの『例外社会』にもあるように、映画というものを教養の資産にするという価値観がなくなっている。昔は、インテリだったら映画の教養は必須だった。映画を観たら一時間話せるとか、そういうことが尊重されていた時期があった。今は何の値打ちもなくなってしまった。僕がつくっているような映画は語ってもらえなければ一文の値打ちもない。そういう意味で言えば、境界線上で生きていくのも危うくなりつつある。

笠井　押井とか笠井とか名前がついた自己完結的な作家主体が、他と区別される輪郭鮮明な作品をある程度の時間をかけてつくり、お客さんが金を払って観たり読んだりするという近代的なパターンは急激に解体しているし、それを止めることはできそうにない。

押井　それに、最近しみじみ感じるんですが、若い人は映画の観方がどんどんわからなくなってる。全部台詞で丁寧に言ってあげないと理解できないみたい。

笠井　探偵小説なんてもっとひどい状況です。ある程度の探偵小説リテラシーがないと楽しめないジャンルなんですが、それが若い読者には失われている。だから、いくら本格としての楽しみどころに力を入れてつくり込んでも、多くの読者は素通りという感じです。

押井　どんな表現でも、結局、受容する側の訓練が必要なわけで、その訓練の一番の基本が言語能力だと思う。つまり言語能力がすごく落ちている。最近とみに感じます。ロジックを組み立てる力、一から順番にものを考えるとか、伏線を留保しておいて必要なときに自分のなかで組み立てることとかはすべて言語能力。映画の観方もそれに依存しているんだけど、今の時代は全体としてそれが低下している。明治からこの方、低下しっぱなしとも言える。

笠井　最近のアニメは物語も構図もあまり構築されていない感じがするね。

押井　シチュエーションものはロジックを必要としないから、キャラクターの統一性や一貫性は考えてない。シチュエーションさえ成立していれば、あとはそれが自分の好みかどうかで評価する。基準が自分の好悪以外にない。だから評価ということが行為として成立しない。そういうことを前提としてものをつくっていると結局観てもらえないし、観てもわかってもらえない……と悪い方へ悪い方へ行ってしまう。でもそれは映画に限ったことではなくて、それがはっきり出ているのは実は言葉の世界、出版物の世界だと思う。

笠井　作品の自己完結性や有機的全体性が尊重されるのは、近代になってから。『平曲（へいきょく）』は固定的なテキストが吟じられていたわけでなく、無数の演者がそれぞれのアイデアでテキストを変形していた。また歌舞伎の台本は「世界」という事件、人物、背景などの共通素材を前提として書かれるのが普通でした。このように前近代の文芸には、近代的な意味での自己完結的な作者や作品は存在しません。まったく同じではないけど、かつての時代に戻りつつあるのかもしれないね。

押井　たとえばオペラの序曲だけコンサートで演奏するということと、今起こっているシチュエーション以上のものは理解できなくなっていることとは、次元が違うと思う。切ったり貼ったりして自分で自由に組み立てるとか、コラージュするというのは観賞の態度としてありえた。でも今はそういうレベルじゃない。だから問題なんです。現象としては似ているかもしれないけれど、今起こりつつあることは端的に言って受容する能力自体が低下しているということ。そうだとすれば、つくる側の能力も低下するのは目に見えています。

笠井　イギリスで近代小説が登場してきたとき、「結婚するとかしないとか、瑣末な出来事をぐちゃぐちゃ書いてどうするんだ。芸術は神や民族の運命を描かなければならない」と言う高尚なインテリがたくさんいた。その近代小説が評価を確立すると、今度は「漫画やアニメはくだらない」となる。僕はそういう立場を選びたくない。「よくわからないことをやっているが、これから偉大な達成がなされるのかもしれないし、まあ見ていよう」と思います。

新しいものを理解し擁護しなければならないという義務感からではなく、たんに興味があるから。表現としてたいしたことはないと判断するかもしれないし、最終的に理解できなくなることもあると思う。けれど、押井さんはアニメ、僕は探偵小説で相応のキャリアがある。そういう人間が得体の知れないことをやっている若いヤツらに「お前らわかってない、バカだ」と言うのはどうなんだろう。かつて僕らもそう言われて「このやろう」と思ったわけだし、同じ振る舞いはしたくないと思うんですが。

押井　そういう意味とはちょっと違うと思います。僕はアニメスタジオにいるので、今の萌えアニメのようなものを偶然に見たり、トイレでアニメ雑誌をぱらぱらめくる機会が多いわけだけど、社会性と非社会性とか、反社会的なものとかの表現とか、その境界線がさっぱり見えないんですよ。

もっと突っ込んで言えば、つくっている人間の顔がぜんぜんわからない。つまり不気味なんです。僕としては理解できない。失敗しているのはわかる。失敗作は誰が見てもわかるから。でも、何かがないから失敗したのか、何も考えてないからこうなったのか、区別がつかない。それが最大の問題だと思う。そういうものをつくる監督や演出家と何を話せるのか、共通項がまったく感じられない。


――今のアニメ監督でも気合を入れて主張がある作品をつくっている人がいると思います。**『魔法少女まどか☆マギカ』**は結構ちゃんとできていて境界線上を狙っていると思いました。まさに『スカイ・クロラ』なんかは、そういう意味では、かなり境界線上の作品かと思いました。

公開前に、押井さんが「エンタテインメントだ」とおっしゃっていたので、そのつもりで劇場に行ったら、すごく挑発的で批判的。主体や自我などが稀薄な若い人が観たら、どう見ても批判されていると受け取れます。


押井　今やっている人たちは、全部が見てきたもののコピー。彼らのぎりぎりの境界線、ここから先は自分じゃないみたいな、そういう境界線がさっぱりわからない。

シチュエーション自体はよくできている。キャラクターも悪いわけじゃない。ただ印象に残らない、すぐに忘れちゃう。たんに僕が歳をとって、ただの頑固な監督になり下がったのかもしれないけど(笑)。でも境界線上で生きなきゃ意味ないじゃない、表現者なら。

今の若者の表現ということで言うと、また乙一を出すけど、彼は一貫して存在していない人間の話を書いてますよね。死体だったり幽霊だったり気配だったり。そういう小説を書いた人間は今までいなかった気がする。乙一は自主映画もつくっているんです。最近の『一周忌物語』(二〇〇九年)という、また幽霊の話。死んだ男の一周忌が来て、友人が携帯に女の子の名前を見つけた。母親が彼女を一周忌に呼んだものかどうか悩む、というところから始まる。で、来た女の子が偽者。「どうせ顔知らないから」と代理人として来た。その女の子が死んだ男の子の部屋に泊まると、出てくるわけ。何も語らないんだけど、望遠鏡を覗いたり、プラモデルつくったり。なんとなく惹かれていく。東京に帰ってきてもついてきて、一緒にコーヒー飲んだり。いずれにしても、相変わらず存在しない人間の話。

あの感性って、僕は独特だと思うわけです。怖いというわけでもないし、ちゃんといい物語を読んだという気分にさせてくれる。学生に乙一の作品を読んだことあるか聞くと、ぽつぽついる。何がいいのか聞くと、「ちょっといい気持ちになる」と。そういう部分と、乙一の深い部分というのは、先ほど言った境界線の部分になっているんだろうと思う。

笠井　うちの息子はあまり小説を読みませんが、森博嗣さんの「スカイ・クロラ」シリーズと乙一は読んでいましたね。似ているところはたしかにある。『一周忌物語』の話も、『スカイ・クロラ』のキルドレを彷彿とさせるし。

押井　そういうものに惹かれる感性は、形になりにくいけど、実は若い人たちのなかにもあるのかな、と少し思う。でも僕がつくった『スカイ・クロラ』という映画はあまり当たらなかった。損はしなかったけど。現代の若者の世界とシンクロするはずだと思って、若い子がたくさん観に来るかと思ったけど、それほど来なかった。

存在感の希薄な若い子たちが、「どうやったら自分を肯定できるのか」ということを考えてつくったんです。批判する気もなければ否定する気もなかった。ある意味で言えば、それが正しいんだ、とも思いました。雲の上の親父、敵の撃墜王である「ティーチャー」には一生勝てない。でもそれを受け入れることで何かが見えてくるかも、という物語です。絶望を語ったつもりはなかったし、否定したつもりもない。でも若い人の世界を描けば若い人が観に来るとは限らないわけで、プロデューサー的な思惑とは違いました。自分の姿がわかっている人は、あの映画を観なくてもすでにわかっている。わかってない人には、あの映画を観てもわからない。それを確認したにすぎない。

笠井　どうして若者から存在感が失われているのか。この辺のことは評論ではいろいろ考えてみましたが、フィクションではまだ手がけていない。若い人と付き合っていると、「僕たちは何もない」と言う。ちょっと理屈の言えるヤツは、「何もないという二ヒリズムを消費して生きてるんだ」という言い方をする。

押井　うちのスタジオの若い連中にも酒の席で聞いてみたら、「今の若い人は努力が報われない映画は見ない」、「一生懸命生きてもダメでしたという映画は、根本的にダメだ」と言われましたね。

笠井　それが現実だから、映画でも同じものを観たくないということかもしれない。

押井　映画を商品として捉え、「なぜ消費したいか」という観点で考えると、今は現実が厳しいから、「やっぱりいろいろあったけど最後は報われた」という話以外はイヤなんでしょうね。どうもそういうことらしい。逆に生きる力になるんじゃないの、と僕は思うんだけれど、「残酷なことは日常に満ち満ちているから映画とか小説では見たくないんだ」と言われた。ちょっとなるほどな、と思った。

笠井　さっきも言いましたが、見えないところで日本社会はすでに廃墟と化している。ただし、かつての平和で豊かだった時代の記憶だけは若者にもある。だから「最後は報われたい」とか「感動したい」とか中途半端なんですね。その社会的記憶さえ消えうせたとき、苛酷な廃墟の世界を自由に生きる新世代が登場するのかもしれない。過渡的な世代に向けたエンタテインメントとしての要請はそうでも、その先があるはずだから、単純にそちら側だけに引っぱられるわけにはいきません。

押井　そうですね、観客を喜ばせるだけというのは、僕にとっては映画をつくることの半分でしかなく、返す刀がないとつくる意味がない。

でも、さっき話したとおり、明快に台詞で言ってくれないとわかりません、と。「見ればわかるだろう」というのはダメなんです。そもそも映画の観方自体がわからなくなっているから、台詞で言ってくれると安心するんでしょうね。

たとえば、最近では、**三池崇史**さんの『**一命**』（二〇一一年）は、今の若い人たちにわかりやすくつくろうとすごく努力してる。昔の小林正樹監督の『**切腹**』（一九六二年）に比べたら、テーマも含めてはるかにわかりやすくつくってある。最後に竹光でチャンバラさせているんです、そのほうが明快だから。それだけわかりやすくつくっているにもかかわらず、一緒に観に行ったスタジオの若い女の子は、「この映画は若い人には絶対あたらないと思います。負け犬が、大暴れして殺されるだけの話ですから」って。たしかにそのとおりだけど、でも最後に自分の人生をかけて「これが侍の鑑だ」って言ってるわけじゃないですか。『一命』なんてタイトルを付けるからいけないのであって、タイトルも『ザ・プライド』とか、わかりやすくすればいいんだろうと思った。でも、プロデューサー的には、やっぱりアートとしての達成感とエンタテインメントとしての成功と両方が欲しかったわけでしょう。だからよくわからないタイトルを付けた。その女の子に言わせれば、「あのタイトルだけで若い人は来ませんよ、いくら海老蔵でも」ということらしい。

笠井 なるほどね、押井さんのスタジオにいる若者でさえそうなのか。

押井 でも「台詞で言ってくれないとわかりません」とそこまで明快に言われちゃうと怯みますよ、やっぱり。じゃあ、どうやって演出したらいいのか。台詞で言ってしまえば演出は存在しない。たしかに最近の映画は台詞ですべて言ってしまっている。最後に主人公が絶叫して台詞で全部喋って終わる。でも、そうなると演出家は何のためにつくっているかわからない。見えない部分、読めない部分、予感だったり、不明快な部分が混沌としていて、すべて抱えているものが表現なわけでしょう。そうでないと世界を描いたことにならない。主張を言うだけならビラを撒けばいい。それは表現とは何のかかわりもない。でも「明快に台詞で言ってもらわないとわかりません」と言われたら、演出の仕事はゼロ。演出家としてこれ以上の危機があるのか、という話になる。

笠井 小説家は言葉を使うしかないわけで、絵や音の助けは借りられません。ある意味では、何もかも書いてしまわなければならない。とはいえ、主題には還元できない無数のディテールこそが小説としての実質でもある。この作者はなにを言おうとしているのか答えろ、というような国語の設問は小説を読む経験と無縁ですね。たとえばドストエフスキーの小説には議論の場面が多く、『悪霊』でもキリーロフの哲学が延々と語られる。ただしキリーロフが最後に自殺するとき、語り手はドアの前で銃声を聞くのですが、銃声の一瞬前に獣のような叫び声があがる。その「獣のような叫び声」がディテールなわけです。恐怖を克服して神になると主張するキリーロフも最後は恐怖にうちのめされたとも思えるし、気が狂ったのかとも思えるし。こうしたディテールの積み重ねによって立体的なキャラクターが造形されていくにしても、しょせんは言葉ですからね。

押井 映画は具体的なイメージをつくらなければならない。「獣のような叫び」とあったら、それを実現しなければならない。どういう叫び声なのか。本当の獣の声を使う監督だっている、それだって表現だから。あるいは、たんに聞こえたふりの芝居をさせるだけでもいい。そういうように演出というのは幅があるわけです。でも見る側に「獣の叫び」というのを台詞で言ってもらわないとわかりませんと言われたら、そもそも作品にならないでしょう。

笠井 実際に獣の叫び声が聞こえたらシラけるね(笑)。

押井 最近では、そういうシラける映画がほとんどで、しかもそれが当たっているわけです。たとえば『カイジ』という映画はテーマみたいなことを全部台詞にしていましたが、そうすると引いちゃうわけですよ。香川照之の大暴走演技しか記憶に残らない。すごい役者だな、さすが歌舞伎役者の息子だと思ったけど。映画としては、漫画以上の何を実現したのか。二時間で観れるから漫画よりも楽だというだけ。漫画全巻を読むのはエネルギーがいるし、それなりに時間がかかるから。それ以上の機能が映画に要求されてないのだとしたら、演出家は翻訳するだけなのか。はっきり言って、今はそれ以上のことは要求されていないんですよ。コンバートする演出とリメークするだけの演出しか期待されてない。

それでも、「境界線」を辿っていく

押井　北野武の『座頭市 ZATOICHI』（二〇〇三年）は説明台詞だらけ。そういう意味では彼にとっては不本意な作品なわけでしょう。でも唯一当たった。しかもヴェネツィアで賞まで獲った。それは映画監督の商売の皮肉なところで、僕もそういう経験がある。『攻殻』なんて、自分のなかでわかっているものしかやらなかった。そういう意味では楽ちんな作品だった。にもかかわらず、いちばんよく観られている。苦労してつくった『天使のたまご』とか『イノセンス』は、ぼろくそなわけですよ。まあ、意図があからさまだったから、そういう評価を受け入れるのはやぶさかじゃありませんが。

そういう痛い経験を通じて、どこから先が境界線の外側なのか内側なのか、それをブレながら見つけた。自分のなかで、とりあえずこの稜線に立てば自分は境界線上を走れると摑んだのが『パトレイバー』でした。峰を走って、どちらに転げ落ちてもダメなんです。片方に落ちれば、つくる自由を失うし、もう片方に落ちれば、芸術になってしまう。それはやってみないとわからない。そういう意味ではいまでも探りながらやっています。『攻殻』はどちらかと言えば応用編にすぎない。要するに映画としての博打はそんなにやっていないんです。博打をしたのは『ビューティフル・ドリーマー』と『パト2』くらい。『イノセンス』はほとんどイケイケでした。予算が十八億円だったので、そのくらいの規模でつくれることは二度とないと思ったので、「表現というレベルで行くところまで行くんだ」という気でつくった。だからドラマなんて何も用意しなかった。本は二週間くらいで書きました。台詞の九十パーセントが引用ですから。聖書だったり、哲学だったり、自分が好きなものを引用して全部打ち込んだだけ。ドラマという構造は必ずしも必要ではないんだということが判明した。試行錯誤で境界線を辿るスキルを獲得したのに、最近は境界線自体が曖昧になってきてしまった。境界が曖昧になってくると、境界線上でモノをつくるという行為自体の根拠がなくなる。結構しんどい状況になった、というのはそういうことなんです。僕に撮らせたいと思っているプロデューサーはいるんだろうけど、どういう企画を準備すれば制御できるかという自信を誰も持っていない。僕のなかでも説得するというロジックがあまり出てこなくなった。ただ、「海外だったらまだいけますよ」というロジックがひとつある。海外では、表現のクォリティというレベルだけで勝負できる。ヨーロッパではハイ・クォリティのものが必ず商売になる。実はアメリカでもそうで、多少難解でもそういうものを尊重するという雰囲気があるんですよ。日本だけがない。そういうことで言うと、本当に市場が狭まっている。テレビの世界もとっくの昔にお呼びじゃなくなっているし、オリジナル・ビデオはまったく売れなくなっている。そういう意味では、すごく仕事が難しくなっています。

笠井　尾根道を辿る、ナイフエッジを辿るというときの、エッジの部分が見えなくなってきた気がしますね。僕の場合は、学生運動を経験し、政治思想や社会思想の領域でいろいろ考えるところがひとつにあった。ところが、連合赤軍が自滅した直後に消費社会の幕が開いた。消費社会の輝きを禁欲主義的に拒否して非転向を貫くという左翼とは、ほとんど縁を切りました。非転向と言えば聞こえがいいが、要するに何も考えたくない、何も考えないという居直りですから。連合赤軍事件を徹底的に思考することと、消費社会の輝きを直視することは表裏だった。あるいは二方向の断崖だった。どちらも捨てることなく尾根道を辿るという発想で探偵小説や伝奇小説を書きはじめたわけです。探偵小説史百五十年のあいだに、ディレッタント、医者、刑事、老嬢、学者、神父からパンクや落語家にいたるまで、あらゆるタイプの探偵役が描かれてきましたが、テロリスト探偵は僕が書くまで存在しませんでした。探偵小説が物語機能として要請する探偵役であり、同時に二十世紀の思想的難問を背負わされた巷の哲学者でもある矢吹駆は、二方向の断崖に挟まれたナイフエッジ上のキャラクターです。しかし消費社会も豊かな社会も、この二十数年で崩壊したとすれば、これまでのような尾根道も輪郭不鮮明にならざるをえない。この問題は、われわれのようなタイプのクリエイターには無視できない難題ですね。

押井 それはすごく大きいと思います。

笠井 〈矢吹駆シリーズ〉では一九七〇年代後半の五年間の話を延々と書いているので、予定の十作目までは行けると思いますが、新しい仕事を始めようとしたら、いったいどういうことができるのか、やるべきなのか考えざるをえない。

単独者と例外者

笠井 あの時代を経験した者には、どこかで社会生活や日常生活とうまく折り合いをつけた連中も多いけど、折り合いを付けようがないタイプはクリエイターとして生きるしかない。これまで三十年続けてきた流儀が耐用年限を過ぎたとしても、クリエイターをやめるわけにはいかない。

押井 僕は飼い主のない犬のように満たされない思いがあるような気がします。それは先ほども話した欧米人にとっての「神様」みたいなもの。その喪失感から出発している気がする。「自分の身幅を超えたもの」という話をしましたが、あの当時の革命のイデオロギーは僕の主人たりえなかったことははっきりしている。
でも、自分が表現する世界のなかではアナーキーでいられる、自由が確保されている。次の依頼が来なくなるかどうかは自分のリスクで、それを背負うかぎりはあの時代の気分でいられるところがある。それは街頭ではなく、映画のなかで。あの時代のことは創作で架空の話としてのほうがうまく語れそうに思う。

笠井　『スカイ・クロラ』は永遠のルーザーの物語ですね。

押井　『スカイ・クロラ』は結構ずるくつくっていて、構図としては否定的にも肯定的にもとれる。表現上の意図としては「時間をいかに表現するか」というアニメーションに不可能だと思われていた問題にテーマをおいてつくったんです。『**パリ、テキサス**』（一九八四年）のように何も起きない時間を表現したいという欲求があった。それはある程度成功したかな、と思う。物語としては、空にはティーチャーという大人の男（父親）がいて、彼に会った者は誰でも死ぬしかない。地上では永遠に子供である世界。何も変わらない世界。時間が永遠にループする世界。

笠井　『ビューティフル・ドリーマー』も永遠の〝非日常〟がテーマ。ループする時間が押井さんの重要テーマなんでしょうね。

押井　それで現代の若者の世界とシンクロするかと思ったんですが、さっきも話したように、たいして入らなかった。制作の意図は成功したと思っていますが、客はあまり来なかった。でも、今の人たちは失敗することを極度に恐れてますね。だから世の中をなめようがない。最初から世の中に圧倒されて、自分たち自身がなめられている。

　今の日本のあり様は微動だにしないんだ、そこから外れたら敗残者になるだけだと思い込んでいる。失敗と認めなければいいんだ。僕はたくさん作品をつくってきたけど、「失敗作だ」と認めたことは一回もない。でも、「売れなかったのは世の中が悪い。世間が馬鹿なんだ」と思えなかったらやっていられない世界にいるにもかかわらず、失敗を恐れている人が多すぎる。失敗しそうなところ、突っ込まれそうなところは、あらかじめ全部ふさいでしまう。だからただの能書きの塊になってしまう。

　とにかく台詞の洪水で、すべてが確認なんだ。僕の『パト2』も論文みたいな映画だとさんざん言われたけど、そんなもんじゃない、全部言葉にしようとしている。映画というのは「自分がつくるものが最初の映画になるんだ」というつもりでないと、映画にならないと思う。映画のいちばん芯になる部分を失いつつある気がする。何かを担保しようとしている。僕は担保するのではなくて、「捨てるんだ」という意識のほうが強かった。

笠井　今の若者が失敗を過剰に怖れるという話に関連して言うと、たとえば高校をやめるとか、僕が子供の頃に冒険しようとすると、戦中戦後の混乱期に苦労したと称する親や教師は「そういうことを言っていると食えなくなるぞ。お前たちは飢えた経験がないからだ。世の中をなめるな」という言い方を必ずした。それなら「一生世の中をなめて生きてやる」と心に決めて、この歳までそのように生きてきました。しかし、その裏では「本当に食えなくなることは絶対ない」とも思っていた。この点に関して、今の高校生は高度成長期のわれわれとは条件がまったく違う。捨てるためには、可能性であれなにかを所有していなければならない。最初から何も持っていないと思わざるをえない者には、そもそも捨てようがない、ということは言えるんじゃないか。

押井　僕らのやり方は、バタイユの言う「**蕩尽**」に近いのかもしれませんね。あらゆるものを蕩尽する。そのとき、目もくらむような快楽がある。自分の人生を放り捨てる瞬間の高揚感。「俺の人生なんてどうでもよくなった」という価値観が目の前に立ち上がった瞬間に、ドーパミンが出て興奮状態になる。その感覚はどこかしらで維持していると思います。

笠井　貧困でも生活の不安定でも、ここが最低という線は絶対的なものではなくて、わりと恣意的に決められるからね。文明人から見れば貧しい生活の未開人が、ポトラッチで想像を絶するような大蕩尽をする。まだ豊かな社会に未練や憧れがある世代の次に、廃墟で生まれ育ち廃墟しか知らない新世代が登場してくれば、失敗を過剰に怖れることもなくなるでしょうね。

押井　僕は概念であれ具体的なアクションであれ、ずっと暴力的なものを描いてきました。暴力的なものが持っているある種の高揚感を忘れたくないと思っている。いかに今、何も起こらない微温的な日常を描いたアニメが流行っていようともね。

笠井　ハンナ・アレントが『暴力について』（一九六九年）という〈68年〉論で、この世代が暴力的なのは全面核戦争の脅威にさらされて育ったからではないか、と書いています。ナチに追われてアメリカに亡命したユダヤ人で、第二次大戦という巨大な暴力を体験したアレントから見ても、われわれの世代は「暴力的」だったというのが驚きだった。コナン・ドイルの『**失われた世界**』は少年時代の愛読書でしたが、作中人物の冒険家ジョン・ロクストン卿が「危険は人生の塩味だ」という。「危険」を「暴力」に置き換えることもできます。これを読んでカッコイイと思ったわけですが、われわれの体験は未開人から十九世紀人までが共有するはずの暴力と高揚の論理でうまく説明できるのかどうか。バタイユの論理で、と言ってもいいですが。

過剰なまでに暴力や破壊に引き寄せられていく傾向、フロイトの言葉で言えば死の欲動ですが、そうしたものが自分のなかに抜きがたくあることを感じます。学級委員的左翼への反撥のひとつは、二十世紀青年にとって避けがたい死と暴力をめぐる衝迫を隠蔽し、小綺麗な言葉でごまかすところにあった。もうひとつは神の死とニヒリズムの必然性に無自覚なところ。理想社会のデザインどおりに社会をつくり変えれば人類は幸福になる、といった社会主義やマルクス主義のイデオロギーには、初めから説得されなかった。

しかし、だからといって、暴力や破壊ならなんでもよかったわけではない。ナチズムやスターリニズムの暴力は唾棄すべきものだと思っていたし、ヴェトナム戦争での米軍の戦略爆撃や大量破壊も同じこと。一九六〇年代後半の叛乱の極限に東京が廃墟になる光景を夢想したとしても、ソ連や中国の核ミサイルが東京に落ちればいいと願っていたわけではない。ネガティヴには暴力や破壊だとしても、ポジティヴにはなにを求めていたのか。ひと言で言えば「自由」だったと思います。

押井　人間は、状況すべてを受け入れられるわけではないから、自分が引き受けられるのは何だろう、といつも考えます。自分の人生は、意欲的であろうが消極的であろうが黙っていてもついてくる。それ以外に何を引き受けられるんだろう？　実態として何なのだろう？　大統領であろうが将軍であろうが何を担ったと言えるんだろう？　と考える。

そう思いつつ、でも、同時に「妄想」のなかでまだできることがあるとも思っています。小説だろうが映画だろうが、僕がつくっているものも笠井さんが書いたものも、同世代の人間がいなくなったらたぶん消滅するでしょう。僕らは古典をつくりだすことはできない。残っていくものは、小説で言えば三島由紀夫あたりがきっと最後なんだろうなと思う。でもそれでもいい。僕なりにエンタメのなかで、今の情況に拮抗していくようなものをつくりたい。僕の映画を観て何か解き放った人もいるはず。それで次の何かを期待したい。

笠井　押井さんの場合、アニメ界とか自分の現場が身内、内輪の場所ということかな。

押井　監督という椅子に誰か座らなければならなくて、そこに僕がたまたま座ってる。僕がそこから立ち上がってどこかに行けば、誰かがそこに座る。そういうものです。

笠井　僕の場合、最終的には共同体に他者として立たざるをえない。具体的に言えば、なんらかの集団作業を始めても、最後には解散して、一人になることを繰り返してきた。学校にサヨナラからはじまって、左翼にサヨナラ、ＳＦ界にも探偵小説界にもサヨナラ。この点、押井さんは共同体とうまく付き合えるのかどうか、その関心で質問したんです。

押井　僕が立っている場所は、日本映画からはとっくにサヨナラしてますね。最近はアニメ界からもサヨナラしつつある。僕をアニメーション映画の監督と思っている人間は少ないのかもしれない。伝統も受け継いでないから。僕がつくるものはアニメでも実写でも、むしろヨーロッパに近い。僕はたまたま日本国籍だけど、映画の国籍はたぶん日本ではない。アニメ界でも、「あんたはアニメ界の人間じゃない。アニメに愛がない」と言われてる（笑）。僕はアニメをやっているけど、業界ではたぶん例外的な人間でしょう。いやもっと言えば、例外状況にいる人間。いわば、つねにみんなの外側にいる「例外者」。

僕に言わせれば映画そのものが例外なんですが。

僕もいろいろなものから「サヨナラ」してきて、例外者になった。「**単独者**」という格好いい言葉よりは、不自然な言い方だけど〝例外者〟。

目指したわけではなく、結果的にそうなった。どこにも嵌まる場所がないというか、どこに行っても半端なんです。気がついたら、実写もアニメと同じくらいの本数を撮ったけど、どう考えても実写じゃあ職業監督ではいられない。パートタイムだから食えないし。アニメの監督としてもすっかりアニメから遠ざかっている。もしかしたらアニメーターと付き合えなくなってきつつあるのかもしれない。僕が目指している絵を描ける人が激減しているから。CGでやらざるをえなければやるんだけれど、途端にアニメーターから「あなたはアニメに愛がない。CGのほうに行っちゃえ」と言われる。でも、CGのプロダクションに行くと、「あなたはアニメの人だから」。まあ、コウモリ以下ですね（笑）。

笠井　その辺は似てるのかな。柄谷行人の単独者より、例外者のほうが格好いいよね。例外者というのは例外状況を体現した人間のはずだし。

押井　自分のなかでは、演出上の仕掛けで言えば『攻殻』も『パトレイバー』もあちこち破綻しているんだけど、なぜか客が来てしまった。映画というのはつくっている人間の思惑が成功すればするほど見えにくくなる。宮崎さんは逆で全部見せようとする。それは集団作業だから成立する。僕のやっていることは誰にもわからない。でも、そのおかげで僕は好きなようにつくれている。小説ではそれはできないですね、意図を隠せないから。

笠井　したがって売れない。

押井　失礼な言い方だけど、笠井さんの小説が売れる世の中になったら日本は終わりです。僕も同じで、ぎりぎり合格作品ばかりで大ヒットはない。でもそれでいい。大ヒットするとお荷物を抱えるだけ。次の作品ができる程度に客が来ればいいと思っています。

笠井　好き勝手に書いた本が生活できる程度に売れていれば、それで充分です。僕のほうは変わる気がないが、もしも日本のほうが変わるなら、われわれの創作物も大売れに売れはじめるんだろうか。しかし、それもなんだか気持ち悪いような（笑）。

押井　運動をやっていた68年から、ずっと自分には、空白の時期があり、68年の自分と今の自分がいまだに直接つながっている感じがします。

だから、今まで話してきたことは、今の自分のまわりの人間には理解できないでしょう。受け手も含めて。とくにオタクは、あの時代を理解しない。いや、しようとしない。自分の作品は、あの当時の原風景を、その「記憶」を物語として表現してきたとも言える。見てきたものが違うのだから、理解できないのも当然です。

まあ向こうからすれば、理解したくないのだろうけど。

ふと思うけど、自分という人間は、あの時代に拘束された幽霊なのかもしれない。

還暦を超えた今、当時に戻ってきているような感じもする。あえてそういう自分を表現すれば、やっぱりふらふら境界線上をうろつく〝犬〟ですよ。人間じゃない。

犬としての自分は、今も闘争を続けている笠井さんの行き先を見届けたいと思っています。

でも、日本が変わったら、この本が成立しなくなるかも（笑）。

あとがき

個としての人間が自分と世間との間にいかなる距離感を持つべきなのか、その適正な距離はどれほどであるべきなのか。

世間を社会と呼ぼうと、あるいは歴史と読み替えても構わないし、なんなら「他者」と置き換えてもいいかもしれないが、距離という感覚は「姿勢」とか「関係」ではなく、自分にとってはあくまで「距離」と呼ぶべきものだ。それは個々の経験や資質によって決定されるものなのだろうが、それを決定する時期というものが確実に存在する。

仮に〈１９６８〉と名付けられた時代が、まさにその時期だった。

そのことに疑う余地はない。

そして笠井さんと自分との間に縁というものがあるとするなら、その時代をかつて共有し、いまも共有しているという一点に尽きる。この対談を始める以前にお会いしたことは一度しかなかったが、その時点ですでに、あの時代を過不足なく語り得る距離感を互いに意識していたように記憶している。〈1968〉からすでに五十年近い歳月が経過した。

それは個としての人間にとっては、一生と呼ぶに相応しい時間かもしれない。

それだけの時間をかけても、あの時代が何であったのかを考えつづけ、それを正確に言葉にしなければならないという思いは殆ど宗教的情熱とでも呼ぶしかないが、それを『テロルの現象学』において半ば以上に達成した笠井さんの営為については、これは素直に驚嘆するしかない。誰かによって書かれなければならなかった書物というものが稀に存在するなら、『テロルの現象学』こそがその一冊であることは疑い得ない。この対談も、読者がこの決定的な著作に触れる為の一助になれば、という思いから始まった。

あの時代の記憶は、いずれ個々の人間の固有の時間とともに消滅する。

それでもなお、それを語ろうとするのは語り継がれることを期待するからではない。

いまも自分がその時代を生きているからなのだ。

結局のところ、人は歴史を生きることはできない。

対談を通して強く感じたのは実はその思いだった。

貴重な時間を共有させていただいた笠井さんに感謝の意を捧げたい。

押井守

北野武　P201
1947年〜。お笑い芸人・映画監督。学生運動に影響を受ける。漫才ブームを牽引。1989年に深作欣二監督の代役で映画監督デビュー。以後、ヴェネツィア国際映画祭で金獅子賞を受賞するなど、国際的に高い評価を得る。作品に『ソナチネ』、『3-4x10月』、『HANA-BI』、『あの夏、いちばん静かな海』、『監督・ばんざい！』など。銃撃戦をクールに撮る、恋愛映画なのに登場人物が聾唖者で喋れないなど、既成の文法に「叛逆」し裏をかく手法を映画で頻繁に用いる。お笑いもまた、既成観念を「ズラす」、「壊す」という「叛逆」であると考えることもできる。

『座頭市　ZATOICHI』　P201
北野武監督・主演、2003年公開の映画。原作の映画・テレビドラマでは勝新太郎が監督と主人公を務めたことでも有名なアクション時代劇。北野映画のなかでは例外的に、説明的で分かりやすい内容になっている（可能なかぎり説明や台詞を排し、静止した画面で語るという文体から意図的に変化させている）。北野映画の中で例外的に興業的な成功を得ている。ヴェネツィア国際映画祭・銀獅子賞。

『パリ、テキサス』　P204
ヴィム・ヴェンダース監督、1984年公開の映画。アメリカ合衆国のテキサス州にある「パリス」という町に向かう一人の男の放浪じみた旅と、妻子との出会いを描いたロード・ムービー。

蕩尽　P206
フランスの思想家、ジョルジュ・バタイユの概念。人間が抱え込んでしまう「過剰」があるという前提のうえで、それを処理するために、かつて人間は祝祭などのかたちでそれを「蕩尽」してきた。その欲望の方向性を制御したのが、資本主義であるとバタイユは考え、独自の経済学——普遍経済学——にまで発展させた。

『失われた世界』　P206
1912年に発表された、アーサー・コナン・ドイルのSF小説。恐竜たちがまだ生き残っている「失われた世界」があるという学説を信じて、その地に向かうという冒険小説的な内容。スピルバーグ監督の『ジュラシック・パーク』の続編タイトル『ロスト・ワールド』は本作へのオマージュである。

単独者　P209
神の前に立つ信仰者というセーレン・キルケゴールの概念を前提に、柄谷行人は単独者を、一般と対比される特殊とは異なるところの、絶対的な個体性として把握する。

インターネットなどを駆使して組織化をしたりビジネスを始めたりして、最終的に独立国家を立ち上げる。

村上龍　　P187
1952年〜。小説家。村上春樹と並び称され、時代を代表する小説家と目されていた。初期には、米軍の基地周辺を舞台にするなど、アメリカ合衆国との関係を主題化。最近は経済などに関心を広げている。強いこの日本社会への破壊衝動が作品に常に存在している。作品に『限りなく透明に近いブルー』、『五分後の世界』、『愛と幻想のファシズム』、『ラブ＆ポップ――トパーズII』、『半島を出よ』など。

『千と千尋の神隠し』　　P187
宮崎駿監督、2001年公開のアニメーション映画。異世界に迷い込んでしまい、そこで働いて生きていかなければいけなくなった千尋が心細い思いをしているところに、美少年のハクが優しくしてくれておにぎりをくれるシーンで泣く人も多い。

『魔法少女まどか☆マギカ』　　P195
新房昭之監督、2011年放送開始のアニメーション作品。日常系アニメーションに見せかけて、魔法少女たちが互いに相手を敵とせざるをえない状況に追い込まれるシビアな展開で意表をつき、大きなヒットとなった。新自由主義的な共食いのシステムをどう打破するかという物語として解釈されることも多い。2012年と2013年に劇場版も公開されている。

三池崇史　　P198
1960年〜。映画監督。Vシネマ的センスと、ヤンキー的センスと、オタクカルチャー的センスを組み合わせた独自の美学の作品が海外でも評価が高い。作品に『DEAD OR ALIVE』、『殺し屋1』、『極道大戦争』、『クローズZERO』、『逆転裁判』など。

『一命』　　P198
三池崇史監督、2011年公開の映画。原作は滝口康彦の小説『異聞浪人記』。狂言切腹による強請を題材にした時代劇。小林正樹監督の『切腹』のリメイク作品である。

『切腹』　　P198
小林正樹監督、1962年公開の映画。『一命』と同じく、原作は滝口康彦の小説『異聞浪人記』。カンヌ国際映画祭で審査員特別賞に輝いている。武士が、ある大名屋敷の門前で「切腹をさせてくれ」と言ってくる。そして……。

『カイジ』　　P200
福本伸行が1996年に連載開始した『賭博黙示録カイジ』から続く一連のシリーズを指す。ダメ人間のカイジが、危機的状況の中で賭博の勝負を行うさまを描く。博打のスリルを体感させるような独特の心理描写や擬音が特徴。

福島正実　P183
1929～1976年。編集者・SF作家。『SFマガジン』を創刊し、日本にSFを定着させるべく奮闘した。作品に『未踏の時代』、『SFの夜』など。自伝『未踏の時代』に描かれた、SFという新興ジャンルを定着させようとする奮闘は感涙モノ。

「JJJ」　P183
福島正実が『SFマガジン』1965年8月臨時創刊号「架空事件特集」に寄稿した小説。アメリカ合衆国における黒人排斥を行う白人至上主義者の集団であるKKKならぬ、JJJという民族主義・差別主義団体が生まれる世界を描くSF。

『雷轟――rolling thunder PAX JAPONICA』　P183
押井守が2006年に刊行した小説作品。ライフワークの一つである「PAX JAPONICA」シリーズ中の一作で、作品の構想や大まかな設定なども記されている。日本が覇権を握ったIFの世界を描いているが、本作はその基点をアメリカ南北戦争でのIFから語り起こしている。

ルンプロ　P186
主に日雇い、浮浪者など、食うか食わぬかの低収入の労働者階級の最下層をしばしば指すことから、貧乏なその日暮らしの「元」学生活動家などの蔑称として用いられることが多かった。

アーシュラ・K・ル゠グウィン　P187
1929年～。アメリカ合衆国のSF作家。フェミニズムSFの第一人者に数えられることが多い。性などの在り方が異なる世界をシミュレートするような作品が多い。作品に『闇の左手』、『ゲド戦記』、『所有せざる人々』など。

「オメラスから歩み去る人」　P187
アーシュラ・K・ル゠グウィン作の短編小説。1974年のヒューゴー賞短編部門を受賞。ある者を犠牲にして成立する共同体の善悪を問う「心の神話」。「犠牲」のテーマはフョードル・ドストエフスキーの『カラマーゾフの兄弟』と関係していることが冒頭で著者によって示されている。

『コインロッカー・ベイビーズ』　P187
1980年に刊行された、村上龍の長編小説。コインロッカーに赤ん坊を置き去りにする事件に着想を得ている。コインロッカーから生まれた2人が、「本当の母親」を求めると同時に、「コインロッカー」のようなシステムになっているこの日本社会への破壊の衝動を募らせていく物語。

『希望の国のエクソダス』　P187
2000年に刊行された、村上龍の長編小説。中学生たちが現在の日本に見切りをつけ、

岸田秀　P177
1933年〜。精神分析学者。『ものぐさ精神分析』で一躍人気になる。「唯幻論」と呼ばれる独自の思想を持つ。人間は本能が壊れた動物であるので、性欲を喚起し、家族や生殖を維持するためにさまざまな「幻想」を必要すると述べた価値転倒は、大きな影響を後に与えた。著述家として1980年代以降に大きな影響を与えた。作品に『性的唯幻論序説』、『母親幻想』、『日本がアメリカを赦す日』など。

TRON　P179
1984年に坂村健が主導して開始された、国産コンピュータ・アーキテクチャ開発プロジェクト。マイクロソフトのOS「ウィンドウズ」が全盛となる以前、全世界に対してソフトの覇権を取りに行った壮大な計画。現在でもリアルタイムOSとしてTRONは使われている。

『ハスラー』　P180
ロバート・ロッセン監督、1961年公開のアメリカ映画。ビリヤードにおける勝負を描く。続編の『ハスラー2』はマーティン・スコセッシ監督によって、1986年に公開された。

『男たちの大和』　P182
辺見じゅんが1983年に発表した、戦艦大和についてのノンフィクションと、その映画化作品。映画版は2005年に佐藤純彌監督によって『男たちの大和／YAMATO』として公開された。

フィリップ・K・ディック　P182
1928〜1982年。SF作家。虚構と現実、人間と非人間などを主なテーマとして作品を発表。後期は独自の神学・形而上学を探求。現代アメリカの文学者でもっとも重要な一人として扱われることも多い。『マイノリティ・リポート』、『トータル・リコール』、『アジャストメント』など、映画化作品も多数。作品に『虚空の眼』、『火星のタイム・スリップ』、『ユービック』、『スキャナー・ダークリー』、『ヴァリス』など。

『高い城の男』　P182
フィリップ・K・ディックが1962年に発表したSF小説。第二次世界大戦で、枢軸国（日独伊）が勝利したIF（もしも…）の世界を描いている。アメリカ合衆国は東西に分断され、日本とドイツに分割統治されている。2015年にはドラマ化された。

『太陽の帝国』　P183
J・G・バラード原作、スティーヴン・スピルバーグ監督、1987年公開の映画。第二次世界大戦中、バラードが上海で日本軍によって収容所に入れられていたときの体験をベースにした物語。

『風土』　P171
1935年に哲学者の和辻哲郎が書いた比較文化論。キリスト教文化と砂漠、日本文化とモンスーンなど、宗教や精神の違いを風土の違いから説明しようとした一冊。

『産霊山秘録』　P173
1973年に半村良が刊行した伝奇ＳＦ。泉鏡花賞受賞。日本の歴史の裏側で、天皇に仕えて動いてきた「ヒ一族」という超能力集団の過去から現在までを描く。壮大なスケールの半村良初期の傑作。

7・7華青闘の告発　P173
1970年盧溝橋事件33周年集会で、出入国管理法制定阻止運動の中心組織、華僑青年闘争委員会（主には台湾や中国人の留学生たちのグループ）が、ナショナリズムの問題や民族差別の問題を真正面から問わない新左翼もまた抑圧者である、と痛烈に批判し、新左翼党派は強い衝撃を受けた。

網野善彦　P173
1928～2004年。歴史学者。民俗学的アプローチの採用や、漂泊民、非定住民の研究などにより、これまでの歴史像とは異なる日本観を提示し、「日本」の起源についても、鋭い論考を行った。歴史学の外にも広く影響を与えた。代表作の『無縁・公界・楽』は、ベストセラーとなった。

楠木正成（楠正成）　P174
1294？～1336年。鎌倉時代～南北朝時代に活躍した武将。駿河（現・静岡県中部・北東部）をその出自とし、建武の新政の際には足利尊氏と協力して天皇を担ぎ上げ、サポートした。研究によって楠は皇国史観、尊王思想の持主だったことが明らかになり、戦前には修身教育の教材として楠の忠臣ぶりが盛んにもてはやされたが、戦後は彼の悪党としての側面が強調され、彼が登場する歴史作品でも戦前とはまったくキャラクターが異なっている。

〈コムレ・サーガ〉　P174
笠井潔の伝奇小説シリーズ。『ヴァンパイヤー戦争』、『サイキック戦争』、『巨人伝説』シリーズなどで構成されている。笠井潔と島田荘司の対談『日本型悪平等起源論』でも展開されている日本人論――弥生時代以降の権力が問題であり、それ以前の縄文の力を重視するべきだという思想――が大きなテーマとなっているシリーズであると言ってもよい。弥生以降を「正史」とした場合、「縄文」を裏側の歴史に属するものとしたと言えばよいだろうか。なお、〈矢吹駆シリーズ〉日本編『青銅の悲劇　瀕死の王』の語り手は、かつて縄文をモチーフにした伝記小説を書いていた作家に設定されており、〈コムレ・サーガ〉に対する間接的な自己批評として読むことができる。

ア賛歌』など。

ポール・ニザン　P162
1905～1940年。フランスの作家。フランス共産党入党、反戦・反ファシズムを訴える論調の記事を多数寄稿。ナチス・ドイツの侵攻と戦うなかで戦死。作品に『番犬たち』、『アデン・アラビア』、『トロイの木馬』など。

半藤一利の『日本のいちばん長い日』　P163
文藝春秋刊のノンフィクション。日本が降伏した1945年8月15日の様子を、天皇の「御聖断」を受けた鈴木貫太郎内閣の動きを中心に活写した。映画化は2回されている。

人狼　P164
ここでは、押井守の作品〈ケルベロス・サーガ〉の一作『人狼　JIN-ROH』ではなく、第二次大戦末期、敗戦を間近にしてナチス・ドイツが組織しようとした本土徹底抗戦のため組織を指す。連合軍の占領下で、抵抗を続けることを想定したゲリラ部隊。

第五福竜丸事件　P165
1954年、マグロ漁船第五福竜丸が、ビキニ環礁でアメリカ軍の水爆実験によって発生した「死の灰」を浴びた事件。無線長の久保山愛吉が死亡した。この事件をきっかけに、原水爆禁止運動が始まった。

川本三郎　P165
1944年～。作家、評論家。元朝日新聞社記者。『週刊朝日』、『朝日ジャーナル』編集部時代に、朝霞自衛官殺害事件に関わり、朝日新聞社を懲戒免職となった。この事件は、京浜安保共闘のメンバーを名乗り、のち「赤衛軍」を自称した菊井良治が行ったもので、川本が菊井の腕章を焼却した証拠隠滅で逮捕された。免職後、文筆活動に勤しむ。その体験を記した『マイ・バック・ページ』は2010年に実写映画化もされた。

『日本の大転換』　P165
宗教学者・思想家の中沢新一が東日本大震災と原発事故を受け、エネルギーと経済のシステムにおける「大転換」が起きていると述べた論考。「大転換」は、経済人類学者のポランニーに由来。原発をやめクリーンエネルギーに変えることで、既存の資本主義も変わると大胆な提言をした。

叛旗派　P169
「共産主義者同盟叛旗派」の略称。1970年に結成された第二次共産同（ブント）の分派の一つ。主に中央大学や多摩地区で勢力を誇った。思想的に、吉本隆明の影響が大きかった党派である。

マルセル・プルースト　P151
1871～1922年。フランスの小説家。ブルジョア階級に属していたので、毀誉褒貶が激しい。大作『失われた時を求めて』で20世紀を代表する作家とみなされている。

バルトーク・ベーラ　P152
1881～1945年。ハンガリー生まれの作曲家。民俗音楽を探求し、独自の音楽を生み出した。キング・クリムゾンら、現代のロックにも影響を与えている。

吉田満　P158
1923～1979年。作家。日本銀行に勤める。代表作『戦艦大和ノ最期』は、1946年に発表される予定だったがGHQによって検閲を受け、発表できなかった。三島由紀夫や小林秀雄、吉川英治らが刊行のために力を貸した。

「三島は割腹自殺に追いつめられた」　P159
通称「三島事件」。1970年、市ヶ谷の自衛隊駐屯地で三島由紀夫は「楯の会」のメンバーたちとともに総監を人質にとり、自衛隊にクーデターを呼びかける演説をしたのち、隊員たちが決起しなかったので、割腹自殺を遂げた。前後に書かれた文章を読むに、「二・二六事件」を意識し、反復している部分があると考えられる。P235「三島由紀夫」の註釈も参照のこと。

汎神論　P160
地球上に存在するあらゆる事物には神が宿っているとする仮説。古今東西さまざまに汎神論は存在するが、スピノザの主張した数学的証明に基づいたものが有名である。

アニミズム　P160
万物に神が宿るとする考え方。汎神論との違いは、たとえばスピノザ的汎神論は神の定義「神は全てをもっている」から必然的に導かれた理論であるが、他方で日本のアニミズムの淵源は宗教に存しており、より経験的・実践的な領域で「信仰の対象」として成立していた点である。

転向論　P162
「転向」は、主義主張もしくは思想そのものが“変わった”ことを指す。が、言葉としての重みは、「ただ変わった」という“軽さ”ではない。初期の吉本隆明にとっての中心的研究テーマだった。このテーマを取りまとめたものが『マチウ書詩論／転向論』に所収されている。

ジョージ・オーウェル　P162
1903～1950年。イギリスの小説家、ジャーナリスト。初期は貧民のルポルタージュや、参戦したスペイン内戦についての文章を書く。その後、全世界に絶大な影響を与えたディストピア小説の金字塔『1984年』を書く。作品に『動物農場』、『カタロニ

『ノスタルジア』　P149
アンドレイ・タルコフスキー監督、1983年公開の長編映画。世界の終わりを信じる狂人と出会った作家が、狂人の妄想の中での世界を救済する手段——蠟燭の火を消さずに温泉を渡りきる——を実行する。救済をめぐる宗教的な映画。

ロマン・ポランスキー　P149
1933年〜。ポーランドの映画監督。第二次世界大戦中にユダヤ人狩りに遭遇。アメリカ合衆国に家を構え、シャロン・テートと結婚するが、チャールズ・マンソンらが率いる集団にテートは殺される。以後、性的スキャンダルなどでさまざまな国に移り住む。作品に『ローズマリーの赤ちゃん』、『マクベス』、『テス』、『ゴーストライター』など。

『戦場のピアニスト』　P149
ロマン・ポランスキーが2002年に公開した長編映画。カンヌ国際映画祭でパルムドールに輝く。ユダヤ系のピアニストが、ナチス・ドイツの侵攻してきた第二次世界大戦当時のポーランドで翻弄されるさまを描いた大作。

「吉本風に言うなら……」　P149
全共闘世代にとってのバイブルとも言える吉本隆明の代表作『共同幻想論』を指す。「自己幻想」、「対幻想」、「共同幻想」をキーワードにして、国家と天皇制を解剖した。「対幻想」を「自己幻想」と「共同幻想」のあいだに入れていることが、吉本の理論のミソ。

リドリー・スコット　P150
1937年〜。イギリス出身の映画監督。ヴィジュアルに非常にこだわる作風で知られる。作品に『エイリアン』、『ブレードランナー』、『ブラック・レイン』、『グラディエーター』、『ブラックホーク・ダウン』、『オデッセイ』など。

『惑星ソラリス』　P150
アンドレイ・タルコフスキー監督、1972年公開のSF映画。原作はスタニスワフ・レム。惑星ソラリスにある宇宙ステーションに探索に行った男は、不可思議な現象に出会う。宇宙人のような他者との理解（不）可能性がテーマになっている。スティーヴン・ソダーバーグ監督が2002年に原作からあらためて映画化している。

『ブレードランナー』　P151
リドリー・スコット監督、1982年公開のSF映画。アジア的で退廃した未来ヴィジョンにより、のちの「サイバーパンク」像に大きな影響を与えた。原作はフィリップ・K・ディックの『アンドロイドは電気羊の夢を見るか？』。アンドロイド（レプリカント）と人間の違いは何かという哲学的な問いが主題化されている。

『君に届け』　P141
椎名軽穂が2006年に連載開始した少女漫画。青春物語、成長物語。2009年と2011年に、鏑木ひろ監督によるアニメーション化もなされた。

『ソ・ラ・ノ・ヲ・ト』　P141
神戸守監督、2010年に放送が開始されたアニメーション作品。兵隊の美少女たちが、戦争と日常を同居させたような奇妙な時空を過ごす作品。流行している「萌えミリ」系作品の一つ。「萌えミリ」や「右傾エンタメ」の評価については、笠井潔×藤田直哉『文化亡国論』（2015年）も参照していただきたい。

セカイ系　P141
ゼロ年代のオタク・カルチャーにおいて特徴的だとみなされた類型。「キミとボク」の閉じた世界において、「社会領域が描かれない」ことと、「理由のよくわからない戦争が起きている」ことが特徴とされる。代表作に『最終兵器彼女』、『ほしのこえ』、『イリヤの空、UFOの夏』が挙げられる。前島賢はこの定義に異を唱え、『エヴァンゲリオン』以降の文化として捉えなおす『セカイ系とは何か』を刊行した。

リア充　P141
異性にモテる写真をインターネットにアップしたり、「現実（リアル）が充実している人」を指すネットスラング。しばしば、妬みややっかみの感情と、自虐の意図がともなう。対義語は「非モテ」。

『コードギアス』　P145
2006年に放送が開始された谷口悟朗監督『コードギアス　反逆のルルーシュ』から始まるシリーズを指す。超大国ブリタニアに占領され、その「州」の一部にされた日本においてレジスタンス活動を行うロボット・アニメーション。

『うる星やつら　オンリー・ユー』　P146
押井守監督、1983年公開のアニメーション映画。内容については、比較的原作に忠実である。女好きの主人公あたるが、宇宙人のエルから、突然婚約者であると言われるところから始まるドタバタラブコメ。

『ゲーデル、エッシャー、バッハ――あるいは不思議の環』　P147
認知科学者であるダグラス・R・ホフスタッターが1979年に刊行した、言葉遊び的な側面も持つ科学啓蒙書。1985年には邦訳も刊行された。

アンドレイ・タルコフスキー　P148
1932～1986年。映画監督。ソヴィエトからイタリアへ亡命。人類の救済などの形而上的なテーマを、独特の詩学で表現した。作品に『ストーカー』、『惑星ソラリス』、『僕の村は戦場だった』、『鏡』、『サクリファイス』など。

『ヤマト』　P138
1974年に放送が開始されたアニメーション『宇宙戦艦ヤマト』を指す。第1作は、西崎義展・山本暎一原作。松本零士監督。社会現象とも言える空前のヒットを飛ばし、ＳＦブームと、アニメーション・ブームを牽引した。シリーズは現在まで続いている。プロデューサーの西崎義展の破天荒な生涯については、書籍『「宇宙戦艦ヤマト」をつくった男　西崎義展の狂気』に詳しい。ありえない人生に驚嘆するので、一読をオススメする。

『装甲騎兵ボトムズ』の高橋良輔　P138
高橋良輔（1943年〜）はアニメーション作家。『装甲騎兵ボトムズ』は、彼の原作・監督作で1983年に放送が開始された。「リアル・ロボット路線」と呼ばれる硬派な作風で、理由もよくわからない延々と続く銀河系内の二大勢力の戦争を描く。

『FLAG』　P138
高橋良輔監督が2006年に発表したアニメーション作品。中央アジアと思われる国を舞台にした、カメラマンの物語。

『涼宮ハルヒの憂鬱』　P139
谷川流が2003年から発表し続けているライトノヴェル・シリーズ（既刊11巻）と、そのアニメーション化作品。2006年と2009年にアニメーション化され、2010年には石原立也、武本康弘監督によるアニメーション映画『涼宮ハルヒの消失』も公開されている。世界の存在を振り回すほどの強大な神的な力を無自覚に持っている少女・ハルヒと、世界を維持するためにその周りで悪戦苦闘する同級生の、宇宙人や未来人や超能力者などの奮闘が描かれる。

蓮實重彥　P140
1936年〜。作家・批評家。元・東京大学総長。フランス文学、思想、批評に詳しく、日本におけるその導入に大きな影響を与えた。映画評論家としても知られる。作品に『反＝日本語論』、『表層批評宣言』、『物語批判序説』、〈映画狂人〉シリーズなどがある。2016年、小説『伯爵夫人』で三島由紀夫賞を受賞した。

小津安二郎　P140
1903〜1963年。映画監督。松竹蒲田撮影所に入社。第二次世界大戦では召集され、中国やシンガポールに行っている。「小津調」と呼ばれる独自の作風は世界的に評価が高い。作品に『東京物語』、『彼岸花』、『晩春』など。

是枝裕和　P140
1962年〜。映画監督。TVのドキュメンタリー作品も多く手がけており、ドキュメンタリー的な手法も駆使した独自の映画は国際的な評価も高い。作品に『誰も知らない』、『ワンダフルライフ』、『空気人形』、『そして父になる』、『海街diary』など。

戦後史の一エピソードとして非常に重要であろうと思われる。

正力松太郎　P135
1885～1969年。内務省、警視庁警務部長ののち、読売新聞の社長。大政翼賛会の総務、内閣情報局の参与を勤める。第二次世界大戦後、戦犯として逮捕され、公職追放。戦後は日本テレビの社長に就任。原子力委員の初代委員長、科学技術庁長官を務める。

『月は無慈悲な夜の女王』　P136
ロバート・A・ハインラインが1966年に発表したSF小説。地球の植民地である月が革命を起こし、独立を目指して地球と戦争状態に突入する。『宇宙の戦士』とともに、『ガンダム』の設定に影響を与えた。

『ダブルゼータ』　P136
1986年に放送が開始された、ガンダムシリーズ第3作『機動戦士ガンダムZZ』を指す。ジオン軍の残党が「ネオ・ジオン軍」を結成。それに対抗する主人公が、ジャンク屋の人間であるというのが階層の問題として面白いところ。前半は明るいが、後半は次々と陰惨な展開になる。

「ボスニア情勢までネタにして……」　P136
1993年に放送が開始された、ガンダムシリーズ『機動戦士Vガンダム』を指す。押井守は富野との対談「時代がアニメに追いつく時」で、このガンダムが旧ユーゴスラビアのボスニア・ヘルツェゴビナを思わせると発言し、富野も否定していない。ボスニア・ヘルツェゴビナは、1991年から始まった旧ユーゴスラビア紛争の中心となり、民族紛争の代名詞となった都市サラエヴォがある国。

『ゼータ』　P137
1985年に放送が開始された、ガンダムシリーズ第2作『機動戦士Zガンダム』を指す。主人公カミーユといい仲になった女の子とは戦う羽目になるし、ラストでは精神崩壊してしまうし、シリーズ屈指の救いのない陰惨な内容である。

『ターンA』　P137
1999年に放送が開始された、ガンダムシリーズ『∀ガンダム』を指す。富野総監督の本作は、ガンダム世界の歴史である「宇宙世紀」に対して一種の総決算を行った作品として話題となった。

「ＳＦが拡大し、拡張論とか拡散論……」　P138
1975年に筒井康隆がSF大会のテーマに掲げた言葉。SFが、アニメーションやマンガなどさまざまなジャンルに浸透し、拡散している状況へと変化していることを捉えた言葉。

高畑勲　　P133
1935年〜。アニメーション監督。東映動画に入社後、アニメーターとしてさまざまな作品を手がける。作品に『火垂るの墓』、『かぐや姫の物語』、『平成狸合戦ぽんぽこ』、『アルプスの少女ハイジ』など。

富野由悠季　　P133
1941年〜。アニメーション監督。『機動戦士ガンダム』シリーズで知られる。虫プロダクションに入社し『鉄腕アトム』の演出などを行うところからキャリアを始める。作品に『海のトリトン』、『伝説巨神イデオン』、『戦闘メカ　ザブングル』など。アニメーションを子供のものと思っていたが、『宇宙戦艦ヤマト』を観たことで、ちゃんとした作品にできるのだという思いを抱かされたと語っている。『ガンダム』以前は「さすらいのコンテマン」との異名をとり、ブラック・ジャックのようにカッコいい存在だったらしい。

竹中労　　P133
1928〜1991年。ジャーナリスト、ルポライター。東京外国語大学ロシア語学科除籍。当初は、共産党員として山谷などで労働組合活動に従事していたが、刑務所に収監され党員資格を剥奪される。その後、雑誌『女性自身』で芸能ライターを務め、芸能界の問題について著作を多数刊行する。イベントの開催、テレビ出演など広範にわたって活動を行い、衆目を集めた。太田竜、平岡正明とともに世界革命浪人（ゲバリスタ）を名乗った。代表作に『ルポ・ライター事始』、『美空ひばり』など。

平岡正明　　P133
1941〜2009年。評論家、社会運動家。高校から大学在学中までブントに所属し、60年安保では学生運動に参加した。そののち全共闘以降、左派の運動が求心力を失っていくなかでも精力的に活動を続け、太田竜、竹中労らとともに世界革命浪人（ゲバリスタ）を名乗った。『山口百恵は菩薩である』、『あらゆる犯罪は革命的である』、『日本人は中国で何をしたか』など多方面にわたり執筆し、なかなかタイトルが魅力的な著書が多数ある。

陸軍統制派　　P134
天皇親政や財閥規制の強化などを訴えて国家改造を図った陸軍内の派閥。中心人物は永田鉄山、武藤章、東条英機ら。「二・二六事件」を起こした皇道派との派閥抗争を制し、1930年代半ば以降、陸軍の中枢を占めた。

氏家齊一郎　　P135
1926〜2011年。日本テレビ最高顧問、読売新聞常務取締役、セゾン・グループ最高顧問、ACジャパン理事、東京都歴史文化財団、徳間記念アニメーション文化財団理事長などなどを歴任。父は古河財閥の理事。テレビ業界の“ドン”とも言われた。ジブリとも関係が深いことも有名。大学時代に渡邉恒雄の誘いで共産党に入党している。彼らの共産党経験と、読売新聞の理念との関係のねじれとも言うべき部分は、日本のて打ち込む能力もあるぞと相手を脅す効果もあった。

『さよならジュピター』　P131
橋本幸治・小松左京監督、1984年に公開のSF映画。当時のSF作家たちを集めて、日本におけるSF映画の金字塔を打ち立てようとした大プロジェクト。豊田有恒、山田正紀、伊藤典夫ら多くの作家が企画に参加した。ノヴェライズ作品も刊行されている。残念ながら、一般的に、映画の評価はそれほど高くない。

東浩紀　P132
1971年～。批評家・思想家。『動物化するポストモダン――オタクから見た日本社会』でオタク文化を分析し、「データベース消費」などの概念を提示。ゼロ年代批評を牽引した。笠井潔とは往復書簡『動物化する世界の中で――全共闘以降の日本、ポストモダン以降の批評』を刊行している。作品に『存在論的、郵便的――ジャック・デリダについて』、『クォンタム・ファミリーズ』、『サイバースペースはなぜそう呼ばれるか＋』など。

安彦良和　P133
1947年～。漫画家・アニメーター。弘前大学時代には学生運動を行う。同級生には、赤軍派に入る者もいた。『宇宙戦艦ヤマト』の絵コンテ、『機動戦士ガンダム』のキャラクター・デザインなどで知られる。作品に漫画『機動戦士ガンダム　THE ORIGIN』、『虹色のトロツキー』。最近では、『天の血脈』、『ヤマトタケル』など、古事記や日本書紀、古代史を題材とした漫画を執筆している。

大塚英志　P133
1958年～。漫画原作者・批評家・編集者。編集を務めた『漫画ブリッコ』で中森明夫が「『おたく』の研究」を連載し、これが現在に続く「おたく」が概念化された契機とされる。オタク評論や漫画評論が有名。作品に『物語消費論』、『多重人格探偵サイコ』、『「おたく」の精神史』、『「彼女たち」の連合赤軍』など。

宮崎駿　P133
1941年～。アニメーション監督。東映動画に入社、以後アニメーターとしてさまざまな作品を手がけ、国民的なアニメーション作家になる。東映動画の中では労組の運動に深く関わり、アニメーターの待遇改善などを行った。作品に『となりのトトロ』、『風の谷のナウシカ』、『天空の城ラピュタ』、『千と千尋の神隠し』、『もののけ姫』など。一家が軍需産業に従事していたという加害者意識と、空襲を経験したというねじれの意識は、現在のところ最後の長編である『風立ちぬ』で表現された。不思議なのは、『風の谷のナウシカ』の王蟲の群れや『崖の上のポニョ』の台風のシーンなど、3.11以前に津波の描写としか思えないようなものを視覚化しえていたという事実である。日本の自然災害と彼の作品の関連については、多くの論者が指摘しているが、いまだ謎の部分が多く残る。

『日本沈没』　P128
小松左京が1973年に発表したSF小説。大ベストセラーになり、漫画化、映画化は2度もされている（1973年と2006年）。地殻変動で日本列島が沈没したときに日本は、「日本民族」はどうなるのかをシミュレートした小説。谷甲州との共作で『日本沈没第二部』も2006年に刊行されている。

『復活の日』　P128
小松左京が1964年に発表したSF小説。生物兵器研究の過程で生まれた猛毒性のウィルスが流出。人類が絶滅の危機に陥る。南極や潜水艦の中にいた者たち以外の者が死に絶えた世界にどう対処するのか……。1980年には深作欣二監督により映画化された。

ネビル・シュート　P129
1899～1960年。イギリスの作家。映画化された『渚にて』が有名。『渚にて』は、世界が核戦争による放射線汚染でゆっくりと滅んでいくが、その滅びの危機の中で穏やかに過ごすというヴィジョンが衝撃的、ラストシーンが鮮烈な印象を与えた。一時期の小松左京がこの作品を非常に高く評価し、影響を受けている。

終末SF　P129
「世界の終わり」を描くSFのサブ・ジャンル。実際に人類が絶滅してしまうまでを描くものと、『マッドマックス2』のように核戦争が起きて文明が崩壊してしまった「終わり」のあとの世界を舞台にしているものの両方を指す。冷戦期の想像力が原因とされることが多いが、ゾンビモノを含めた最近の再流行は、それだけでは説明がつかない。

大岡昇平　P130
1909～1988年。小説家。徴兵され、フィリピンでの体験を基にした『俘虜記』、『野火』、『レイテ戦記』の作品がある。戦後文学の代表的作家。法廷モノの『事件』など、ミステリ作家的な側面もある。

ミスターX事件　P130
1967年、朝日新聞のコラムに「X」なる匿名の書き手による、SFを批判する文章が掲載された。それに対し、小松左京は「"日本のSF"をめぐって――ミスターXへの公開状」という反論文を書いている。SFに対する無理解がひどく、作家自身も論争的に自身の活動の意義を主張しなければいけなかった時代を象徴する一事件。

スプートニク　P130
1957年にソヴィエト連邦が人類史上初めて軌道に載せた人工衛星。その打ち上げは、冷戦の敵対国アメリカ合衆国と西側諸国に深刻な衝撃を与えた（スプートニク・ショック）。ロケットを打ち上げる能力があるということを示すことで、核爆弾を飛ばし

マナ　P122
とくに太平洋の島嶼部で言い伝えられている特別な力の源。マナに関しては昔から哲学や文化人類学の観点から議論の対象とされ、ここ日本でも民族学者の柳田國男や折口信夫によって言及がなされている。

アーサー王の物語　P123
イギリスに伝わっている伝説。さまざまなバリエーションがあるが、中世に騎士道物語として一つの定着を見た基本形である。12人の円卓の騎士が「聖杯」の探求に向かう、剣を引き抜いたアーサーが王になる、深手を負って「アヴァロン」と呼ばれる島に行くなど、後世に影響を与えるストーリーが多くみられる。ケルト文化に由来する伝説であるという説が有力である。

ケルト　P123
中央アジアからヨーロッパにやってきたケルト語系の民族は紀元前のヨーロッパを席巻しており、さまざまな文化を生んだ。のちに他民族に支配・吸収されるが、現在でもケルト文化は主にイギリスを中心にヨーロッパに部分的に残っている。

『新世紀エヴァンゲリオン』　P126
1995年に放送が開始された、庵野秀明監督によるアニメーション。主人公がロボットに乗って戦うことを拒むという消極的なキャラクター造型になっていることや、心理描写や精神世界を描く特異な作風で、一大社会現象を巻き起こした。1997年には劇場版が公開。2007年から『エヴァンゲリヲン新劇場版』が公開開始。2016年現在、新劇場版は未完。

大友克洋　P127
1954年〜。漫画家・映画監督。写実的で緻密な画面構成で漫画界に革命的な影響を及ぼした。作品に『AKIRA』、『スチームボーイ』、『童夢』、『気分はもう戦争』、『ショート・ピース』など。何かと団地や都市を破壊したがる作家として、ある時代精神を間違いなく体現している。

『ウルトラマン』　P127
1966年に放送が開始された、特撮ヒーロー作品。光の国からやってきたウルトラマンが、宇宙人や怪獣と戦うというのが基本ストーリー。シリーズは現在まで続いている。

庵野秀明　P128
1960年〜。映画監督・アニメーション作家。作品に『新世紀エヴァンゲリオン』、『ラブ＆ポップ』、『式日』、『ふしぎの海のナディア』など。2016年公開の『シン・ゴジラ』の総監督も務める。

いるが、彼女が行ってしまったため、この世界に置き去りにされたかのような悲哀を漂わせている。

『氷河民族』　P119
山田正紀が1976年に刊行したSFミステリ小説。改題により、『流氷民族』というタイトルの場合もある。吸血鬼が冬眠する民族であるという再解釈を行った山田正紀初期の快作。

狩猟仮説　P120
人間が他の猿人類と違った進化を遂げたのは、狩猟活動にあったという仮説。狩猟により、進化を促進され、ヒトとなっただけでなく、言語や宗教の起源もそうであったという説をとる者もいる。

『2001年宇宙の旅』　P120
スタンリー・キューブリック監督、1968年公開のSF映画。黒い板「モノリス」に導かれて人類が進化する壮大なSF作品。脚本はアーサー・C・クラークと共作。SF映画の最高傑作と名高い。上映当時、ドラッグ・ムービーとして本作を鑑賞する観客が劇場に入り浸っていたという伝説がある。〈68年〉と同時代の空気を吸っている作品ではある。

『BLOOD THE LAST VAMPIRE』　P120
2000年発表のメディアミックス作品。映画版は神山健治脚本、北久保弘之監督。実写映画版はクリス・ナオン監督。小説版は押井守、神山健治が執筆。漫画版は玉置勉強作。ゲームも作られた。関連作として『BLOOD+』、『BLOOD-C』が後に作られた。

『吸血鬼』　P120
ロマン・ポランスキー監督、1967年公開の映画。トランシルバニア地方を舞台に、吸血鬼ハンターが吸血鬼の城に招かれる。官能的かつ耽美的な描写が特徴。

『トーマの心臓』　P120
萩尾望都が1975年に刊行した漫画作品。トーマ・ヴェルナーが、主人公ユリスモール・バイハンを救うために自殺する。耽美的なタッチで、神と愛をテーマに描いた作品。森博嗣による小説化の他、舞台化・映画化もされている。

乙一　P121
1978年〜。小説家。『夏と花火と私の死体』でジャンプ小説大賞を受賞し、17歳で小説家デビュー。押井守の義理の息子。中田永一、山白朝子の別名義でも活動している。作品に『GOTH　リストカット殺人事件』、『くちびるに歌を』、『私は存在が空気』など。

チャー戦争——「セカイ系」から「世界内戦」へ』、『21世紀探偵小説——ポスト新本格と論理の崩壊』、『ポストヒューマニティーズ——伊藤計劃以後のSF』、『ビジュアル・コミュニケーション——動画時代の文化批評』がある。

夢枕獏　P112
1951年〜。SF作家。伝奇ヴァイオレンス小説を得意とし、後人に大きな影響を与えた。作品に『陰陽師』、『上弦の月を食べる獅子』、『キマイラ・吼』、『神々の山嶺』など。

大藪春彦　P113
1935〜1996年。ハードボイルド作家。日本におけるハードボイルド小説というジャンルを発展させた。多くの作品が角川映画になり、ベストセラー作家になった。作品に『野獣死すべし』、『蘇える金狼』、『戦場の狩人』など。

今野敏　P113
1955年〜。小説家。アクション小説、ヴァイオレンス小説を得意としている。空手道今野塾の塾長。日本ペンクラブ、日本冒険作家クラブ、日本推理作家協会などの理事を務める。作品に『隠蔽捜査』、『ST警視庁科学特捜班』など。

『蟹工船』　P114
小林多喜二が1929年に書いた小説。プロレタリア文学を代表する作品。劣悪な環境で働く労働者が立ち上がり、ストライキに決起するが……。ゼロ年代には、ロスジェネ論壇と結び付けられた「蟹工船ブーム」が起こり、リバイバルされた。

『天使のたまご』　P116
押井守監督、1985年公開のＯＶＡ作品。アートディレクションを天野喜孝が行っている。一般的には実験的で難解な作品として知られている。ノアの方舟をモチーフにした宗教的な作品である。

草薙素子　P116
『攻殻機動隊』のヒロイン。9課のリーダーとして敏腕を振るうが、『GHOST IN THE SHELL／攻殻機動隊』では、ネットの海に生まれた人工知能＝生命体と融合し、高次の存在と化してネットの世界に消えていく。『イノセンス』では、ネットを介して人形の身体に降りてきて、すぐにまたいなくなってしまう。テレビシリーズや『ARISE』、漫画版ではまた違う人物造型をされている（『ARISE』ではミスもする人間味のある感じであり、原作ではエロティックな快楽にふける様子が描かれている）。

バトー　P116
『攻殻機動隊』シリーズにおける9課メンバーの1人。『イノセンス』の主役を務めた。全身のほとんどが機械の部品になってしまった中年男性で、素子に淡い想いを寄せてす存在。

社会主義リアリズム　P110
ソ連を発端として興った共産主義国家で、国家の正当性を国民に浸透させる目的で形成された芸術の一潮流。共産主義国家の正当性とは、すなわち革命の正当性である。社会主義リアリズムは、作家・画家らに労働者による革命、そしてその革命の英雄を労働者自身にもわかるよう写実的に表現することを求め、この原則に基づかない芸術作品、芸術家を徹底的に弾圧した。

「サン・ドニ通りの叙事詩」　P110
『レ・ミゼラブル』第4部「プリュメ通りの牧歌とサン・ドニ通りの叙事詩」では、七月王政打倒をめざして敗北した1832年6月パリ蜂起が迫真の筆で描かれている。

アンジェイ・ワイダの『地下水道』　P110
アンジェイ・ワイダ（1926年〜）はポーランドの映画監督。『地下水道』は彼の「抵抗三部作」（のちの二作は、『世代』、『灰とダイヤモンド』）として公開された。第二次大戦期におけるワルシャワ蜂起の悲劇的な最期を残酷な形で描いた本作品によってワイダは世界的な注目を集めることとなった。

神山健治　P110
1966年〜。アニメーション監督。押井塾出身。『攻殻機動隊 STAND ALONE COMPLEX』シリーズを大きく成功させた。『人狼　JIN-ROH』の演出も務めている。作品に『東のエデン』、『精霊の守り人』、『009 RE:CYBORG』など。

『東のエデン』　P110
神山健治監督のアニメーション作品。2009年に放送開始、2010年に完結編となる劇場版が公開された。12台の携帯電話を使って「セレソンゲーム」をさせられる人々と、就職難に悩む若者たちが、インターネットやアプリ開発などによって自分の「場＝東のエデン」を作ろうとする二つの物語が交錯する。

限界研　P110
笠井潔、小森健太朗、蔓葉信博、前島賢、前田久らが中心となって結成された研究会。初期の名称は「限界小説研究会」で、当時新しいジャンルとして隆盛してきたライトノベルや、その影響を受けたミステリ作品（脱格系、ファウスト系）を中心的に研究対象としてきた。のちに「限界研」と改称し、小説にとどまらない対象を扱うようになる。「限界」という名称は、鶴見俊輔の『限界芸術論』（1967年）から採られている。マージナルなところで生みだされてくる新しいサブカルチャーやカウンターカルチャーを注視し、それが兆候として示しているかもしれない「時代精神」や「感性」を理解しようとする姿勢が研究会のスタンスとしてある。研究会の著作として『探偵小説のクリティカル・ターン』、『社会は存在しない──セカイ系文化論』、『サブカル

三里塚9・16闘争　P105
1971年2月22日、政府は成田空港の建設予定地で警察を用いて第一次行政代執行を行った。さらに同年9月16日にも建設予定地で第二次行政代執行を行い、空港周辺では反対派ら約500人が過激なゲリラ活動で抵抗し、警察官三名が死亡した（「東峰十字路事件」）。双方に死者と多数の負傷者を出した、三里塚闘争でも最も激しい闘いの一つ。P243「三里塚闘争」の註釈も参照のこと。

『GHOST IN THE SHELL／攻殻機動隊』　P108
押井守監督、1995年公開のアニメーション映画。原作は、士郎正宗の漫画作品『攻殻機動隊』。日本におけるサイバーパンクSFの金字塔として名高い。海外における日本のアニメーションの地位を向上させた重要な一作でもあり、ウォシャウスキー兄弟など、影響を公言する作家も数多い。ネットの海の中で生まれた生命体と融合し、主人公・素子が身体から解き放たれた存在へと「進化（？）」するさまは、1995年当時のインターネットに対するロマンチックな夢を象徴していると言ってもよいのかもしれない。

拓殖行人　P109
『パトレイバー2』の登場人物。『パトレイバー2』冒頭、東南アジアと思われる某国でのＰＫＯ活動中の出来事を発端として、戦争を「モニターの向こう」に押し込め、繁栄と平和を享受している日本が許せず、東京で軍事行動を起こすことによって戦争のリアルを突きつけようとした。「偽りの平和」よりも、「正義の戦争」を選ぶ人物。『THE NEXT GENERATION　パトレイバー』では、彼のシンパたちが、そのミームを受け継ぐかのように行動を起こす。

帆場暎一　P109
『パトレイバー1』の登場人物。レイバー用のOSを開発した天才プログラマー、かつ、OSの書き換えによりレイバーを暴走させたテロリストである。その動機がまったく不明瞭であるところがキャラ造型として特筆される。

『ジャッカルの日』　P109
フレデリック・フォーサイスが1971年に発表した小説。プロの殺し屋ジャッカルが、アルジェリア戦争の禍根によって生まれたテロ組織から、シャルル・ド・ゴール暗殺を請け負う。一方政府・警察はそれを阻止しようとする。1973年に映画化された。単なるサスペンスというよりは、フランスの政治的・社会的背景をも描いた力作である。

『ゴルゴ13』　P109
さいとう・たかをの漫画『ゴルゴ13』に登場する主人公。出生不明な謎の超A級スナイパー。もちろん架空の人物。特定の動機はなく、独特な依頼方法を経て、どんな困難な狙撃をもこなす。狙われたら最後、アメリカ合衆国大統領といえども恐れをなを描いた世界観が衝撃を与えた。エイリアンに襲われる宇宙船を描いている。宇宙船という密室劇でもある。ジェームズ・キャメロン、デヴィッド・フィンチャーなどが続編を手がけ、今なお新作が発表され続けている。

亀井勝一郎　P096
1907～1966年。昭和期に活動した文芸評論家。若い頃は、マルクス・レーニン主義に傾倒し、治安維持法違反容疑によって逮捕される。のち仏教に傾倒し、宗教論、人生論、恋愛論と多岐にわたる執筆をした。

リヒャルト・ワーグナー　P097
1813～1883年。ドイツの音楽家。ドイツ三月革命に参加し、指名手配。亡命生活を送ることになる。哲学者ニーチェやバイエルン王国の「狂王」ルートヴィッヒ2世との交友でも有名。総合芸術の理論を提唱。ヒトラーが彼のファンであったことから、ナチスとの関係で論じられることも多い。作品に『タンホイザー』、『トリスタンとイゾルデ』、『ニーベルングの指環』、『パルジファル』など。

レニ・リーフェンシュタール　P097
1902～2003年。ドイツの映画監督、写真家。ナチス・ドイツ時代に、『意志の勝利』(1934年)、ベルリン・オリンピックを撮った『オリンピア』(1938年)などが、芸術家の戦争協力、プロパガンダ、美の政治利用の典型的な作品とみなされ、多くの議論を巻き起こしている作家。晩年には熱帯魚を撮影した『原色の海』(2002年)も公開され、再評価も進んだ。

『イノセンス』　P102
押井守監督、2004年公開のアニメーション映画。映画『GHOST IN THE SHELL／攻殻機動隊』の続編。「人形」をテーマにし、サイボーグである主人公・バトーの、人間と物質の間にある揺らいだ存在の感覚を、3DCGとセル画の使い分けで描く。押井映画の到達点の一つ。GHOST(精神・魂)のほうではなく、残されたSHELL(物質・身体)を主題にしていると言うべきか。

J・G・バラード　P103
1930～2009年。ニューウェーブSFの旗手。「スペキュラティヴ・フィクション」や「内宇宙の探求」を提唱した。第二次世界大戦中は、日本軍に捕虜にされている。作品に『結晶世界』、『ハイライズ』、『クラッシュ』など。

今敏　P104
1963～2010年。アニメーション監督。作品に『PERFECT BLUE』、『千年女優』、『東京ゴッドファーザーズ』、『パプリカ』など。『パトレイバー2』のレイアウトや、押井原作の漫画『セラフィム　2億6661万3336の翼』の執筆もしている。夭折が惜しまれる。

いいだもも　P092

1926 ～ 2011 年。本名は飯田桃。東京帝国大学（現・東京大学）法学部を首席で卒業（同期には三島由紀夫）。日本銀行に入行するも、体調の悪化にともなって退職。病気が完治したのちは日本共産党を除名され、共労党結成に参加。共労党の書記長をへて、赤色戦線を結成するが、途中で離脱した。以後は、著述に専念した。

アレクサンドル・アレクサンドロヴィチ・ボグダーノフ　P092

1873 ～ 1928 年。ロシアの革命家であり、科学者、医者、SF 作家など、多彩な顔をもつほか、『建神論』や『組織形態学』など、きわめて独特な思想を展開した。

太田竜　P092

1930~2009 年。革命家・社会運動家。竹中労、平岡正明とともに世界革命浪人（ゲバリスタ）を名乗った。吉本隆明は彼らを「3 バカ」と呼んだ。当初はトロツキストであり、黒田寛一らとともに革命的共産主義者同盟を結成、マルクス主義を批判しアイヌ革命論を唱え、「連続企業爆破事件」を起こした東アジア反日武装戦線にも思想的影響を与えたとされる。1980 年代以降はさらに環境保護や自然食運動から反家畜制度などに傾斜、イルミナティなど秘密結社や反ユダヤ主義の陰謀論を持論として展開する評論家としても活動した（このころ「太田龍」と表記するようになった。）。晩年は、「人類は、爬虫類人に支配されている」という説を唱えた。

『ガンダム』　P092

1979 年に放送されたテレビアニメ（通称「ファースト・ガンダム」）。人類が、増えすぎた人口を宇宙に移民させてから半世紀が過ぎた宇宙世紀 0079 年。地球連邦とジオン公国の戦い（1 年戦争）を舞台に繰り広げられる戦闘ロボットアニメ。放送時から今日にいたるまで、サブカル、いやソフト的ななにかにかかわるすべての分野で、「圧倒的じゃないか！」と言われるほどの人気を誇る。「ガンダム」の名を冠にした続編が続々と作られ続けている。安彦良和、富野由悠季、「ボスニア情勢までネタにして……」、『ゼータ』、『ダブルゼータ』、『ターン A』の註釈も参照のこと。

『AKIRA』　P092

大友克洋が 1982 年から 1990 年まで連載していたサイバーパンク SF 漫画と、その 1988 年公開のアニメーション映画。2019 年、謎の爆発で東京は廃墟と化し東京湾海上に「ネオ東京」が建設された。東京オリンピック（2020 年！開催）を目指す近未来における非行少年たちと超能力者たちが主人公。1980 年代を代表する作品でもあり、世界の終わりを意識し、都市を破壊する「破局衝動」に満ちたエネルギッシュな作品。本作が日本のアニメーションの地位を世界的に高めた。

『エイリアン』　P095

リドリー・スコット監督、1979 年公開の SF 映画。通常の進歩的な未来観ではつるっとした流線型の清潔なヴィジョンが主流の時代に、未来なのにくすんでいる宇宙船では、六全協により武装蜂起組織「山村工作隊」が解体、敗北感で打ちのめされ、何を信じていいのかわからなくなった活動家の若者たちの群像劇を描き芥川賞を受賞。

『マークスの山』　P086
1993年に髙村薫が刊行したミステリ小説。警部補の合田雄一郎を主人公にしたシリーズの第1作。以下、『照柿』、『レディ・ジョーカー』、『太陽を曳く馬』、『冷血』と続く。1995年に崔洋一監督により映画化、2010年にはテレビドラマ化もされている。

『ザ・ウォーカー』　P086
アルバート・ヒューズ、アレン・ヒューズ監督による、2010年公開のアメリカ映画。文明が崩壊した世界で、ひたすら本を背負って西に向かう男を描く。彼が背負っているの書は誰もが知っている「アレ」である。荒廃した世界で、果たしてそれはどのような役割を担うのか……。過去に重要であったが、現在には影響を持っていないものを孤独に受け継いでいくその姿は、さまざまなもののメタファーのように読み取れる。おそらく押井は、その姿に自分を重ねているのだろう。

三田誠広　P088
1948年〜。作家。高校在学中から学生運動に身を投じ、早稲田大学を卒業後、自身の学生運動体験を描いた『僕って何』が芥川賞を受賞。1989年に刊行した小説『漂流記1972』は、連合赤軍が起こした一連の事件を背景 に、そこからまた10年後の世界で起こる出来事を描く。

立松和平　P088
1947〜2010年。小説家。戯曲、紀行文など、多作でも知られる。早稲田大学時、学生運動を経験。『ニュースステーション』の「こころと感動の旅」コーナーに出演、お茶の間で人気を博した。

『例外社会』　P088
2009年に朝日新聞出版から刊行された笠井潔の著作。ワーキング・プア、ニートやフリーターの問題を踏まえ、「豊かな社会」から「例外社会」へと変容を遂げた現代日本を考察している。本書に関して著者は『朝日新聞』のインタビューに答えているので、詳しくは以下のインタビューを読んでいただきたい。http://book.asahi.com/clip/TKY200905070135.html

『復讐の白き荒野』　P088
笠井潔が1988年に発表したエスピオナージュ。純粋皇道主義に心酔した主人公が、自らを裏切り、罠に嵌めた人物たちに復讐を遂げようとする。それは、自分を裏切った戦後日本社会そのものへの復讐へと繋がっていく……。「二・二六事件」、「三島事件」などに着想を得た右翼思想の観念劇。

ギ・ド・モーパッサン　P075
1850 〜 1893 年。小説家。自然主義の作家。フローベールの指導を受ける。普仏戦争に召集されたこともある。作品に『脂肪の塊』、『女の一生』、『ベラミ』など。

吉行淳之介　P075
1924 〜 1994 年。小説家。文学的には「第三の新人」の代表として扱われることが多い。性を主題にした作品が多い。作品に『砂の上の植物群』、『原色の町』、『闇の中の祝祭』など。

フレドリック・ブラウン　P075
1906 〜 1972 年。アメリカ合衆国の SF 作家。知的で洒脱なショート・ショートが得意で、星新一や筒井康隆ら日本 SF に大きな影響を与えた。『発狂した宇宙』はメタフィクションの傑作で、おそらくフィリップ・K・ディックの『虚空の眼』と併せて、『ビューティフル・ドリーマー』に（間接的にせよ）強く影響を与えた一冊ではないかと思われる。

『神狩り』　P075
山田正紀が 1975 年に刊行したデビュー小説。ヴィトゲンシュタインを引用した言語 SF であり、言語と神の関係を思索した斬新な作品。人間の脳では処理できない [13 重] に入り組んだ関係代名詞を駆使する古代語の研究を通じて、人間を超えた知性の存在に迫る。形而上的で壮大なテーマと、「言語」をキーにしたところがあまりに斬新であった。続編『神狩り 2』も発表された。

三島由紀夫　P077
1925 〜 1970 年。小説家。遅れてきた日本浪曼派と言ってもいいのかもしれない。戦前と戦後の価値観の差に引き裂かれた小説家。戦前の日本の価値観を愛惜する耽美的な作品が多い。作品に『仮面の告白』、『金閣寺』、『豊饒の海』など。1970 年、自衛隊市谷駐屯地にて、自衛隊のクーデターを訴え、のち割腹自殺（世に言う「三島事件」）。全共闘などの新左翼だけでなく、新右翼にも多大な影響を与えた。

〈矢吹駆シリーズ〉　P077
笠井潔のライフワークのミステリ・シリーズ。現象学を駆使する探偵・矢吹駆と、「観念」にとりつかれた犯人とが対決する、思想的・観念的な本格ミステリ。シリーズは『バイバイ、エンジェル』、『サマー・アポカリプス』、『薔薇の女』、『哲学者の密室』、『オイディプス症候群』、『吸血鬼と精神分析』、『煉獄の時』、『夜と霧の誘拐』、『魔の山の殺人』（第ゼロ作にあたる『熾天使の夏』、番外編として、日本編である『青銅の悲劇　瀕死の王』）と続く。2016 年時点で未完。

柴田翔　P085
1935 年〜。作家。東京大学名誉教授。1964 年に発表した『されどわれらが日々――』

測を思わずしてしまいたくなる。

亀和田武　P074
1949年〜。映画、ファッションなどをテーマに幅広く活躍するコラムニスト、評論家、SF作家。痛烈な批評で知られ、競馬評論でも活躍する。作品に『まだ地上的な天使』など。

川又千秋　P074
1948年〜。SF作家。評論『夢の言葉・言葉の夢』が示すように、言葉と夢、無意識の関係などを掘り下げた。ニューウェーブSFの影響を強く受けている。作品に『幻詩狩り』、『星狩人』、『火星甲殻団』など。

『定本詩集』　P074
吉本隆明全集第一巻『定本詩集』を指す。68年学生運動に大きな影響を与えた思想家だけに、その詩の内容は革命、反抗などがメインテーマとなっている。「贋アヴァンギャルド」など傑作多数。同書に収められた「涙が涸れる」から、一節を引く——。「とおくまでゆくんだ　ぼくらの好きな人々よ／嫉みと嫉みとをからみ合わせても／窮迫したぼくらの生活からは　名高い／恋の物語はうまれない／ぼくらはきみによって／きみはぼくらによって　ただ／屈辱を組織できるだけだ／それをしなければならぬ」。

高橋和巳　P074
1931〜1971年。全共闘世代に広く読まれた小説家。京都大学大学院卒業後、立命館大学で講師を務める傍ら小説の執筆に取り組む。『悲の器』で文壇デビュー。そののち、『憂鬱なる党派』、『邪宗門』など、弾圧・堕落といった人間社会の内面を鋭く抉る著作を精力的に発表した。しかし、39歳の若さにして結腸癌が原因で逝去。今なお戦後文学の金字塔の一人として愛読されている。

『憂鬱なる党派』　P074
高橋和巳の代表作の一つ。大学卒後数年、主人公は平穏な生活を捨てて、書き溜めた原稿を持って友の前に現われる。警官隊との衝突、党派抗争、激しい揺れ動く時代、「自己」とはなにか？　そして、革命運動に明け暮れた青春とは、はたしてなんだったのか？　火炎瓶闘争や六全協世代の生と苦悩を描き、全共闘世代に多大な影響を与えた名作。

『邪宗門』　P074
高橋和己の代表作の一つ。戦前・戦中・戦後と、ある新興宗教団体の歴史にスポットを当ててその栄枯盛衰を繙く一大長編である。

山本義隆　P072
1941年〜。東大全共闘代表。東京大学理学部物理学科卒業後、同大大学院に進学し、京大の湯川秀樹研究室に国内留学するなど、将来を嘱望されていた。しかし、学生運動に傾倒、東大全共闘とその延線上の全国全共闘のリーダーとなった。出獄後は在野の研究者兼予備校講師として活動し、多くの著作・翻訳を残している。

レフ・ダヴィードヴィチ・トロツキー　P073
1879〜1940年。ロシアの革命家。レーニンとともにロシア革命に指導部として参加。革命後成立したソ連内でスターリンら主流派に対抗して反対派を組織するが、敗北し、メキシコに亡命。「第四インターナショナル」を結成するもスターリンが差し向けた暗殺者の手にかかり殺害された。「堕落した労働者国家」ソ連やスターリンへの批判は、新左翼に多大な影響を与えた。日本共産党は、新左翼を「トロツキト」と呼び、これを批判した。著作『ロシア革命史』、『裏切られた革命』は当時の学生の必読書だった。

寺山修司　P073
1935〜1983年。前衛演劇家でもあり詩人でもあり映画監督でもある。自称「職業は寺山修司」。劇団「天井桟敷」は、当時アングラ四天王と呼ばれた。作品に『書を捨てよ、町へ出よう』、『田園に死す』、『奴婢訓』、『身毒丸』など。市外劇やハプニングなどの実験的な手法を用いて、劇と劇以外の区別をなくそうとした作品が印象的である。

筒井康隆　P073
1934年〜。小説家。初期はドタバタ・ナンセンスSFの書き手として、中期以降はメタフィクションや実験小説の第一人者として知られる。作品に『東海道戦争』、『ベトナム観光公社』、『虚人たち』、『残像に口紅を』、『朝のガスパール』、『時をかける少女』など。詳細はこの註の執筆者である藤田直哉の『虚構内存在――筒井康隆と〈新しい《生》の次元〉』に詳しいので読んでいただきたい。

平井和正　P073
1938〜2015年。SF作家。伝奇ヴァイオレンスの人気作家。作品に『幻魔大戦』シリーズ、『ウルフガイ』シリーズなどがある。映画にもなり大ヒットし、社会現象化した『幻魔大戦』は、オカルト的な当時の機運と相互作用を起こしており、「オウム真理教事件」以前の大衆文化の雰囲気を定着させた貴重な資料である。

半村良　P073
1933〜2002年。伝奇SFの旗手。『雨やどり』で直木賞を受賞。作品に『戦国自衛隊』、『石の血脈』、『妖星伝』、『岬一郎の抵抗』など。政治的な陰謀と、エロスと暴力、そして闇の一族の暗躍などを描く傾向がある。広告代理店勤務であったという彼の経歴からして、それらが現実に見てきたものの隠喩の部分もあるのではないかという推

ジャン゠リュック・ゴダール　P071
1930年〜。映画監督。ヌーヴェルヴァーグを代表する伝説的な映画監督。60年代のフランスで高まる学生運動に同伴する形で政治的な映画を製作するようになっていった。作品に『気狂いピエロ』、『中国女』、『たのしい知識』、『ゴダールの映画史』、『ゴダール・ソシアリスム』など。最近でも3D映画『さらば、愛の言葉よ』を発表するなど、旺盛で若々しい創造性を維持している。

ヌーヴェルヴァーグ　P071
1950年代に始まった「新しい波」という意味のフランスの映画運動。特徴として、スタジオではなくロケで撮影をすること、即興的な演出をすることなどが挙げられる。フランソワ・トリュフォー、アラン・レネらがこの名称で呼ばれた。日本にも影響し、日本ヌーヴェルヴァーグと呼ばれる運動が勅使河原宏、増村保造、篠田正浩、大島渚らを中心に起こった。黒沢清、青山真治、周防正行、森達也らを中心とする「立教ヌーヴェルヴァーグ」と呼ばれるグループも存在する。

『エスパイ』　P071
小松左京が1964年に連載を開始したSF小説。タイトルは、エスパーのスパイを意味しており、国際的な諜報戦と超能力バトルが組み合わさった怪作。まさに冷戦期の小説という感が強い。1974年、福田純・中野昭慶監督によって映画化された。

『たそがれに還る』　P071
光瀬龍が1964年に刊行したＳＦ小説。西暦3000年代後半を舞台にした物語を、1000年後から語っているという設定になっている。地球の全滅などが起こり、危機的状況の中、人類の命運を賭けた「極光作戦」が実行される。壮大なスケールと、無常観に満ちた詩情溢れるSF作品。

『百億の昼と千億の夜』　P071
光瀬龍が1969年に刊行した長編ＳＦ小説。プラトン、釈迦、イエス、弥勒らが登場する、「SF」というには、あまりにも壮大なスケールの宗教的なSF作品。日本SFのオールタイムベストの上位に長らく選ばれ、愛されてきた。萩尾望都による漫画化もなされた。

『日本アパッチ族』　P072
小松左京が1964年に刊行した処女長編。第二次世界大戦後の「焼け跡」を思わせる場所に放逐された主人公が、飢えのあまり泥を啜り、スクラップの鉄屑を食べたところ、鉄と融合した新しい種族に変身していく。この「変身」は、戦後、科学技術立国として豊かな社会に向かっていく日本社会の象徴として読み解かれることが多い。なお、作品のモデルは、戦後、在日朝鮮人などが鉄クズを求め、大阪砲兵工廠の跡地に夜な夜な忍び込み、「アパッチ族」と呼ばれたことによる。

『果しなき流れの果に』　P070
小松左京が1965年に発表した長編SF小説。長らく日本SFのオールタイム・ベストの1位に選ばれ続けていた。無限に砂の流れ続ける砂時計の発掘から始まる、歴史と時間と未来を巡る壮大な物語。人間や人類の存在意義を問う、小松左京の実存主義的な思考が大きく反映された良作。

『悪霊』　P070
ドストエフスキーが1871年に発表した小説。ドストエフスキーの5大長編の3作目。ニヒリスト、政治的な工作をする者、「人神」思想の持ち主らが、革命の陰謀が進行する騒然とした状況の中で、さまざまな議論をしたりグループを形成したり事件を起こす。実際に起こった秘密結社における内ゲバ殺人がモチーフの一つになっている。

『幼年期の終り』　P070
アーサー・C・クラークが1953年に発表したSF小説。「オーバーロード」と呼ばれる宇宙人たちが、まだ「幼年期」にある地球人たちを導いて進化させようとする。クラークの進歩主義的な思想がもっともよく体現された作品である。ゲーム『ゼノギアス』など、日本のサブカルチャーでも頻繁に引用され続けている。

『僧正殺人事件』　P070
S・S・ヴァン＝ダインが1929年に発表したミステリ小説。元々左翼的な気質を持った美術評論家でもあったヴァン＝ダインが、広範な知識を用い、かつ、エンタテインメントとしてミステリを成立させた傑作。この作品スタイルは笠井潔の〈矢吹駆シリーズ〉に大きな影響を与えた。

『死靈』　P070
埴谷雄高（1909～1997年）が1946年から書きはじめた未完の長編。生涯を懸けて書き続けられ、全12章の構想が、9章までしか書き終わらなかった。共産主義思想を持った革命家・活動たちが形而上的な対話を繰り返す……。探偵小説的側面も、喜劇的側面もある傑作。笠井潔の〈矢吹駆シリーズ〉に多大な影響を与えた。

ルキノ・ヴィスコンティ　P071
1906～1976年。イタリアの映画監督。ネオリアリスモの監督として出発。ナチスを題材にした作品を撮った。一時期はイタリア共産党に入党している。作品に『郵便配達は二度ベルを鳴らす』、『山猫』、『地獄に堕ちた勇者ども』など。

今村昌平　P071
1926～2006年。映画監督。『楢山節考』、『うなぎ』でカンヌ国際映画祭の最高賞に2度輝いている。作品に『豚と軍艦』、『ええじゃないか』など。現・日本映画大学を開校し、三池崇史など、多くの人材を輩出した。『ええじゃないか』は、革命の熱狂と、その後の虚しさのようなものを描いた作品のようにも見える。

論考もいくつも発表されている。

ポツダム中尉　P057
1945年のポツダム宣言受諾以降、大日本帝国陸軍、同海軍は佐官以上の階級を持つ軍人を一階級進級させた。この進級を揶揄して「ポツダム中尉」、「ポツダム少佐」などという呼び名が用いられた。

明智小五郎　P058
江戸川乱歩の複数の作品に登場する探偵。主に〈少年探偵団シリーズ〉でのヒーロー的活躍が名探偵としてのイメージを作り上げた。

ダブル・バインド　P059
矛盾する規範を突きつけられて身動きが取れなくなること。グレゴリー・ベイトソンが提唱。親の発するメッセージの内容面と言外の意味が矛盾している場合に子供がこの状態に陥りがちであり、統合失調症の発症と関係しているとベイトソンは考えている。

『自転車泥棒』　P060
ヴィットリオ・デ・シーカ監督、1948年公開の映画。ネアリアリズモ映画を代表する一作。ネオリアリズモは、ファシズムやナチズムの脅威に対抗するため、社会の現実を写実的に描くことを目指した運動。映画においては、半ばドキュメンタリー的な作りが特徴。

反動形成　P062
フロイトが提示した、精神分析における概念。自我が防衛のために用いる機制のひとつで、無意識の底で思っていること、感じていることと反対のことが現われてしまうこと。

傷痍軍人　P065
無残な敗戦、太平洋戦争後、決して癒やされない大きな傷を負った日本兵たちがいた。彼らは生きるため、軍帽をかぶり、包帯で全身を保護しながら街頭でアコーディオンやハーモニカなどを演奏して寄付を募った。その多くは、軍人恩給をもらえなかった朝鮮半島出身者だった、という説もある。

いしいひさいち　P068
1951年～。漫画家。ギャグ漫画『バイトくん』でデビュー。架空の“五流大学”東淀川大学や極貧学生、学生運動（？）の「安下宿共闘会議」など、しばしば学生運動をネタに四コマを描く。朝日新聞に連載していた『となりのやまだ君』が、高畑勲監督により『ホーホケキョ　となりの山田くん』としてアニメーション映画化される。作品に『がんばれ!!　タブチくん!!』、『忍者無芸帖』など。

クである〈矢吹駆シリーズ〉の第1作。現象学を駆使する探偵と、「観念」にとりつかれた犯人を描く内容は、『テロルの現象学』で語られた思想と密接に関係している。

『立喰師列伝』 P051
押井守による、架空の戦後日本史を描いた作品。映画版は2006年に公開、小説版は2004年に出版。「立喰師」シリーズは押井のライフワークの一つ。2007年には複数の監督によるオムニバス映画『真・女立喰師列伝』が公開されている。

藤原新也 P051
1944年〜。作家・写真家。世界の放浪記や写真集などで知られる。作品に『東京漂流』、『印度放浪』、『全東洋街道』など。押井守 × 藤原カムイ『犬狼伝説』に彼の言葉が引用されている。「湾が獣の口とすれば、それに沿って海に突立つ我々の埋立地は、さしずめ東京の牙のように見える」(『東京漂流』)。

『機動警察パトレイバー』 P054
ヘッドギア原作、1988年発表のメディアミックス作品。漫画版は、ゆうきまさみ。「レイバー」という人間がロボットを操作する近未来での警察ものアニメーション。アニメーション作品は押井守、吉永尚之、高山文彦、遠藤卓司監督。小説は伊藤和典、横手美智子、押井守作。2014年からは実写『THE NEXT GENERATION パトレイバー』シリーズが作られた。ロボットものなのに、ロボットがあまり活躍しなかったり、さまざまな法や組織のしがらみに縛られているというのがポイント。

『人狼 JIN-ROH』 P054
沖浦啓之監督、押井守脚本、2000年公開のアニメーション映画。〈ケルベロス・サーガ〉の一作。戦後日本のパラレルワールド、「首都圏治安警察機構」の特機隊が、武装闘争する「セクト」を強力な武装で鎮圧するのをめぐり、公安とある男、それに近づく女、その2人の交情と、その背景。そして、その渦巻く政治的謀略を描く。悲劇的な作品。

『スカイ・クロラ The Sky Crawlers』 P054
押井守監督、2008年公開のアニメーション映画。森博嗣の小説『スカイ・クロラ』を原作にしている。思春期のまま成長が止まり、何度死んでも蘇る「キルドレ」と呼ばれる者たちが、謎の戦争を行わされ、空中戦にて絶対に倒せないとされる「ティーチャ」の撃墜を目指す。

『ゴジラ』 P055
第1作が1954年に本多猪四郎監督によって公開された、日本を代表する映画シリーズ。ゴジラは、核兵器のメタファーであるとも、空襲などの恐怖であるとも、日本兵の怨念であるとも解釈されてきた。ゴジラのキャラクターは海外でも親しまれており、ハリウッド映画化もされた。ゴジラのシリーズによる変化で、戦後日本精神史を描くタリアは「鉛の時代」と呼ばれている。思想家のアントニオ・ネグリは、赤い旅団にかかわる容疑で逮捕、起訴された。西ドイツ赤軍は、当時のドイツ連邦共和国（西ドイツ）で1960年代に結成された極左テロ組織。そのすさまじい闘いぶりを知るには、映画『バーダー・マインホフ　理想の果てに』（2008年）を観ればよいだろう。

連合赤軍　P047
学生運動に退潮の兆しがみえるなか、共産同赤軍派と日本共産党（革命左派）神奈川県委員会が合併して誕生した「新左翼党派の最終形態の一つ」（当時の活動家談）。ゲバ棒などの「こけおどし」の武器を嫌い、重火器で武装することで真の革命を達成せんとした。「あさま山荘事件」は、連合赤軍の名を一躍、歴史に残すこととなった。

グリーン・パーティー　P047
「緑の党」を指す。主にエコロジー、反核、反人種差別、フェミニズム、社会的弱者の包摂といったテーマを掲げる政党やグループ。源流は、1968年以降に生まれた左翼運動や市民運動と言え、過激な新左翼運動が世界中で後退していくなか「新しい社会運動」として注目を浴びる。とくに冷戦期の核戦争への恐怖やチェルノブイリ原発事故（1986年）によって反核・反原発運動が盛んになり、「緑の党」も勢力を伸長、主にヨーロッパ諸国では議会選挙に進出し、現在でも一定の政治勢力を誇る。

SDS（Students for a Democratic Society）　P047
1962年、アメリカのミシガン大学で結成された学生反戦組織。訳すと「民主社会のための学生同盟」。シットイン、ティーチインなどを活動の中心とした理論派の活動組織だったが、徐々に「過激な」行動をとり、最終的には10万人以上のデモを行うまでに成長する。この運動から火がつき、ヴェトナム反戦運動はアメリカ中に波及することとなった。ご多分に漏れず、「ウェザーマン（Weatherman）」など極左テログループなどの分派もあった。

チェ・ゲバラ　P048
1928～1967年。アルゼンチン生まれの革命家。大学在学中、オートバイで南米を放浪し、その悲惨な現状を目の当たりにし、革命に目覚める。メキシコ亡命中のフィデル・カストロとの出会いが、彼の人生を大きく決定する。キューバ革命に参加。革命後、政権にとどまらず、世界革命を継続するため各地を転戦し、最後はボリビアへ旅立ち、1967年10月9日、政府軍により殺害された。

タツノコプロ　P049
1962年設立のアニメーション制作会社。作品に『マッハGoGoGo』、『科学忍者隊ガッチャマン』、『タイムボカン』、『いなかっぺ大将』、『超時空要塞マクロス』など。

『バイバイ、エンジェル』　P050
1979年に笠井潔が発表したミステリ作品であり、小説家のデビュー作。ライフワー経済学を中心に研究を行った。ウォーラステインらの「世界システム論」を先取っていたとも言われる「世界資本主義論」を構築。ブント系党派に強い影響力をもち、とくに1966年に再建された第二次ブントの理論的支柱を担った。

三里塚闘争　P045

新東京国際空港（成田空港）の建設にともない、政府は成田市の三里塚地区とその周辺から"強引な"土地収用を行った。これに地元の住民・農民が猛反発し、1966年7月20日、「三里塚芝山連合空港反対同盟」を結成。翌1967年には、新左翼党派も支援に加わり、日本における最大規模かつ長期の闘争が始まった。地域全体を巻き込んだ戦後日本を代表する反対運動であり、闘争自体は退潮したとはいえ、現在でも継続されている。

四トロ　P046

「日本革命的共産主義者同盟（第四インターナショナル日本支部)」の呼称。「インター」と言われることもある、トロツキー系の党派である。革共同第一次分裂後、中核派、革マル派の母体となる「革共同全国委員会」と袂を分かつ。ヘルメットは赤色で、そのなかに鎌(カマ)と槌(ツチ)を配置したもので、これに由来して「カマトンカチ」とも呼ばれた。

革マル　P046

「日本革命的共産主義者同盟革命的マルクス主義派」の略称。革共同第三次分裂ののち、一部に熱狂的な支持者をもった"クロカン"こと黒田寛一によって結成。学生組織「マル学同革マル派」は、早稲田大学、國學院大學、琉球大学などを主な拠点校として活動した。対立していた「ラディカル突入主義」中核派と比較すると学習会など「よりハイカラに、スマートに」運動を行うことを是とし、ある種の「都会っ子」的メンタルを共有していた（当時の活動家談）。同じ革共同から分裂したものとは思えないほどにその体質や行動様式は異なっていた。白地に、赤色の帯と「Z」（全学連の「Z」の略）と書かれたヘルメットから「ゼット」とも言われる。機関誌は『解放』。ちなみに、機関紙名がかぶる「解放派」の機関誌を「ニセ解放」と呼んでいる。

内ゲバ　P047

内部ゲバルト（闘争)、つまり、同じ党派もしくは似たような主張の党派間の抗争。日本では古くは1950年代に共産党が所感派と国際派に分裂した際に内ゲバが起こっている。1968年以降、とくに革マル派と中核派、解放派が双方のメンバーをリンチする事件が相次ぎ、ヤクザの抗争顔負けの、死者が出るほどの激しい戦闘を展開。新左翼といえば「内ゲバ」と言われるほどになり（当時の活動家談)、左翼運動そのものに悪影響を与えたと言える。

赤い旅団や西ドイツ赤軍　P047

赤い旅団は、1970年にイタリアで結成された新左翼の武力闘争組織。イタリア国内において、民間企業への爆破テロやモロ元首相の誘拐・暗殺などを行った。当時のイ

アジビラ　P040
「アジテーション・ビラ」の略称。党派やノンセクトの運動団体などが、「これまで闘争の成果を誇示し、次の闘争への決意と結集を煽り立てるビラ」。ちなみに、昔の大学のキャンパスにみられた「立て看板（タテカン）」も、アジビラと同様、運動のなかでは重要なアイコンで、大学のキャンパスにはこの「アジビラ」、「タテカン」があるのが当然(当時の活動家談)。一時、運動のなかで独自に発展した特殊な書体「ゲバ文字」による「アジビラ」、「タテカン」がキャンパスに溢れた風景は、2000年代ぐらいまでは残っていた、と思われる。

大菩薩峠　P043
「大菩薩峠事件」のこと。共産同赤軍派が「首相官邸突入テロ計画」実行のために大菩薩峠（現・山梨県甲州市）で軍事訓練を行っていたが、外部に情報が筒抜けであったため、警察が突入し、主要幹部などが逮捕。赤軍派は大打撃を受けた。この事件をきっかけに弱体化した赤軍は、日本共産党（革命左派）神奈川県委員会（京浜安保共闘）と合流した連合赤軍による、「山岳ベース事件」、「あさま山荘事件」への道を突き進むことになる。

六八年の11・22　P043
東大構内で行われた1968年11月22日の「東大・日大闘争勝利全国学生総決起大会」と、それにともなう騒乱を指す。全共闘の学生を中心に、2万人規模の学生が参加。対立する民青学生と東大構内で衝突した。この流れはそのまま、翌1969年1月9日の安田講堂の占拠と機動隊による制圧へという出来事の伏線となる。P245「安田講堂」の註釈も参照のこと。

民青　P043
代々木に共産党本部があることから、俗に「代々木」とも言われた。共産党に敵対する新左翼党派（「反代々木」）の伸長にともない、表面上は、「非暴力」を装っていたが、ウラでは、激しい武装襲撃を繰り返したと言われる。それゆえ「ゲバミン」とも言われいた、らしい。反代々木系からは「ミンコロ」という蔑称で呼ばれていたともいう。本項目の下の「あかつき行動隊」の註釈も参照のこと。

あかつき行動隊　P043
民青の非公式な防衛ゲバルト部隊のこと。学生運動が華やかりしときは、黄色いヘルメットをかぶり、「民主化棒」と称してゲバ棒を振りながら、激しく新左翼党派と対立した。早朝（あかつき）に急襲することからその名がついたという。各新左翼党派から、夜こそこそ活動することから「ゴキブリ」と言われ、革マル派と並び嫌悪された。敵対する諸党派の武装組織よりも手ごわかったとされる（当時の学生活動家談）。

岩田弘　P044
1929～2012年。経済学者。東京大学大学院時代に宇野弘蔵に師事し、マルクス主義

KGB などの前身）を率い、激しく「革命の敵」を弾圧した。いわば、革命のための「汚れ仕事」を引き受ける苛烈な人物の代名詞。

安田講堂　P039
1968 年の余波が残るなか、全共闘や新左翼の学生たちは東京大学本郷キャンパスの安田講堂を「安田砦」と称し占拠、東大バリケードのシンボルとなった。これに対し、約 8000 人の警視庁機動隊が突入、1969 年 1 月 18 日、19 日の 2 日にわたる攻防の末に「砦」は武力制圧された。この攻防戦に呼応した学生活動家たちは「神田カルチェラタン」と称された神田一帯をバリケード占拠、支援運動を繰り広げたが、これを頂点に退潮していった。この「安田決戦」は全共闘運動の象徴として語られることが多い。

「「首都制圧」とか「東京戦争」という言葉」　P039
1969 年 9 月 30 日、全共闘が日大闘争の一周年を期して、神田周辺での闘争を予告していたことに乗じて、赤軍派は「東京戦争」と称して、武装蜂起をもくろんでいた。実際は、かなり小規模なもので不発に終わった。当時の雰囲気としては、実際はたいした結果は生まないにしても、「蜂起貫徹・戦争勝利」や「帝国主義心臓部に世界革命戦争の炎！」など、勇ましいスローガンが流行した。

光瀬龍　P039
1928 ～ 1999 年。日本ＳＦ第一世代を代表する作家の一人。『たそがれに還る』、『百億の昼と千億の夜』、『寛永無明剣』などの傑作を次々と発表した。狭義のジャンルにとどまらず、自由奔放にさまざまな舞台・設定・手法を駆使し、リリカルかつ形而上的・宗教的な世界像を提示しつづけ、多くのファンを魅了した。

小松左京　P040
1931 ～ 2011 年。日本 SF 第 1 世代の中心的作家。創作活動のみならず、大阪万博テーマ館サブ・プロデューサー、国際花と緑の博覧会総合プロデューサーを務めた。哲学者・思想家・科学者たちとの共著も多く、稀有な総合的な知識人という側面を持つ。

改良主義者　P040
新左翼各党派が、共産党やその他左派政党を批判する場合に用いられた蔑称。当時の活動家に言わせると、「「自分はそうではない」と思っていても、こういうレッテル張られると、非常に、なんとなくつらい」（当時の活動家談）。

「党派のなかでマルクス主義者やレーニン主義者を擬態……」　P040
当時の革命を目指す運動においては、いかにマルクスやレーニンについて語るのかが重要視される雰囲気が濃厚にあった。「マルクス・レーニン主義」、ロシア革命の指導者レーニン（1870 ～ 1924 年）、ソ連の評価やスターリン批判などへの態度表明が、各党派の差異を示す、重要な指標（メルクマール）だったと言える。

た「ブランキズム」は彼の革命運動における一揆主義的行動の基礎理論とされ、そうした主張をする者たちを「ブランキスト」と称した。日本の68年の文脈では、「マルクス・レーニン主義」っぽくないという含意で、他派を批判する場合に用いられた。

よど号事件　P035
日本ではじめての航空機のハイジャック事件。1970年3月31日、共産主義者同盟赤軍派は、日本で“革命”を行うためには、海外に基地を作る必要があるとする「国際根拠地論」を主張し、事件を引き起こした。日本航空は、当時飛行機に、ニックネームをつけており、ハイジャックされた飛行機名が「よど号」だった。

山田正紀　P037
1950年〜。SF・ミステリ作家。日本SF第2世代を代表する作家と呼ばれることが多い。主題としては、人間の存在する意義を神に問いかける作品が多々ある。作品に『神狩り』、『ミステリ・オペラ』、『弥勒戦争』、『宝石泥棒』、『最後の敵』など。ミステリ作家としても評価が高い。

ルカーチ・ジェルジ　P038
1885〜1971年。彼の代表作『歴史と階級意識』は、20世紀マルクス主義に多大な影響を与えた書。プロレタリアによる革命がなぜ起きるか、という方法論に着目し、マルクス主義をより実践的なものへと昇華させた。

ML　P038
「日本マルクス・レーニン主義同盟」の略称。機関紙は『赤光』。淵源を辿れば、共産主義者同盟ＭＬ派だが第二次ブントでブントが統一した時に参加しなかった者が、「毛沢東思想万歳」、「文革礼讃」を掲げ、新たに旗揚げした組織。それ以前の共産主義者同盟ＭＬ派とは厳密には違う、らしい。学生組織も社学同から「学生解放戦線」と名称を変えた。毛沢東主義を掲げる親中派であり、剝き出しの暴力性は赤軍派のほうが勝っていたと言われるが、赤軍以上に武装闘争を誇示した面もあった。新左翼党派としては「特異な存在」(当時の活動家談)。

黒ヘル　P038
「黒ヘルメット」の略称。党派ごとにヘルメットにはさまざまな色分けがあったが、特定の党派に属さないノンセクトやアナキスト系は黒ヘルメットを好み、旗も諸党派の赤旗ではなく黒旗を掲げることが多く、イメージとして定着。「黒ヘル」というと、たいがいはノンセクトやアナキスト系など指すようになった。また他方で民族派右翼の日本学生会議などでも黒ヘルが用いられたという。

フェリックス・ジェルジンスキー　P039
1877〜1929年。ソ連の政治家。ロシア革命とその後の列強諸国の介入など混乱期に、「反革命・サボタージュ取締全ロシア非常委員会」(チェーカー。ソ連の秘密警察

革共同　P028
「革命的共産主義者同盟」の略称。「共産主義者同盟」と並び、新左翼の代表的な党派の流れ。トロツキーの第四インターナショナリズムを汲む「日本トロツキスト連盟」を前身とし、1957年に結成。その後、分裂を繰り返す。第一次分裂では太田竜らが離脱し、第二次分裂ではトロツキズムの乗り越えを目指す独特な「反スターリズム」を唱える黒田寛一と本多延嘉らが「革共同全国委員会」を結成、離脱。残った部分が日本革命的共産主義者同盟（四トロ）となる。第三次分裂では、その黒田と本多が組織の方針をめぐり対立。以後、革命的共産主義者同盟全国委員会（中核派）と日本革命的共産主義者同盟革命的マルクス主義派（革マル派）が並び立つ。お互い「反帝反スタ」（反帝国主義と反スターリズム）を掲げるが、体質は異なるとされ、「理論の革マル、実践の中核」とも言われた。現在、中核派もさらに分裂した。

救対　P029
「救援対策」の略称。弁護士や家族の仲介、差し入れなど、釈放されるまで逮捕者への「救援」を行うこと。これがしっかりしているかどうかで「組織」の強さがわかる、とされた。だが、実際やってみると結構しんどいので、「救援活動」を契機に、人間関係が悪化することもあったという（当時の活動家談）。

『うる星やつら2　ビューティフル・ドリーマー』　P029
押井守監督、1984年公開のアニメーション映画。高橋留美子原作。友引高校学園祭前日をいつまでも繰り返す世界に巻き込まれてしまった主人公たち。夢＝アニメーションの世界の構造自体を批評的に突きつける必見のメタフィクションの傑作。今にいたるまで、多大な影響を与えている稀有なアニメーション映画。

『ゾンビ日記』　P030
押井守が2012年に発表したゾンビ小説。ゾンビが溢れている世界設定を用いながらもアクションは控え目で、「殺す」ということはどういうことか、集団的な死を共同体が受け止めるとはどういうことかを思索する内容になっている。震災後文学のひとつであると言ってもよいだろう。2015年には続編『ゾンビ日記2　死の舞踏』が刊行されている。

『朝日ジャーナル』　P032
1959年に創刊された週刊誌。発行元は朝日新聞。左寄りの論調で、全共闘世代からの大きな支持を獲得。60年安保や全共闘運動、それ以降の市民運動を詳細にレポートし、多くの知識人が寄稿者として名を連ねた。1992年に休刊するも、現在にいたるまで幾度か復刊されている。

オーギュスト・ブランキ　P032
1805～1881年。フランスの革命家。19世紀フランスにおける革命を全面的に支持し、また自身も一連の革命に身を投じ、四季協会を組織した。少数による直接行動を説い

少年ライフル魔事件　P026
1965年、当時18歳だった片桐操がライフル銃で警官を射殺し、その後、警官隊と銃撃戦になった事件。銃の乱射という日本ではあまり見られない事件とその凄惨さも相まって、多くの人々にショックを与えた。片桐はのちに死刑判決を受け、25歳で死刑が執行された。

李珍宇　P026
1958年に東京都で発生した「小松川女高生事件」の犯人。女子学生を殺害した事件の経過や、自らの民族差別に対する反論を私小説風にしたためていた。李には死刑判決がなされたが、大岡昇平や吉川栄治といった当時の文化人が戦中における日本の韓国に対する非道を念頭に置いた助命嘆願書が出されるなど、話題となった。

エラリー・クイーンの国名シリーズ　P027
ミステリ作家エラリー・クイーンが書いた、『ローマ帽子の謎』（1929年）から始まる9作を指す。「読者への挑戦状」が差し挟まれ、読者との知的ゲームという要素が強い。現代日本のミステリにも非常に大きな影響を与えた。法月綸太郎がクイーンの読解から探り当てた〈後期クイーン的問題〉は、ゼロ年代以降の新本格の論壇や実作に影響を今なお与えている。

『何でも見てやろう』　P027
「美術館から共同便所まで」、先進国から後進国まで、世界各地を貧乏旅行した体験記。作者の小田実は作家活動と「ベトナムに平和を！市民連合」結成に代表される政治的な活動を並行して行った。

大学生の自治会運動　P027
そもそも大学の起源を辿れば、学生による共同体であり、とりわけ欧米諸国の伝統ある大学では、自治組織「自治会」があるのが当たり前である。そして、今や昔、日本のどの大学にも、学生たちによる「自治会」（呼称はそれぞれの大学によって違う）は、ありふれた存在であった。ここに学生運動そのもの、もしくは新左翼党派の基盤が、よくも悪くもあった。各党派は、どれだけの自治会を傘下、影響下におさめているかが、その勢力の強さの証左とされた。

六全協　P028
日本共産党が従来の武装闘争路線の放棄を決議した1955年の「日本共産党第六回全国協議会」の略称。この武装闘争放棄に失望して離党した党員や学生たちは、その後の1956年、スターリン批判、ハンガリー事件などにも影響され、当時圧倒的な権威を誇った日本共産党を「スターリン主義」として批判する。この流れは、のちの共産主義者同盟（一次ブント）の結成へとつながる。日本の新左翼を語るうえでは、非常に重要なターム。

た闘争。10月8日（P253「一九六七年10・8」の註釈を参照のこと）、11月12日と2回続けて行われた。

バリケード　P024
1968年当時、全国100校以上の大学、高校などでは、教室の椅子や机を使った「バリケード封鎖」はありふれた光景であった。バリケード占拠された空間は、既存概念に対する「異議申し立て」のシンボル機能を果たし、バリケード内の住人たちに独特な“非日常”の空間を提供した。

反帝学評　P024
「全国反帝学生評議会連合」の略称。社青同解放派、のち革労協の学生組織であり、主に早稲田大学や東京大学、神奈川大学を拠点校として活動した。反帝学評のヘルメットは青色で塗装されているため、しばしば他党派から「青ヘル」、「アオカイ」と呼ばれた。機関誌は『解放』。P250「解放派」の註釈も参照のこと。

『ヴァンパイヤー戦争』　P025
笠井潔の伝奇ヴァイオレンスシリーズ。〈コムレ・サーガ〉の一部。ヴァンパイヤーと人類が巻き込まれる壮大な陰謀の物語。全11巻で完結。外伝的内容の〈九鬼鴻三郎の冒険〉3冊が刊行されている。主人公・九鬼鴻三郎は東京を廃墟にするのを夢見ている人物である。

赤尾敏　P025
1899～1990年。日本の保守政治家、右翼活動家。元衆議院議員。第二次大戦時、共産主義国家ソ連を利するという理由で、対米戦争に反対した。もともとは社会主義者だったと言われるが、その後、天皇制社会主義を掲げる民族主義者に転向。大政翼賛会の推薦を受けない非推薦候補として衆議院議員に当選した。戦後は、大日本愛国党を結成し、銀座の数寄屋橋を中心に辻説法を展開した。その姿は、「銀座の名物」とも称された。

全学連　P025
「全日本学生自治会総連合」の略称。各大学で結成された学生自治会が参加する全国組織。六全協以降は、共産党に批判的な主張をもつブント系が、激しい運動を展開した（共産党系は「全自連」）。60年安保闘争を牽引。学生運動のみならず左翼運動そのものに影響を与え、世界中に「ZENGAKUREN」として知られるようになった。その後、党派による主導権争いにより分裂を繰り返し、現在、民青系（日本共産党系）、中核派系、革マル派系、革労協現代社派系、革労協赤砦社派系の五つの流れがあるとされるが、いまだそれぞれ自派の全学連における正統性をめぐって対立している。大学自治会そのものが存在しなくなり、各派総じて厳しいものがあるようだ。

共産主義労働者党　P019
略称「共労党」。笠井潔が所属していた党派。吉川勇一や武藤一羊などべ平連の中心的な活動家も多く、共労党とべ平連を兼任するメンバーも多かった。後述する亀和田武やいいだももなども名を連ねた。70年安保に対する総括をめぐって対立が激化し、最終的には労働者革命派、プロレタリア革命派、赤色戦線派に分解する。

ブント　P020
「共産主義者同盟」の略称。ブントとはドイツ語の「同盟」に由来する。1958年、学生を主体として結成された新左翼党派（第一次ブント）。60年安保では闘争の中核を担った。しかしそののち、総括をめぐって議論が紛糾、ブント指導部中枢は指導力を失い、分派抗争へとなだれ込んだ。解体したブントはそれぞれ、プロ通派、革通派、戦旗派などを名乗り、さらに離合集散を繰り返しつつ、1966年、第二次ブントの結成にいたる。が、またもや分裂し、さまざまな党派やグループに分裂。現在にいたるまでも活動を続けている。

解放派　P020
「日本社会主義青年同盟学生班協議会解放派」の略称。もともと社会党系の青年組織だった「社青同」から分派し、そのなかから1969年、「革命的労働者協会（革労協）」が結成された。共産同（ブント）、革共同と並び、新左翼の大きな流れだが、他の2つが、マルクス・レーニン主義、トロツキーの路線のもとに前衛党による外部注入主義論を唱えたのに対して、いわゆる正統派マルクス主義、ローザ・ルクセンブルクの思想など、他の党派とはまったく違う理論・路線をとった。現在、さらに分裂を繰り返している。ヘルメットが青かったことから、「青ヘル」とも言われている。P249「反帝学評」の註釈も参照のこと。

吉本隆明　P020
1924～2012年。戦後日本を代表する思想家であり、詩人。東京工業大学卒業。アカデミックな場所や大学には籍を置かず、独自に学び、数多くの著述をなした。皇国青年として敗戦を経験したうえでの転向者論と戦後民主主義批判、スターリン主義批判などの言説は、全共闘学生の支持を受け、この世代に圧倒的な影響力を持ちつづけている。現在、『吉本隆明全集』（晶文社）が刊行中。

社研　P022
「社会科学研究会」、「社会問題研究会」などのサークルの通称。かつては、全国の大学（高校）にあった。今や“ほぼ”絶滅している種類のサークルの名称であり、学生運動、華やかなりし頃、文化団体連合会（文連）などの学生運動の拠点となることが多く、党派のオルグの場やフラクションとして機能した。

羽田闘争　P022
通称「羽田事件」。1967年、佐藤栄作首相のヴェトナム訪問を阻止するために行われを振り回し、火炎瓶を投げつけるだけでは、一時的な騒乱状態を作りしても、国家権力の打倒や革命政府の樹立などはできない。むしろ爆弾や銃による武装蜂起が必要だと主張した（塩見孝也の「前段階武装蜂起」）。この理論の実践のため軍事訓練を大菩薩峠で行ったが、機動隊に踏み込まれ、「福ちゃん荘」にいた活動家53名が逮捕（「大菩薩峠事件」）され、組織は壊滅状態になる。が、のち一部は「よど号事件」で北朝鮮へ、別の一部は「連合赤軍」を結成、さらには重信房子らがパレスチナへ渡り「日本赤軍」を名乗るグループなどに分派していく。

塩見孝也　P018
1941年〜。共産主義者同盟（ブント）赤軍派の議長。赤軍派の中心人物。「国際根拠地」論や「前段階武装蜂起」を提唱、一時は「日本のレーニン」とも呼ばれた。起訴、逮捕され、約19年間を獄中で送る。2015年、清瀬市議選に出馬も落選。

中核派　P018
「革命的共産主義者同盟全国委員会」の略称。党派の公式名称として「中核派」を名乗っている。「中核」と描かれた白いヘルメットが特徴。反共産党（代々木）の新左翼系の主流の一つ。本多延嘉と黒田寛一の路線対立により、第三次革共同分裂で革マル派と分裂した。以後、激しく対立、「内ゲバ」を繰り返し、革マル派により本多も殺害された。学生組織「マル学同中核派」は、主に法政大学や東北大学、広島大学を拠点にしている。一時は、新左翼のなかで最大勢力の党派とも言われた。機関誌は『前進』。現在、同派はさらに分派を繰り返している。

ノンセクト　P018
字義どおり、「党派（セクト）に所属しない」新左翼を指す。日本の文脈では、60年代末から70年代学園闘争時、ヴェトナム反戦運動や全共闘に（“ほんの少し”も含め）参加したノンポリ（政治に無関心な）青年が革命思想に目覚め、党派における上意下達の体育会系マチズモを嫌って独自に活動した新左翼組織系の活動家を指す。学内闘争をメインテーマとした党派とは異なり、あるイシューに対して各地からあたかも“遊撃隊（パルチザン）”として集まることのできる柔軟性を持ち合わせていた。このノンセクトの系譜は、現在まで続き、例えば「ダメ連」（1990年代に活動）や「反天連（反天皇制運動連絡会）」なども この流れに連なる組織と言える。

〈ケルベロス・サーガ〉　P019
押井守のライフワークの一つ。架空の組織「首都圏治安警察機構」の中にある、銃武装した〈特機隊〉を中心に、彼らと〈党派〉との争いや公安などとの政治的な軋轢を描く。『赤い眼鏡』、『犬狼伝説』、『ケルベロス　地獄の番犬』、『人狼　JIN-ROH』、『RAINY DOGS』、『ケルベロス　鋼鉄の猟犬』など、実写映画、漫画、アニメーション映画、小説とメディアをまたいで展開されている。

ジャン＝ポール・サルトル　P015
1905～1980年。フランスの作家・哲学者。実存主義の思想、アンガージュマン（参加）の文学などで有名。第二次大戦後はマルクス主義に接近した。主宰する『レ・タン・モデルヌ』誌の影響力は巨大だったが、1960年代になると、新たに台頭した構造主義潮流からの批判を浴びるようになる。作品に『嘔吐』、『存在と無』、『弁証法的理性批判』など。「文学は飢えた子供の前で何ができるか」という彼の問いは、今もなお本質的な問いである。

小（プチ）ブル急進主義　P015
小ブルジョワジー（略して「ショウブル」ないしは「プチブル」）とは、マルクス主義用語で、本来は、“ほんのわずかな”生産手段しかもたない者たちを指す。弁護士や医者、商店主や自作農家を含む。労働者階級（プロレタリア）と資本家階級（ブルジョワ）の中間の存在。「小（プチ）ブル急進主義」という言葉は、「戦線を乱す、敵対してくる過激な行為者たち」を指すことが多かった（当時の活動家談）。

『テロルの現象学』　P016
1984年に刊行された、笠井潔の思想的な主軸をなす著作。革命への希望が、なぜ「連合赤軍事件」のような「内ゲバ」、「リンチ殺人」へと至ったのかを、「観念」の運動という観点から解き明かそうとする力作。2013年に、『テロルの現象学』刊行後から2013年当時までの状況について加筆がなされた「新版」が刊行されている。

『獣たちの夜――BLOOD THE LAST VAMPIRE』　P016
押井守が2000年に刊行した小説作品。アニメーション映画『BLOOD THE LAST VAMPIRE』と関連している作品。1969年にデモ隊と機動隊の衝突の現場にいた高校生が、その後、セーラー服で日本刀を持った少女と出会う。白眉は、吸血鬼伝説が生まれる過程についての長い考察であろうか。

「漫画の原作で一部書いた……」　P018
押井守が原作を務めた大野安之『西武新宿戦線異状なし』で、東京において革命が成功し、日本に政府が二つある内戦状態になっているさまが描かれている。高校生であった主人公は憧れをもち、志願して革命軍に入るが、思い描いていたものと現実の違いを思い知る。どちらかというとだらだらしたユーモラスな日常が続くという内容は、『パトレイバー』シリーズとも共通している部分がある。余談だが、作中の台詞は押井映画を理解する重要な自己言及であろう。「冗長な映画はときとして見る者に実存的思索をうながす契機になるそうだぜ」。

赤軍派　P018
「共産主義者同盟赤軍派」の略称。1968、69年頃、赤軍派は、当時の日本の状況は革命的高揚から革命情勢への「過渡期」であると判断し、革命をめざすための「赤軍」の組織を主張した。ブント内では最左派と言われた。他の新左翼党派のようにゲバ棒

註釈

＊本註釈は、サブカルにかかわるものは主に藤田直哉が作成し、学生運動などにかかわるものは主に当時の学生活動家にも貴重な証言をいただいたうえで編集部（団塊ジュニア世代）が作成した。そのため、主観が入っていることをあらかじめお断りしておく。

一九六七年 10・8　P014

いわゆる第一次羽田闘争（P250「羽田闘争」の註釈を参照のこと）。三派全学連約3000人が、ヴェトナム戦争を側面から支援する佐藤栄作首相の訪米阻止のため、機動隊と衝突した。この闘争をきっかけに新左翼党派による実力行使、世間でおなじみのスタイルであるヘルメットと角材（ゲバ棒）での街頭闘争が開始された。空港近くの弁天橋での衝突の際、中核派に属す京都大学の当時18歳の学生・山崎博昭が死亡し、50名以上が逮捕された。この時を境に、機動隊も新左翼党派も「武装」をエスカレートさせていく。ちなみに翌9日、チェ・ゲバラがボリビア山中で戦死した。

一九六八年 10・21　P014

1968年、国際反戦デーの10月21日、中核派、ML派などの新左翼党派と大多数の野次馬の群衆が合流して起きた新宿駅近辺での大規模「暴動」。通称「新宿騒乱」とも呼ばれる。1970年代前後の大衆運動で初めて騒擾罪が適用され、学生らおよそ300人が逮捕されることとなった。この事件の発端は、前1967年8月8日に起きた米軍航空機のガソリンを運搬する貨物列車の脱線・爆発事故である。ヴェトナム戦争に用いられるこのガソリンの運搬は国民に知らされることはなく、そこに新左翼各党派が目をつけ、世論に訴えるべく暴動を起こした。

一九六九年 4・28　P014

沖縄を切り捨てることで日本が「主権を回復」したサンフランシスコ平和条約の発効が、1952年4月28日。この屈辱の日を記念して、沖縄を対米従属から解放し、本土復帰を要求する集会とデモが毎年4月28日に行われるようになった。1969年4・28闘争では、新左翼各派が新橋・銀座方面で機動隊と衝突を繰り返したが、前年の10・21新宿闘争の「勝利」とは対照的に機動隊に押しまくられた。武器を角材や火炎瓶から銃火器や爆弾にエスカレートしなければならないと主張する赤軍派の登場は、1969年4・28闘争の「敗北」経験を背景としていた。

ベ平連　P015

「ベトナムに平和を！市民文化団体連合」の略称。哲学者の鶴見俊輔や小説家の小田実らのイニシアチブで結成された反戦市民団体。新左翼党派とは異なり、ゆるやかな連帯で運動を行っていくスタイルが党派を嫌うノンセクトや大衆からの支持を獲得、大規模な市民運動へと発展。1960年代後半には、全国各地で数百もの自称“ベ平連”が出現した。この運動はデモ行進にとどまらず非常に多岐にわたり、1970年代のサブカルチャー形成の嚆矢となった。

略歴

笠井潔（かさい・きよし）

小説家・批評家。一九四八年、東京都生まれ。『バイバイ、エンジェル』で作家デビュー。同時期に書かれていた総括の書『テロルの現象学』（一九八四年、新版二〇一三年）は世間に衝撃を与えた。現象学を駆使する名探偵・矢吹駆が活躍する連作（通称〈矢吹駆シリーズ〉）を書き続ける一方、一九九〇年代以降は、本格ミステリの興隆にかかわる。二〇〇三年、『オイディプス症候群』（二〇〇二年）、『探偵小説序論』（二〇〇二年）で、本格ミステリ大賞の小説部門と評論・研究部門をダブル受賞。

押井守（おしい・まもる）

映画監督・演出家。一九五一年、東京都生まれ。タツノコプロダクションに入社、TVアニメ『一発貫太くん』で演出家デビュー。その後、スタジオぴえろに移籍、TVシリーズ『うる星やつら』ほか数々の作品に参加。のちにフリーとなり『機動警察パトレイバー』シリーズ（一九八八〜一九九三年）などを手がける。『GHOST IN THE SHELL／攻殻機動隊』（一九九五年）は世界中の映画監督に衝撃を与えた。主な作品に『イノセンス』（二〇〇四年）、『スカイ・クロラ　The Sky Crawlers』（二〇〇八年）、『THE NEXT GENERATION　パトレイバー』シリーズ（二〇一四〜二〇一五年）など。最新作は、カナダとの国際共同作品『GARM WARS: The Last Druid』（二〇一五年、日本公開二〇一六年）。

奥付

創造元年1968

二〇一六年十月二日　初版第一刷印刷
二〇一六年十月十日　初版第一刷発行

著者　笠井 潔×押井 守

編輯構成　並木智子
編輯協力　藤田直哉、高橋郁也（目次・奥付写真提供）
写真提供　共同通信社（〇一二・〇一三・〇八〇・〇八一・一五六・一五七頁）

発行者　和田 肇
発行所　株式会社作品社
〒一〇二-〇〇七二　東京都千代田区飯田橋二-七-四
電話　〇三-三二六二-九七五三
ファクス　〇三-三二六二-九七五七
振替口座　〇〇一六〇-三-二七一八三
ホームページ　http://www.sakuhinsha.com

装幀　小林 剛
カヴァー写真撮影　沼田 学
本文組版　大友哲郎（目次扉写真提供）
印刷・製本　シナノ印刷株式会社

ISBN978-4-86182-596-5　C0095　Printed in Japan